献给关注"江湖夜雨不熄灯"的老朋友

江夜雨　林慕白

／著

敬你一杯烈酒

SPM
南方出版传媒
广东人民出版社
· 广州 ·

图书在版编目（CIP）数据

敬你一杯烈酒 / 江夜雨，林慕白著 . — 广州：广
东人民出版社 , 2018.10
ISBN 978-7-218-13060-6

Ⅰ . ①敬⋯ Ⅱ . ①江⋯ ②林⋯ Ⅲ . ①散文集—中国
—当代 Ⅳ . ① I267

中国版本图书馆 CIP 数据核字（2018）第 138947 号

Jing Ni Yibei Liejiu

敬你一杯烈酒

江夜雨 林慕白 著

出 版 人：肖风华

项目策划：肖风华 段 洁
责任编辑：肖风华 马妮璐
责任技编：周 杰 易志华
装帧设计：伍 霄

出版发行：广东人民出版社
地　　址：广州市大沙头四马路 10 号（邮政编码：510102）
电　　话：（020）83798714（总编室）
传　　真：（020）83780199
网　　址：http://www.gdpph.com
印　　刷：北京旭丰源印刷技术有限公司
开　　本：787mm×1092mm 1/16
印　　张：17.5 **字　数：**280 千
版　　次：2018 年 10 月第 1 版　2018 年 10 月第 1 次印刷
定　　价：45.00 元

如发现印装质量问题，影响阅读，请与出版社（020 - 83795749）联系调换。
售书热线：（020）83795240

前 言

当你翻开这本书时，我愿意你想象对面坐着一个拿着酒杯的我。

为什么是酒？

因为酒是一样非常奇妙的东西。它的味道，看似是客观存在，实际上却极其主观。它会随着不同的人，不同的季节，不同的场合，不同的心情，变换成不同的风味。它可以甘甜回味，也可以辛辣苦涩，它可以暖人心脾，也可以冷入骨髓。

这世上没有两个人，会喝到完全一样的滋味。

你看，酒就像我们这个五彩斑斓的世界。世界看似客观存在，但就算你我生活在同一个时间维度，同一个物理空间，我们看到的世界，却仍然大相径庭、截然不同。

互联网时代，也许并没有让我们更好地互相理解。信息爆炸，没有消除偏见，而是造成更大的隔阂；交流便利，没有拉近距离，却造成更深的孤独。自媒体的"自"，一不小心就会从自我的表达，变成自说自话的盲目，自娱自乐的狂欢，自暴自弃的愤激。

这不是我们要给你的。我们给你的，只是一杯酒。

一滴水反射阳光，一杯酒映照世界。

在这杯酒里，你能看到都市丛林，也能看到江湖人间。

名利场隐匿着钩心斗角，键盘上掀起舌尖风暴，会议室里藏着刀光剑影，酒桌上的觥筹交错，都是一场暗流涌动的权力游戏。

在这杯酒里，你能看到以梦为马，也能看到苟且油腻。

年少轻狂终须老，大圣踏碎凌霄，悟空头戴金箍；人到中年何足慰，梦里金戈铁马，醒来烟酒糖茶。

在这杯酒里，你能看到爱的速朽，也能看到人的坚持。

来去匆匆，仍有人等在自己的风陵渡口；灯红酒绿，仍有"那些都是很好很好的，可是我不喜欢"的固执。

最重要的是，喝下这杯酒，我们希望你能更有勇气面对真实的自己。

你的纠结，其实并没有那么独特；你的痛苦，也许注定没人感同身受。

但没关系，因为哪怕生活给了你假奖杯，好好生活的人也从不咀嚼痛苦；把那些被人嘲笑的特点变成盔甲，它就永远不能伤害你。

这就是我们写作的本意，只是端上了一杯酒。暴烈温柔，暖心尖锐，百般滋味，自有你来体会。

敬你一杯烈酒。

愿你遇春风有酒，听夜雨时有灯。

目　录

C O N T E N T S

|第|一|章| —— 能让你远离苟且的，从来不是远方

|第|二|章| —— 人生不幸与大幸，是没有岁月可回头

目

录

C   O   N   T   E   N   T   S

| 第 | 三 | 章 | —— **我们如何相爱，只有自己知道**

| 第 | 四 | 章 | —— **你的如临深渊，并不独特**

目录

CONTENTS

目

录

C O N T E N T S

|第|七|章| —— 戏里有人生，结局在书外

|第|八|章| —— 梦里金戈铁马，醒来烟酒糖茶

目

录

C O N T E N T S

能让你远离苟且的，从来不是远方

好好生活的人，
从不咀嚼痛苦

曾问一个当心理咨询师多年的朋友："为什么有些人总是不快乐？"他反问我："你看那些人有什么共同点？"特别脆弱？特别倒霉？特别悲观？特别完美主义？他摇摇头，说："他们的共同点是，'享受'痛苦。"

I

说出来你可能不信，我们的人生，无一例外，都是悲剧。

十个人中，九个人曾为现实退让，八个人对爱求而不得，七个人被人嘲笑，六个人遭遇背叛，五个人生过重病，四个人遇到过意外，三个人无法与亲人相处，两个人曾一贫如洗，一个人想结束生命。十个人都曾经或将要，生死别离。

数字未必准确，但大概能说明，众生皆苦。

不信看看周遭，谁能逃得掉生老病死，逃得掉怨憎会、爱别离、求不得？除了少部分上天宠爱的幸运儿和个别"衰神附体"的倒霉蛋，大部分人，经历的苦难值相差并不大。

但是有一类人，活得格外痛苦。

祥林嫂般喋喋不休的失婚妇女，把前夫的错误陈述一百遍，却不肯爬起来去找下一段幸福；受到学历歧视的专科生，痛悔自己当年不认真学习，又在这种焦虑和失败的氛围里消极度日；言必称"为了孩子"放弃自我的老人，宁肯不停向子女抱怨自己的牺牲，也不肯走出家门，寻找晚年的快乐。

他们对于自己遭遇的不幸如数家珍，时不时地，他们要把痛苦拿出来诉说、品味、细细咀嚼。

II

有个豆瓣小组，叫"父母皆祸害"。我觉得可以改名为：谁的童年没阴影。

其实很正常，"80后"这代人，原生家庭没有问题的不多。夫妻关系紧张，亲子关系粗暴，家庭成员间充满以爱为名的控制。这些毫无疑问会影响孩子的成长、婚恋。

可是，一个人到了30岁，还能把自己人生的失败归咎于父母吗？痛苦于"父母无法理解我"，却不让爸妈进入自己的世界，只能让两代人渐行渐远。纠结于父母出轨，或不能专一爱人，或不能信任对方，让感情生活一团糟。这就像一个死循环：沉溺原生家庭的痛苦，造成现实的问题，然后再将现实的问题归咎于原生家庭，从而引发更大的痛苦。

对待这些我们无法改变的过去，从来都有两种态度：对别人的伤害念念不忘；或者从他人的错误中反省，避免自己再走弯路。面对父母不幸的婚姻，难道不该让你反省沟通理解的重要？面对没有界限感的亲人，难道没有让你思考自我的独立？

咀嚼痛苦和从痛苦中反思的区别在于：前者沉溺于痛苦，而后者，是要摆脱和避免痛苦。

III

为什么有如此多的人，热衷于咀嚼痛苦？

也许是在对他人进行"内疚胁迫"？

"失恋了好伤心"的潜台词是，"怎么忍心让我加班"；"为了你不离婚"的潜台词是，"你要为我失败的婚姻负责"。

卖"惨"比卖"萌"更有市场。

痛苦，大部分时候都是双刃剑，你拿在手里，一边刺痛自己，一边胁迫他人。

这也许是实现对自己的"责任转移"？

就像《红玫瑰与白玫瑰》里的烟鹂，宁肯用便秘症来逃避名存实亡的婚姻和毫无希望的生活：

烟鹂得了便秘症，每天在浴室里一坐坐上几个钟头——只有那个时候是可以名正言顺地不做事，不说话，不思想；其余的时候她也不说话，不思想，但是心里总有点不安，到处走走，没着落的，只有在白色的浴室里她是定了心，生了根。

振保评价她是"情愿留着这点病，挟以自重"。

用那位朋友的话说：当了咨询师那么多年，最惊讶的事实，居然有那么多人并不想被"治愈"。

正常情况下，伤口应该愈合、结疤，留下淡淡的疤痕甚至通过手段让它完好如初。然而，有如此多的人，他们不去消毒，不去包扎，反而不停地撕开自己的伤口。

鲜血淋漓，永难愈合。

潜意识里，他们病态地依赖着痛苦，寄生于痛苦。

许多时候，人们是展示着伤口，向周围的人索取关注与宽容；又有许多时候，是借着过去的苦痛，逃避今天的失败。然而这永远不能带来幸福，它只会让痛苦成为习惯，苦涩变成日常，直到自己不懂得去追求快乐。

好好生活的人，从不咀嚼痛苦。

把你的特点变成力量，
它就永远不能伤害你

I

舒淇第一次参加香港金像奖，拿下最佳女配角和最佳新人时，才20岁。和人们想象的不同，舒淇从来没有把自己"下海"包装出一个悲情的理由。虽然她的确出身贫寒，但她宁肯坦陈拍写真一半是为了钱，一半是虚荣作祟。

那时刚出道的舒淇，也许没有想过自己未来会变成影后。多年后，导演王晶回忆起她时，说舒淇从不像其他人那样在导演面前卖弄、撒娇，总是酷酷地完成导演交代的工作。

舒淇的灵性和才华果然并没有被埋没，她活出了一种粗糙的生命力。一切就像她自己在微博上写的："没那些跌跌撞撞的伤口，哪来今日印记在身上的丰富历史。"

她不去否认世界认识的她，但她告诉世界：我绝不止你看到的那样。

II

喜剧女王宋丹丹，曾经有近十年接不到戏。

这让人不可思议。早在20世纪80年代，她就凭电影《月牙儿》斩获国际电影节大奖，人们都认为，这是大屏幕冉冉升起的实力派新星。而后，她先是因为春晚上的小品《超生游击队》大火，接着是情景喜剧《我爱我家》。宋丹丹红遍了大江南北，很多观众看到她就哈哈大笑，哪怕她是在买菜、逛街，甚至很认真地做别的事。

有段时间，她甚至因为这个不开心，觉得别人不尊重她。

小品演员宋丹丹火了，影视演员宋丹丹却消失了。

突然之间，当年的影后连一部好的电视剧都接不到。"在我最好的年龄，就是三十五六岁到四十八岁之间我几乎没怎么拍戏，因为没有人来找我。"宋丹丹说："或许因为演了小品，大家不认为我可以演影视剧，感觉特别沮丧。"

为了摆脱刻板印象，宋丹丹甚至做了个决定——"罢演小品"。2001年到2005年，宋丹丹连续5年不上春晚。但她依旧没有片约。终于，不再和自己较劲的她于2006年重回央视春晚，那一年，人们看到了经典的"白云、黑土"。

两年后，宋丹丹等到了一部真正的好作品——《马文的战争》。她沉寂的十年，正好完成了这个角色的积淀——一个有个性、勇敢追求爱情的中年离异女性。凭借这部电视剧，她重新回到影视圈。

人到五十的宋丹丹，似乎不再排斥小品演员的标签，她接了一些有喜剧色彩的影视角色，还上了《笑傲江湖》当评委。

她曾与这个世界对她贴的标签不满、抗争、妥协，人过半百才慢慢接纳。这个过程，要有多少午夜梦回的自问，要有多少抽筋拔骨的改变，恐怕只有她自己才清楚。

所以，当看着选手演绎《喜剧的忧伤》，伴着《小丑》的自白歌声，宋丹丹才会潸然泪下：

"你让我翻腾我这一生在舞台上的辛酸。"

III

"脑袋大，脖子粗，不是大款就是伙夫。"

那年全国人民都记住了这句话，连带着记住了范伟。

有人说，范伟成也赵本山，败也赵本山。这话有一定道理。

演员怕竭泽而渔，如果永远演一种类型的角色，那么他就会被观众定型。范伟在《卖拐》《马大帅》《刘老根》等作品里的形象，在某种程度上是重复的：蠢、傻、夸张，有某种肢体或语言的缺陷。全国人民都看他如笑话。

但重要的不是世界认为你是谁，而是你认为自己是谁。

明明已经火了的范伟，2000 年后开始不演小品了，甚至也不怎么演电视剧，他把心思全放在了电影上。范伟开始演的，都是配角。他自己说，从小品、相声带来的"根深蒂固"，会在电影的表演里"变成巨大的痕迹"。也许没什么人注意，可他努力地去剖析去颠覆自己。

"2002 年我拍了一个电影叫《开往春天的地铁》……现场拍摄的时候大家感觉也都不错。但是当我看到这个电影的时候，我就觉得：'哟！差点儿！'我就反复研究这个人物：到底哪儿不对？哪儿不对？！就通过这一个电影，我就一下找到了一种电影表演的感觉。"

后来他终于演了主角，《耳朵大有福》《求求你，表扬我》等。他的形象演不了霸道总裁、公子大侠，他就去演一个个平凡的小人物，演我们的卑微和倔强，演我们奢侈的希望和被挤碎的人生。

脑袋还是大、脖子还是粗，可你看着他，不想笑，想哭。

在没有太多人关注的地方，范伟完成了从小品演员到电影演员的蜕变。他对曾经束缚自己的东西给出了评价："根深蒂固"其实是把双刃剑。相声、小品、电视剧、电影的转化中，会有痕迹，但是你一旦把这个痕迹克服之后，就变成了你的营养。

2016 年 11 月 26 日，第 53 届台湾电影金马奖颁奖典礼上，入行将近三十年的范伟，凭借电影《不成问题的问题》荣膺最佳男主角。

命运没有给你最好的安排，但你给了自己。即便选择了人迹罕至的那条路，只要坚持，一样能走到碧海蓝天。

IV

这三个故事并不是什么鸡汤。恰恰相反，它们告诉我们，这并不是个宽容和容易的世界。

我们都曾因为自己是谁而遭受嘲笑：太胖的孩子被起外号，内向的学生被遗忘，笨拙而勤奋的员工被嫌弃……

我们都曾因为自己的经历而接受评判：高考失利，一辈子要背上第一学历不够好的印记；婚姻不成功，要被别人不停探究和好奇；甚至容貌出色、出身太好，成功了就被打上作弊的嫌疑……

忘记你的失败、宽容你的脆弱、理解你获得的荣耀和因此背负的重担，就像在《权力的游戏》里，小恶魔告诉身为私生子的雪诺："永远不要忘了你是谁。因为这个世界不会忘记。把你的特点变成你的力量，它就永远不会成为你的弱点。用它武装自己，它就永远不能伤害你。"

愿软肋长成盔甲。哪怕深渊万丈，也有前程万里。

假如生活给了你假奖杯

I

奥斯卡颁奖礼出现有史以来最乌龙的一幕——被宣布获得最佳影片的《爱乐之城》剧组的获奖感言都快说完了，却被"赶"下台，因为真正得奖的是《月光男孩》。这一刻，《爱乐之城》剧组是崩溃的——我可能参加了假奥斯卡，我确定拿了假奖杯。

好尴尬。

不过，横扫奥斯卡的《爱乐之城》剧组可以对乌龙一笑了之，毕竟极具分量的最佳导演和最佳女演员等多个奖项都被收入囊中。

但对于大多数普通人，这样的经历就没有那么轻松了。

有时候，生活喜欢给我们开残酷的玩笑——它把你最想要的东西放在触手可及的地方，甚至允许你拥有短暂的时光，然后"嘭"的一声化为乌有。得而复失的痛苦，比从未得到更难忍受。

所以，还不如无所求、别得到？

II

林夕写过一句词：没有任何期望，也就不会绝望，太完美的东西都与我无关。

这大概是我听过的，最悲伤的歌曲。

很多人都愿意相信这一点。这像是一种强大的自我保护机制：对降临在身上的幸运保持警惕，不去追求难以获得的东西，这样失去或失败时就不会痛苦。遇到喜欢的人反而离得更远，省掉被拒绝的难堪；遇到机会不敢全力以赴，这样失败的姿态就不会太狼狈……

这可以理解，好看的是胜利、健康、圆满的爱情、实现的梦想，但为了得到这些，拼命努力的姿态并不好看。

《爱乐之城》里，女主角自己出钱租剧场，自己写剧本，为了演出放弃陪男友巡演。而台下只坐了寥寥观众，人们说她演技糟糕。女主角蜷缩在后台的一幕，所有的努力看起来都很可笑。

男主角过得也很惨——执意要弹奏爵士而不是餐厅老板制定的圣诞歌曲，被二度炒鱿鱼；女朋友虽然支持自己，但未来的丈母娘却很不满意……

追求想要的东西很难，相比之下，放弃很容易。

那意味着不必挣扎，不必面对挫折，不必露出那种努力到难看的姿态。

对于更多人而言，他们害怕的还不仅仅是过程的艰险，而是，有些事情，比如爱情，即便努力，也未必就能有圆满结局。爱人也许变心，意外可能来临，生命那么多个岔路口，一步走错，就还是会失去所拥有的。

既然如此，努力的意义是什么？

III

《爱乐之城》的最后十几分钟，像一颗催泪弹。

它向我们展示了另外一种可能：在爱情和理想的两难面前，男女主角没有选择分开，而是一起去了法国。她在巴黎顺利成为一名演员，他如愿以偿地开了爵士乐主题吧。他们结婚生子，重新回到美国，手挽手去某个酒吧听爵士乐。

而现实中，女主角坐在另一个男人身边，和舞台上的他咫尺天涯。

这并不是一个爱情悲剧。"我很幸福，你也是，如果硬要说有什么遗憾，那就是，我们的幸福都已与彼此无关。"

它只是展示了命运的真相：人生有无数的可能，但我们注定只能踏上其中一条。而不管哪一条，你都将面对失去，因为失去是生命的主题，遗憾是每条路上的必选项。

圆满，更多的时候像是男主角的一个幻想，像是千万平行宇宙中，那万分之一的可能。选择了梦想，也许会失去一段爱情；选择了一段爱情，也许又会失去另一段相逢。

但生活不是一个句点，也不是去寻求两点间最短的那条线。生活是一条蜿蜒的河。在它枯竭前，每一朵浪花，每一次奔腾，每一次相遇，都丰富着我们短暂的一生。如果因为害怕失去和失败而不去争取，那只会连拥有的都可能失去。

绝大部分人，对已做的事情的悔恨比没有做的悔恨要小。

心理学家戴维·迈尔斯曾感慨："如果敢于更经常地在超出我们感到舒适的范围外做出反应——去冒险，面对失败，至少曾经尝试过，我们是否少些悔恨呢？"谁都无法防备不可知的分别与意外，也无法先知哪条路会走到最光明的结局。我们能做的只能是：追求梦想倾尽全力，得到回报放肆欢笑，彼此相爱时用力拥抱，厄运不曾到来前尽情舞动。

就像《爱乐之城》里女主角唱的那首歌：

She told me

她曾对我说

A bit of madness is key

偶尔的疯狂能让我们的生活

To give us new colors to see

充满新鲜 拥有别样体会 感受

Who knows where it will lead us

没有人可以预知到未来的生活会是怎样

And that's why they need us

这就是为何人生需要疯狂

就算命运要收回奖杯又怎样，至少在疲惫的生活里，你有一刻的白日梦想。致那些敢做梦的傻子，致我们搞砸的事和隐隐作痛却永怀热忱的心。

能让你远离苟且的,
从来不是远方

I

最近一段时间文章发得不太勤,后台有不少人催着更新——写写"王娜娜冒名上大学"事件,对疫苗事件有什么看法……这些的确是热点话题,然而并没有写的动力。

无论是一个名字决定两个女孩的命运,还是一支疫苗关乎两代人的安危,或是飙升的房价、无常的股市,写来写去,不过是四个字——众生如蚁。

况且,眼下你觉得再重要、再热点的事件,它们在网络时代的"保鲜度"不会超过两个星期。热点像永不停息的潮水,一浪过后,永远有后浪等着袭来。等风头一过,事情后续到底如何,关心者寥寥,常常不了了之。

不用说远了,上个月的灶台鱼怎么样了?上上个月的红头医闹、百度卖吧呢?上上上个月的深圳溃坝呢?

一阵喧嚣,一地鸡毛。

大家都忙活着当下,谁有闲情去追问一句——后来呢?这让人越来越怀疑写的意义。我们如此擅长"阅后即焚",以至愤慨像是发泄,绝望像是狂欢。我们被热点、八卦和奇闻牵引着思考和生活,但好像又不甘心于此。

于是他们说,生活不止眼前的苟且,还有诗和远方。

II

远方，是一个特别名不副实的概念。

生活在别处。

远方，听上去无比的诗情画意。怪不得连歌词都写得那么打动人心：你品尝了夜的巴黎，你踏过下雪的北京……它是对日复一日庸常的抛弃，是对眼前苟且的逃离，它代表了另一种可能性。

但它不解决任何问题。

有那么一段时间，我特别想去西藏。于是，我去了。我转过了经筒，我看过了雪山，我走过了纳木错、布达拉，我和康巴汉子喝了青稞酒，我听着马头琴流了泪……仿佛灵魂得到了净化，仿佛佛心终于萌芽。

然后呢，一周的灵魂 SPA，只需要几个小时就打回原形。

飞机落地，黄粱一梦：工作依旧无聊，老板依旧严苛，报告依旧改了又改，生活依旧枯燥乏味，而我爱的人，依旧为傻瓜织毛衣。

那时想，一定是走得不够远。

所以我继续走，去希腊，去智利，恨不能把自己放逐到南极。我留下了一路自拍和朋友圈里的赞，以及信用卡的账单。可依旧，叫醒我的是闹钟，而不是梦想；丰满的只有身材，现实还是如此骨感。

我以为自己逃得足够远，就逃掉了眼前的苟且。

可别忘了，如果苟且的是自己，是生活本身，去哪儿才能逃掉？

III

貌似远方是没什么用了，剩下的只有诗，或者说是阅读。因为阅读，是内心的远方。即便城市里有百千万人，只要开卷，你便可以真正地独处，进入自己的精神天地。

也许是在晚高峰嘈杂的地铁上，你读到"乌鸦一飞过，这一天才真正过去了"。在眼前，出现了呼兰河那座小城，暮色中群鸦从头顶飞过。而此刻，你正挤在一个铁皮的车厢里，在地下几十米的隧道里穿行。

　　或者当你走出地铁站，都市灯光将夜空映亮，霓虹遮蔽了一切星星的光彩。这时候，你读到"大昴星升起来了，好像铜球似的亮晶晶的了"。仿佛夜色真正地第一次在你面前显现出它的模样，蝙蝠正在夜空里飞，虫子也藏在草棵子里叫了。

　　也可能路边杏花开了，前两天你刚读到的那首赵佶的词突然跑了出来——裁剪冰绡，轻叠数重，淡著胭脂匀注。虽然柳枝依旧羞涩地未曾抽芽，当你再看到它们时，会想起张先的"离愁正引千丝乱，更东陌、飞絮濛濛"，晏殊的"满眼游丝兼落絮，红杏开时，一霎清明雨"……

　　外物之味，久之可厌；读书之味，愈久愈深。

　　可能有人会问：可这对单调的工作、生活有什么改变？的确没有改变，改变的不过是自己。以前，想着向外部寻求答案，就选择了远方；现在换了个方向，发现真正的远方只存在于超越世俗生活的层面上。

　　小和尚：师父，您开悟前每天做什么？

　　老和尚：挑水、劈柴、做饭。

　　小和尚：开悟后呢？

　　老和尚：挑水、劈柴、做饭。

　　小和尚：那开悟对您来说没有任何改变啊？

　　老和尚：开悟前，我挑水的时候想劈柴，劈柴的时候想做饭。开悟后，我挑水的时候想挑水，劈柴的时候想劈柴，做饭的时候想做饭。

　　人究其一生，不过是要学会与自己和平共处。

　　毛姆在《月亮和六便士》里写道，为了使灵魂宁静，一个人每天要做两件他不喜欢的事。可能你不得不容忍的"苟且"，便是这其中之一。然后在这之外，你便可以躲开滔滔不息的社会热点、哗众取宠的空洞议论、唾沫横飞的攻击争论、毫无营养的碎片信息，去感受阅读的意义——

　　"满地都是六便士，他却抬头看见了月亮。"

懒惰是件奢侈品，
  很少有人负担得起它

"人哪，为了消磨时间，硬是鼓唇摇舌，笑那些并不可笑、乐那些并不可乐的事，此外便一无所长。"——夏目漱石

I

英国老牌摇滚乐队 Oasis，有一首非常著名的歌：The importance of being idle。直译过来就是，论无所事事的重要性。以前非常喜欢这首歌，丧气十足的歌词加上 Gallayger 兄弟无赖的唱腔，显得非常有态度。

游手好闲也是件要紧事，颇有些目空一切、睥睨众生的意味。甚至和黄霑的歌词有些相通：苍天笑，纷纷世上潮，谁负谁胜出天知晓。

真得劲儿！

加上当时刚看《猜火车》，被电影台词深深击中：

选择生活，选择工作，选择职业，选择家庭。

选择一个大电视。

选择洗衣机，汽车，CD唱机，电动开罐机。

选择健康，低卡路里，低糖，选择固定利率房贷。

……

当时，对成人世界的这种琐碎生活充满了鄙夷和不屑，脑子里想的都是经典

台词——放纵是青春的迷幻剂，自由却是人的天性。

II

现在想来——少年不识愁滋味。

年轻人可以无所事事，是因为生活无忧、吃穿不愁，音乐电影、青春爱情，活在一个充满幻想的泡沫里。直到某个夏天，迈出校门、走进社会，噗，泡沫破了。

进入社会才发现，无所事事才不是什么必需品，它明明是件奢侈品，很少有人能负担得起它。于是，开始勤勉地做一个新人，如同新生的牛犊，在社会和职场的河流中试探性地放下前蹄，谨慎地感知水的深浅和流向。

然后，走过了越来越多的路，蹚过了越来越多的河，见识了草原上的羚羊、狮子和秃鹫，也了解了丛林里的一些法则：食草的羚羊温和无害，食肉的狮子凶残无比，食腐的秃鹫和鬣狗让人生厌，最好敬而远之。

你越来越掌握其中的要义，变得轻车熟路，甚至有些擅长。

同时，不可避免的，变得有些自我满足和短视。

眼睛里失去了当初探究一切的光芒，只盯着眼前面这一片半枯的草地，很少抬起头去查看，那目光所不及的远方是不是春深如许。"可能不会再有比这里更绿的草地了。""况且前面还会遇到鬣狗和狮子。"然后，人开始变得安逸、取巧，半推半就地加入同类组成的汹涌群体。他们说，go with the flow，顺势而为。

换句话便是，随波逐流。

不知不觉间，人又开始迈向另一种形式的"无所事事"：工作凑合了事，生活日复一日，阅读碎片浅薄，娱乐平庸媚俗。

III

说到底，好逸恶劳是人之本性。

夏目漱石在《我是猫》里感叹：人哪，为了消磨时间，硬是鼓唇摇舌，笑那些并不可笑、乐那些并不可乐的事，此外便一无所长。

到了网络时代，更是如此。我们在大小屏幕上收获了海量信息，却未必掌握海量知识，收到了每时每刻的陪伴，但未必收获亲密无间的友谊。

回想一下，花了那么多时间刷微博、电视剧、综艺节目，除了增添一些茶余饭后的谈资和眉飞色舞的八卦以外，到底带来了什么？什么都没有，除了杀时间。

但生活会允许人这样游手好闲下去吗？不会。

现实就像 Oasis 歌里唱的那样：I begged my landlord for sometime, but he said, son, the bill's waiting. 生活就是一个多重意义上的房东，你总想和他讨价还价，他却总说：喂，小子，付账啊。

醍醐灌顶！

王小波在《黄金时代》里说：

生活就是个缓慢受锤的过程，人一天天老下去，奢望也一天天消失，最后变得像挨了锤的牛一样。可是我过二十一岁生日时没有预见到这一点。我觉得自己会永远生猛下去，什么也锤不了我。

目空一切是青年人的专利，成年人最终都要丢掉那些无所事事的幻想。因为，那种《猜火车》里青年所鄙视的小布尔乔亚式生活，完全没有想象中那样唾手可得。那些显得俗不可耐的"大电视""洗衣机""汽车""CD 唱机"并不会从天而降。那些健康、低卡路里、三件套、西装背后，都明码标好了价格。

因为，一切曾经被你鄙视的东西，都需要为之付出努力才能获得。

所有的相爱都是动机不明?

一流的女明星，论"招黑"，章子怡能拔得头筹。

人们嘲笑过她在国际颁奖礼说的 Chinglish（中国式英语），质疑过她曾经糟糕的造型与审美，即便她的海报被泼墨了，人们也相信是苍蝇不叮无缝的蛋——"怎么不泼别人，就泼你"。

但这都不算什么，大家最津津乐道的是她身边的男人。

从霍家小公子霍启山，到以色列富翁 VIVI，再到央视名嘴撒贝宁……人们在她石榴裙下驰骋自己的好奇心、窥私欲。在口耳相传里，她的爱情只是一场又一场的阴谋论。

找外国男友时，她是崇洋媚外，找国内男友，她又是急于洗白；男人比她强时，她是靠男人上位，男人比她弱时，分手又变成了她嫌弃对方赚得少、不够高。等她找了一个事业凑合、长相着急的大龄失婚中年，人们又痛心疾首："那就是个渣男，你眼瞎了呀！"

各种黑幕轮番八卦，娘家的哥哥说了什么，男方的前任说了什么，这场大戏的狗血程度堪比《回家的诱惑》，真相扑朔迷离。她的面目模糊在新闻和八卦里：精明势利，无知愚蠢，但人们坚信她没有爱情。

对于别人，所有的相遇都是久别重逢；而对于她，所有的相爱都是动机不明。

就像她演的宫二。

你以为江湖会怎么记住宫二？一个撑起家族的江湖儿女，一个抽刀断爱的率性女子？不，不会。

如若活在当下的江湖，人们更会关心她嫁与不嫁的背后故事，更关心她与叶问间的远远近近。野史里，她的失婚说不定是丑闻暴露的遮掩，她与叶问也许是场权色间的交易，这故事可以传的活色生香，甚至下流肮脏。哪怕她只是在这乱的不能更乱的江湖里，与叶问淡淡说了句："叶先生，我心里有过你。"

如果宫二嫁给了叶问，江湖人言就会放过她？依旧不会。

本质上，我们不相信名利场上的爱情。

事业相当的刘嘉玲嫁了梁朝伟，我们断定他们是开放性婚姻，相濡以沫也不过如此；王菲李亚鹏姐弟恋，我们相信后者必定占了名利上的大便宜，最后还不是得相忘于江湖……

真讽刺，一方面，人们以能否结婚、能否不离婚来判断什么是真爱，另一方面，大家又从骨子里不相信爱情能善终。

真爱是梁朝伟对千里之外的曼玉念念不忘，是谢霆锋兜兜转转为王菲做顿晚餐，是格里高利·派克送给奥黛丽·赫本的蝴蝶胸针……总之，只有未完成世俗仪式的爱，只有所谓不得善终的爱，人们才敢去相信，才传颂。

想来，我们不信的是别人，还是自己？

《一代宗师》里有句台词：郎心自有一双脚，隔山隔水有来期。

我们大可不欣赏章子怡挑选伴侣的眼光，但也不用对他人的感情作居高临下、自以为是的恶毒评判。人一辈子总要规划各种事，读书、工作、结婚、生子，只有一件事是无法计划和控制的，那就是爱情。不需要计划进度表和可行性报告，来不及计较得失和衡量利弊。

你管我爱上一个诗人还是一个木匠，你管我是想跟他睡一觉还是誓死白头到老。

爱情是我们最后的自由和自我领地，即便无法祝福，也别互相侵犯。

互不 judge，天下太平。

爱是我的信仰,
为何要妥协啊

Ⅰ

1997 年,舒淇与冯德伦拍摄《美少年之恋》。

就在一年前,她刚刚被王晶发掘,拍了两部你假装没看过的电影:《红灯区》和《玉蒲团之玉女心经》。

衣服和尊严,同时被脱掉。这是舒淇无法摆脱的过往,同样无法摆脱的,还有不甚亲密的家庭关系和轻狂叛逆的少年时代。

很难想象,母亲是六十年代的邵氏女星、自己拿到美国密西根大学计算机学位的世家子弟冯德伦,会真的了解那个离家出走、"把衣服一件件脱掉"去搏未来的倔强女孩。

戏里的他和她,并没有多少暧昧。戏外,他们曾传出绯闻,但也许是差距太大,也许这场恋情只是媒体的猜测,这场没被双方认可的恋情,无疾而终。随后,舒淇与黎明拍摄《玻璃之城》相恋,冯德伦则与莫文蔚公开恋情。

现在,我们觉得舒淇是女神,黎明成了大叔。可当年,他是天王,她,还在别人的隐藏文件夹里活色生香。疯狂的粉丝骂她无耻,看客们说她不配,这还能忍,可惜同居多年,黎明的解释从没有变过:"我和舒淇只是朋友。"她也陪他说谎:"我们不是情人。"

可惜,低到尘埃里的爱情,开不出花,只会让你灰头土脸。这场从一开始就输得惨败的爱情,以舒淇被传"情伤深重""几乎抑郁"收尾。

II

媒体写舒淇，总喜欢用情路不顺这几个字，就像舒淇在电影里的那些角色一样。

在电影里，她演的角色大多情路坎坷：她是《美少年之恋》中初尝爱情之苦涩的 Kana，是《玻璃之城》半个世纪羁恋的韵文，是《非诚勿扰》里痴恋有妇之夫的梁笑笑，是《刺客聂隐娘》要奉命杀死青梅竹马初恋的聂隐娘。

可什么是完满的爱情呢？

婚姻从来不是爱情的终点。

所以评价爱情优劣得失的也不是结婚与否。不到最后，我不知道你的温柔多情背后是否有杀人一刀，你的相濡以沫是否是凑合妥协。爱情没办法等到那时再盖棺定论。

既然如此，如果没有下定决心长久陪伴，又何必急于迈进一个平淡多于浪漫、相守却也羁绊的婚姻共同体里？既然如此，如果是"退而求其次"，又何必因为年龄到了、父母催了、周围的人都安定下来就将就一个不爱的人。

舒淇没有妥协，只是变得超脱。

2005 年，舒淇与张震一起拍摄《最好的时光》时走到了一起。2015 年，在《刺客聂隐娘》的发布会上，张震话里有话地说："田季安对隐娘是逝去的爱，深刻的回味。"舒淇则笑言："你还不是娶了别人。"

爱了几场，痛了几次，她不再是那个小心翼翼讨好爱人的女孩了。对于过去，舒淇举重若轻。

她拍电影，唱歌，有事业，有朋友，独立、强大，而且还执着地相信会找到相爱的人。在电影《剩者为王》里，舒淇说："我一直渴望着，有一个爱我的人，可以跟我在一起，陪我走完这一生。爱情一直是我坚持了这么久的原则，我为什么要妥协呀？"

你看，这才是女神不老的真谛。

到了 40 岁仍然相信爱情的女人，怎么会老呢？

III

朋友笑着说，舒淇和冯德伦的婚宴，若是把两个人的前任摆一桌，称得上大牌云集、星光熠熠，不逊于任何电影节的红毯。

转了一圈还是你，分分合合 20 年，是破镜重圆？是兜兜转转，回到原地？并不是这样。在没有彼此的世界里，你有落花，我过流水，各自沧桑，几度跌宕。

如果有幸旧爱重逢，那不是什么破镜重圆，也不是回到原地。你没有残破，我也没有等，是时光和其他的人，将我们变成更成熟独立的个体，再度认识，再次相爱。

舒淇从来没有站在原地期待旧爱回头，也没有期待谁的拯救。她也不是什么"你若盛开、清风自来"的被动和等待，她就是爱情战场里强悍的女战士，再寻找"The One"的路上披荆斩棘、百折不回。

所有经历都长成了她强大的盔甲，而内里却是相信爱情的柔软真心。

在爱情这件事上，感谢没有彼此将就。

所以，不必有后悔与遗憾，我有我的柳暗花明，也祝你有似锦前程。

这世上并没有什么大事，
　除了生死

把十集纪录片《人间世》看完，不同集的人物和故事已经混杂在一起，变得如同观看时的感受，有种说不出的五味杂陈。

I

那是一个男人的手，手里握着的笔拿起又放下。

这只手属于一位内心煎熬的父亲，他要在 25 岁儿子的器官捐献材料上签字——放弃治疗。

这四个字，他写不下去。写下去，就等于承认了儿子的死亡。手中的这支笔，一定有千斤重。他抬头望向大夫和妻子，说：要是抢救，就还有希望……诊断再无误，道理有千万，没有一个足以安慰一位心碎的父亲。

字，最后还是签了。

这一家人在悲痛之中的善举，给其他几位危重病人带来了活下去的可能。移植前，夫妻二人去见孩子最后一面。病床前，这位父亲颤抖着抚摸儿子的额头，强忍着说：没把你的病治好，反倒是把你的器官捐给了病友，你要原谅爸爸妈妈……

在肃穆的致敬仪式后，这个年轻人可用的器官被摘取，随后移植到 6 位病人体内。儿子的生命在别人身上得以延续，可能是这对夫妻唯一的慰藉。可这点慰藉，与巨大的痛苦相比，又显得那么微不足道。母亲只得在儿子墓前故作坚强：

从明天起，我不再哭了，我要坚强起来。

镜头拉远，松柏掩映的山坡上，一对父母互相搀扶着走过一级级台阶。

一半的故事是悲伤，另一半的故事则是幸运。

得到器官移植的家庭，欣喜地看着亲人一天天好起来。又到中秋，就算在医院的石凳上铺上报纸，他们也要张罗着吃一顿简陋的团圆饭。人们在意的从来不是吃什么，而是团圆。

可能，这也是这集《人间世》起名叫"团圆"的寓意吧。月盈月亏，生命轮回，悲伤的故事总算有了个圆满的结尾。但不知为什么，看到最后这温暖的一幕，想起的却是这集一开始镜头外传来的画外音。

那位思念儿子的父亲念道——今夜月明人尽望，不知秋思落谁家。

II

生存还是死亡，从来不是个容易的问题。

有多不容易？就是即便无奈到要靠掷硬币来决定命运，也要连扔三次。

纪录片里说，向往生，厌恶死，是每一个人最普通的心态。更何况，生老病死，从来不是一个人的事，在这背后，还牵动着一个家庭的喜怒哀乐。

这就是为什么，前面那位父亲抬起笔又放下，他在理智上认清了失去儿子的现实，可感情上还无法接受。

这也是为什么，那个患恶性胰腺肿瘤的年轻母亲，在五年存活率不足 5% 的微茫希望下，仍要为她爱的人进行痛苦的化疗，延续他的生命。

这也是为什么，在前一次心脏支架手术花了 6 小时找不到通路，第二次手术又一次次走不通的情况下，主刀医生到第 5 小时还坚持再试一次。

这也是为什么，生产后一周才第一次在保温箱里见到早产儿子的新妈妈，仅看了孩子几眼就匆匆放下了帘子。

因为插在孩子身上的每一根管子、每一个针头，都插在她的心上。

III

讲到医院，就绕不开医患关系。

在新闻报道拼凑起的"拟态现实"中，医生和病患，似乎已经站在了壕沟的两侧，尽管他们真正需要对抗的是疾病这个共同的敌人。

是什么让误解加深、加重，让医生和病人之间充满傲慢与偏见？治病本身已经充满了变数，然而更大的矛盾，来自医生和患者都控制不了的东西。

社会运转的巨大齿轮咬合不严、火花四溅，医生和患者却被推到了冲突的最前线。结果很惨烈，双方鲜血淋漓、两败俱伤。而直接引发的，就是两个群体的互相猜疑。

举一个身边的例子。

一位朋友去看病，回来后满口抱怨：好不容易挂上号，排了一上午，花5分钟就把我打发出来了，哪怕10分钟也好。看病的人很不爽，道理却很难讲清。每个人都想多看会儿，但如果医生把前面病人的5分钟都变成10分钟，那每个人等待的时间，都要相应加倍。到时候，恐怕抱怨又会变成：看个10分钟的病，要等一整天。

也听到过医生朋友的抱怨，说很多患者不信任他们的治疗方案。"我搜了网上说的，这个是怎么怎么……"医生很无奈：八年博士毕业、许多年临床经验，竟然比不上三分钟的搜索。

《人间世》里，时不时谈到医患之间的信任。旁白说：尽管医学赋予了人们挑战疾病的力量，可很多疾病还是让我们束手无策。

身处窘境，我们需要高超的医疗技术，也需要彼此的理解。

IV

这部纪录片让人不敢看第二遍，因为它直击人心。

它讲述了在生存、死亡这两件大事面前，人们的理智与情感，脆弱与坚忍，极度想要挽留的渴望以及失去之后超越人性的无私。

它记录了在医院里不停上演的悲欢离合的人间世。在希望与失望的交织中，一切情绪都被放大，喜悦溢于言表，悲伤难以承受，愤怒不可遏止。

然而，在误解、冲突和寒心之外，又总有信任、尊重和互相理解。

它让人在新生和离别间，重温了一个道理：一切都会败给时间，每个人，都是赤条条地来，又赤条条地归去。

它让人明白，世上没有什么事，能大过生死。

第二章 —— Chapter 2

人生不幸与大幸，
是没有岁月可回头

想躺着挣钱的人，
大多只能躺着死

在百度搜索刘镇伟，显示出来的联想搜索是"刘镇伟 烂片"。

倒推十几二十年，这不可想象。那时候他的名字和什么挂在一起呢？被大众奉为后现代经典，成了不朽 IP 的《大话西游》；不可复制的超大牌阵容，恶搞巅峰之作《东成西就》；商业片成功之作《天下无双》；和周星驰再度合作的《功夫》……

但这几年，刘镇伟的片子，真的看不下去了。《越光宝盒》《东成西就 2011》《大话西游 3》……一次次地炒冷饭，一次次地抄旧梗。就像影评人所说：刘镇伟够狠心，亲手毁掉自己创造的经典。

经典 IP 变成捞快钱的工具，但我还愿意相信，这是那位"菩提老祖"对于旧时代不肯放手的固执。

然而这个理由，到了最近上映的《仙球大战》，恐怕谁也说服不了。看看这穿越到宋朝的绿巨人、雷神、金刚狼、蜘蛛侠……

毁自己的还不够，还得毁到国外去。

豆瓣评分 2.5，短评风格是这样的：

①刘镇伟再次用他烂俗的审美辣了观众的眼睛，用天雷滚滚的意淫故事挑战了观者的生理极限，完全山寨级别的制作，从画面构图到演员的表演无不如是，后期包装和场面制造完全是糊弄苟且的水准，尴尬的抠图和初级的动画临摹，就连网剧的制作格局都比这个好。

②有的片子差，有的片子傻，有的片子雷，有的片子烂……而这个片子又差

又傻又雷又烂……

③刘镇伟这几年到底是有多缺钱啊，拍的什么鬼啊。

刘镇伟说，《大话西游》是他的紧箍咒。

电影给他带来了无数赞誉，也将他推上了不可复制的巅峰。他一脸无奈地说："一个人不是天才，但是每天都要扮天才是很痛苦的。"可是这片子，不是天才的问题，而是连电影基本的及格线都没有达到。

刘镇伟也曾说过，电影不是他的挚爱。

在某种意义上，他真的很像他饰演的"菩提老祖"，有点聪明，有点世俗，有点超然。可能，他的确不想也不必拼尽全力。拍拍熟悉的无厘头电影，挣点快钱，人生何必过得那么艰难。

但不论是电影还是人生的绝大多数事情，如果你只想安稳地待在舒适区，那么下坠总比你想象的快和容易。

之前几部片子口碑不佳，好歹票房还糊弄得过去。到了《仙球大战》，网友骂"烂到了新高度"，上映8天就崩盘。日票房最低只有2万，累计票房不足千万，连宣发费用估计都不够。

想躺着挣钱的人，大多只能躺着死。

客观说，刘镇伟的失败，的确有香港电影不复辉煌的时代背景。

但是和他同一批，甚至更年轻的导演，在北上的路上，却完全交出了不一样的答卷。擅长捕捉小情感的陈可辛，拍出了极具时代感和现实感的《中国合伙人》和《亲爱的》。武侠鬼才徐克，居然去拍红色题材《智取威虎山》。习惯香港警匪片节奏的林超贤，拍出口碑票房双丰收的主旋律电影《湄公河行动》。

就连个人风格鲜明的王家卫，去看他同样武侠题材的《东邪西毒》和《一代宗师》，就会知道在墨镜背后，王家卫一直在改变。

唯一不变的，大概是"令人发指"的认真。

他曾把梁朝伟骗到阿根廷，曾删掉关淑怡所有戏份，还把一众大牌演员拖在《2046》足足6年。他认真到什么程度呢？为了《一代宗师》，找到北京、天津、河北、山西、内蒙古、上海、浙江、香港、澳门超过100位武术家，一一访问。素材足够写一本近代武学史。虽然最后浓缩为电影，不过110分钟。而且绝大部分的观众，并不会去深究内里。

可这又有什么关系呢？王家卫自己说：所谓绝招，就是把一个简单的事情做到极致。这部电影，我们尽了力，但是不是极致，我不敢说。然而我希望我的电影能开一个门，或者是起一个头——以后有人能继续走下去，因为这条路太迷人了。

写这篇文章，并不是要去苛责刘镇伟。

只是最近一直有种强烈的感触：我们这个巨变的时代，不会对任何一个产业、任何一个群体格外优待。即便有《大话西游》《东成西就》在手，离烂片之王也就一步之遥。

香港电影如此，任何行业都如此。荣光无限的铁西区仍能听到低声叹息，顶着无冕之王的报纸编辑成了 BAT 的打工仔，地铁口禁而不绝的"三蹦子"被摩拜单车等革了命，楼下生意兴隆的小卖部拼不过 1 小时送达的生鲜外卖。

在某种意义上，舒适区，就是危险的同义词。

昨日辉煌今日死的例子俯拾皆是，你我这样的普通人，又怎么敢让自己舒服地停下呢？

人生不幸与大幸，
是没有岁月可回头

朋友圈被《越过山丘》刷屏。

高晓松作词，杨宗纬演唱。这首关于时光和人生的歌曲，致敬李宗盛的《山丘》。很有意思，这三个人，李宗盛是 1958 年出生，高晓松是 1969 年，杨宗纬是 1978 年。他们分别正要迈进 60 岁、50 岁、40 岁的门槛。

我们总是习惯给年龄的每个整数赋予意义："三十而立，四十而不惑，五十而知天命，六十而耳顺，七十而从心所欲不逾矩。"然而先哲的智慧，也许只适用那个小而缓慢的世界。

我们的时代像是一匹光速奔腾的骏马，极少数的人试图驾驭，更多的人在有力却残酷的马蹄下挣扎。三十立不住，四十岁也充满困惑，至于到了五十，你还是得"嬉皮笑脸面对人生的难"。

任何年龄，任何人，都要面对内心的恐惧与迷失。即便以歌渡人的李宗盛，又何尝没有难以自渡的时刻？

《山丘》这曲子写在 2003 年，填词用了 10 年。

10 年是什么概念呢？ 2003 年，手机还是无坚不摧的诺基亚，北京的房价还只有几千。2003 年，还没有校内网、新浪微博，没有支付宝、微信、共享单车。

那一年，李宗盛和林忆莲一起在上海，这位华语乐坛音乐教父式的人物，这样描述他过的生活——"所有的线索显示上海时期的我是个拥有大量时间却无所事事的人。我跟那些蹲在桂平路上吃西瓜解渴等待工作机会的民工并无二致。我也的确曾经活得像一碗隔夜面条那样缺乏光泽松垮肿胀。"

写了一辈子情歌，依旧弄不懂爱情。2004 年，李宗盛与林忆莲和平分手。

大概谁的人生都经不起细看，无论皇帝或乞丐，大师或屌丝。那些绵密的苦与痛，并无几分可对人说。

很久之后，李宗盛这样写："如今我喜欢将上海的生活解释成一种试探，当我事过境迁往回看，它揭发了我不愿承认的懦弱或提醒了我从不自知的坚强。"这句话，最像我心中的李宗盛。

执迷而通透的，懦弱而坚强的，凡人的李宗盛。

再倒退 10 年，1993 年，林忆莲发行专辑《不必在乎我是谁》，同名主打歌正是出自李宗盛。

那时的歌啊，对爱何其真挚、大胆乃至狂妄——"不管春风怎样吹，让我先好好爱一回"。一年后的 1994 年，李宗盛举办暂别歌坛演唱会，那时他的妻子朱卫茵坐在台下，看着李宗盛与林忆莲合唱。

朱卫茵在自传里写这一段："看着一个最亲密的人在台上表演，而实际上你却知道这个人跟你越来越远……一旦这个演唱会结束，他就要真正离你而去，去追求他自己想要的东西了……"

后来李宗盛兜兜转转，又变成了独自一人。似乎在情感上走了很多弯路，可想想，人生又哪里有什么弯路呢？

爱过的每个人都融进血肉，走过的每一步都算数。

从《山丘》到《越过山丘》，对比着高晓松，反而更能看清一点李宗盛。

我的一位朋友，曾经这样形容高晓松这种人："有些人只要站在那里，你就知道他们有着完整的、不被生活摧残过的灵魂。那颗种子要回溯到他们的童年，在原生家庭里，他们不仅得到了体面尊严的生活，更拥有了无论何时仍保有自信和希望的能力。"

在《奇葩说》里，你能看到一个孩童与侠客综合体的高晓松，他对生活有无尽的热情和勇气，有着理想主义的浪漫情怀，活得洒脱率性，肆意昂扬。同样啊，他也希望你活出自我，不念过往，不惧未来。所以在他的《越过山丘》，有感慨，更有期待与希望：

他说你不必挽留，爱是一个人的等候

等到房顶开出了花，这里就是天下

总有人幸福白头，总有人哭着分手

无论相遇还是不相遇，都是献给岁月的序曲

李宗盛则是另一面。

我常常想，李宗盛真的是一个慈悲的词人。他的歌是献给你我这样的凡人。他懂你的"无知地索求"，也经历你的"羞耻于求救"，他理解你"时不我与的哀愁"。

他不逼你奋起，他替你说出感受。

也许这些苦痛终究会被接受和吸收。接受全心相爱是一场错误，奋力挣扎却终难到达；接受一切反抗都是徒劳，一切奔腾终归河流。接受，越过山丘却无人等候。但还好，"我们的爱若是错误，愿你我没有白白受苦"。而那些不能言说的苦写成了歌：

"让人轻轻地唱着，淡淡地记着，就算终于忘了，也值了。"

《越过山丘》，是对话 19 岁和 60 岁的自己，而在《山丘》里，你遇到的就是此刻的你和每一刻的你。对岁月流逝，坦然处之太难。可想想，失去定义了拥有，分离定义了相聚，放弃定义了坚持，短暂定义了永久。

"等你发现时间是贼了，它早已偷光你的选择。"

可人生的不幸与大幸，就是没有岁月可回头。

再无沧海一声笑

几天前，当 Bob Dylan 因为"用美国传统歌曲创造了新的诗意表达"获得 2016 年诺贝尔文学奖时，本书的两位作者在闲聊中谈起：华语作词人中，有谁离诺奖更近？林夕？黄伟文？李宗盛？

不，是黄霑。

I

听过黄霑那么多如雷贯耳的歌，却未必留心读过他的词，未必细心品味过那些旋律背后，藏在字里行间的意蕴和风骨。

黄霑写江湖豪情。他写的豪情万丈的词曲，最著名的一首要数《沧海一声笑》。当古筝合着笛子的前奏响起，那旋律太过熟悉，让人不禁要跟着唱：

沧海笑 滔滔两岸潮

浮沉随浪只记今朝

苍天笑 纷纷世上潮

谁负谁胜出天知晓

这样"带感"的词曲，黄霑笔下俯拾皆是。

提到《上海滩》，自然会冒出来"浪奔、浪流，万里滔滔江水永不休"；说到《黄飞鸿》，耳边也会响起"傲气傲笑万重浪，热血热胜红日光"。胆似铁打，骨如精钢，怎能不让人顿生豪情？

黄霑也写痴情儿女。

写《倩女幽魂》，他笔下的宁采臣是"人间路，快乐少年郎，在那崎岖，崎岖中看阳光"。写《射雕英雄传》，他笔下的情爱千回百转，"含泪诉不清，问天未有声"。

他既豪放，又婉约。

豪放时，是山高水长、地远天遥，是"江山笑，烟雨遥，谁负谁胜天知晓"，是"迎入日月万里风，笑揖清风洗我狂"。那胸襟，好一似霁月光风耀玉堂，仿佛从不曾将儿女私情略萦心上。

可是，白骨如山忘姓氏，无非公子与红妆。儿女私情，如何躲得过？于是，他又婉约。婉约时，是清丽含蓄、千折百回，是"无言到面前，与君分杯水"，是"人闯开心扉，在漆黑中抱着你，莫让朝霞漏进来"。

他像辛弃疾，想当年，金戈铁马，气吞万里如虎；他又像晏几道，衣上酒痕诗里字，点点行行总是凄凉意。

‖

怪才黄霑，是个矛盾体。

为什么一个人，既可以心事浩茫连广宇，又可以一寸相思一寸灰？可能写来写去，都是在写自己。能把情词恋曲写得如此丝丝入扣，自己岂能少得了一本情账？

1976年，有妇之夫黄霑与千金才女林燕妮因合作电影生情，两人在媒体面前的高调做派，使得发妻华娃提出离婚。离婚之后，黄霑与林燕妮名正言顺走在一起。两人合开广告公司，影视金曲卖到火热。第一届香港十大中文金曲评选，他独占三首，在随后几届更是连年入围。

钞票在手，佳人在怀，怎一个志得意满。可在香港媒体口中，他依旧是"贱男"。黄霑似乎并不在乎，就像他在青蛇主题曲《流光飞舞》里写的：与有情人做快乐事，别问是劫是缘。

可惜，缘尽了，劫自然来。

在一起14年后，黄霑与林燕妮分开。同时，他投资电影公司失败，债台高筑，四面楚歌。

失意之时，有人劝他要有风度。"风度？"黄霑说，"什么叫风度？如果爱那个女人，她要走，赶快扯住她的衣角哭吧，恳求她留下，在爱情面前人还有什么自尊可言！"两人分开得并不好看。林燕妮说，分手后黄霑酒后曾经多次上门纠缠，甚至拿锤子威胁她的儿子；而在黄霑的嘴里，林燕妮始终是他最爱的女人——"我一生人不可以再爱一个女人像爱你那么深"。

而直到他病重离世，他最爱的女人都没有再和他说过话。

情深易，专情难。往事成风，当年的恩怨纠缠变成形同陌路。从在人言可畏中我行我素，到在采访中说："你说恋爱，不记得了，我老了。"留下的只是怪才的生性洒脱，就像他在《鹿鼎记》主题曲中写道：

是对是错是傻暂且不理
用笑用歌声传我传奇
是非是实何必问
快抛开恩怨去嬉戏

是人是我不管咁多，开心去演出戏——到底是写韦小宝，还是在写自己？

III

真正的男人，骨子里总有点孩子气。

怪才黄霑，颇像金庸笔下的老顽童。

他凡见面必亲张国荣，和李小龙打架，和成龙也打架，他喜欢到电影里客串各种怪角色，《唐伯虎点秋香》里演华太师，《少年黄飞鸿》里演坏县令，《逃学威龙》里演黄牧师。

他和倪匡、蔡澜、金庸并称香港四大才子。他陪着倪匡追夜店姑娘，和金庸为特首人选打笔战，后来还和蔡、倪二人做了访谈节目《今夜不设防》，大聊荤段子。

他出的谐趣小书，叫《不文集》，他也被戏称"不文教父"。

可是，千万别被他那种周伯通式的顽皮、黄药师般的邪气骗过去，实际上，黄霑是香港乐坛甚至是整个香港极少数极具战略家眼光的人。

他不仅懂风花雪月、刀光剑影、诗词歌赋、儿女情长，更懂得什么叫大势已去，什么叫时移世易。他看得懂岛的精致与狭隘，也看得懂陆的粗糙与广阔。就像他写笑傲江湖，也写上海滩；也写倩女幽魂，也写港岛狮子山下。

他懂真正的江湖——政治。

黄霑的博士论文写的是《粤语流行曲的发展与兴衰：香港流行音乐（1949—1997）》，据说当年香港大学无人敢审。在这一本粤语流行曲"史书"的最后，黄霑写道：

香港流行音乐，到了《滔滔两岸潮》的十多年，由极盛一下子滑落至极差，令人惋惜。其中成因复杂，有些是大势使然。像香港因为历史上遗留下的现实，使这南方小岛，变成中国海峡两岸自由表达的领导者。一旦两岸相继开放，各方有自己的表述，香港这方面的优势就消失。

……

放眼当今香港电影、音乐和娱乐版图的全线萎缩，回头看去，不免赞叹霑叔是巨眼英豪。

2004 年，黄霑因肺癌在香港辞世，从此，再无沧海一声笑。回望黄霑一生，似乎没有什么比他自己的歌词更贴切地表达一生浮沉：

清风笑，竟惹寂寥
豪情还剩了一襟晚照
苍生笑，不再寂寥，
豪情仍在痴痴笑笑

自古美人如名将，
不许人间见白头

I

最近一次看到张曼玉的消息，还是两年前的草莓音乐节。

夜色里，伴着北京春天的风沙，她操着低沉的烟酒嗓，在介于跑调和不跑之间，有些艰难地唱着一首美国流行女歌手的新歌。

演出中，许多观众开始离场，不知是因为恶劣的天气，还是因为失望。她依旧在台上卖力地唱，那首歌有句歌词：I want you to stay. 我想让你留下。然而，风大到 8 级，这场本不完整的表演被迫提前结束。

整个表演荒腔走板、匪夷所思，与其说是一场表演，更像是一出行为艺术。

有些人很失望，后悔为这场难以评价的演出激动不已。也有的人为她不平，传言她愿意演出，是为了提携自己的吉他手小男友。那些关于梁朝伟、尔冬升的旧事从尘埃里泛起。似乎这些都好理解了，这不过是又一件她为爱所做的事。

她很不甘，在台上喊道："我演了二十多部电影，可还是有人说我是花瓶。请再多给我 20 个机会，我一定能唱好的，好吗？"听众没有再给她 20 个机会。

人们很唏嘘，觉得最难过是英雄白首、美人迟暮。

记忆里的张曼玉哪里去了？那个在《英雄》中大漠里红绸飘飞里的坚毅眼神，那个《花样年华》昏黄灯光下窄巷里摇曳多姿的背影哪里去了；那个《旺角卡门》里眉梢眼角带着淡淡的笑、青涩邻家女孩阿玉哪里去了？

那都是多少年前的事了。在那些经典角色之外，她远走法国，演一些不太为人知的影片，凭着一个戒除毒瘾、挣扎求生的角色，获得了戛纳电影节影后。但人们记住她的，永远是飞雪、李翘、苏丽珍。也许，那个烫着发、穿皮衣、烟酒嗓的她，才是从一个个角色影子里走出的真正的张曼玉。

世上最难演的角色，是自己。

II

在去年的一档综艺节目里，看到了林青霞。

隐退江湖、相夫教子的她，时隔 20 年再次出山。

在那个十个女人一台大戏的节目里，她被中生代或是新晋的女明星尊为长辈。在一群追求"冻龄"、恨不得逆生长的女星口中，长辈这个称号，很难说是不是一种赞美。她欣然接受，自然地坐在主座上，笑看那些想借势、想上位的年轻女星们在一则真人秀中亦真亦假地炒话题、闹别扭、耍宝卖乖地刷存在感。

天下熙熙，皆为利来；天下攘攘，皆为利往。

当年，她从小荧屏征服大银幕，从琼瑶御用女主变成双料影后。在滚滚红尘中笑傲江湖的她，想必已经看尽了名利场的风云变幻，于是，她只是笑笑不说话。她此时的心境，可能正如同自己两本书的书名：《水深水浅》《云去云来》。

于是，在那个节目里，她安然做一个"阿姨"，露出粗壮的上臂，和那些手无缚鸡之力的女星掰腕子，谈笑间把那些真柔弱或是装柔弱的女明星们杀个片甲不留。似乎时空变换，她又成了那个"一袭红衣一壶酒"的东方教主，星目剑眉，睥睨众生。而那些叽叽喳喳的女星仿佛变成了坐下教众，她们叩首再拜：

愿教主千秋万代，一统江湖！

III

同一个节目里，还有朱茵，我们的紫霞仙子。

在那个热闹的节目中，她有种尴尬的"局外人"感。可能是参与不进去，也可能是并不真心想参与，或许如她采访中说的：花无百日红，名气不过是过眼云烟，我很早就看透了这一点。

总会有不太经意的镜头，捕捉到她出神的样子。那个神情，像极了她在《大话西游》里的一幕，她站在大漠的中心，望向那无际的尽头，音乐响起，耳边传来卢冠廷的《一生所爱》：

苦海　　翻起爱浪
在世间　　难逃避命运
相亲　　竟不可接近
或我应该　　相信是缘分

不知道她在出神想些什么？应该不会是她终究没有嫁给的至尊宝。如今的至尊宝已经爬满半头白发，紫霞仙子是否依旧摄人心魄、灿若明霞？或者，不过是红颜弹指老，刹那芳华。

就像淡出公众视野多年的王祖贤在机场被拍到，媒体刻薄地写她"面容扭曲""疑整容失败"。岁月最易将人抛，当眉眼如画的聂小倩被说成僵尸容颜，我们只能感叹，青春若有张不老的脸，希望它不需要玻尿酸。

但是，不管是浓妆还是素颜，只要那头长发依旧飘逸，我们便可梦回倩女幽魂，去遇见月夜里那个白衣飘飘、媚眼如丝的聂小倩。

IV

对于那些年爱过的女神，我们总是格外的心慈嘴软。

即便岁月改变了她们的容貌，也只需一个低首或是一个回眸，就能记起初见时她们最美的模样，并又一次醉倒在她们顾盼神飞的英姿里，游弋在她们似蹙非蹙的眉黛里，拜倒在她们勾魂摄魄的衣袂裙钗里，淹没在她们如影似魅的迷离眼色里。

看腻了如今的千人一面的锥子脸，习惯了"士别三日当刮骨隆鼻开眼角相待"，我们才明白，宁不知倾城与倾国，佳人难再得。果真是，自古美人如名将，不许人间见白头。

怎能让人不怀念，那最后的风华绝代。

一切都是过程，
每秒都是终点

看《冈仁波齐》时是包场，旁边的大叔睡着了，我一点都不意外。

《冈仁波齐》的美妙，在于它是如此的平静与无聊。

故事一句话就可以讲完：尼玛扎堆决定带上 72 岁的叔叔去冈仁波齐朝圣，村里其他人知道这件事后，纷纷来参加，去各自完成自己的愿望和救赎。

影片展现的是藏民的日常生活，喝酥油茶、吃糌粑、宰牛、风干肉、做磕长头的手板和袍。出发前没有激动，没有紧张，孕妇、孩子和老人，在这条路上，都如常人。

而所谓朝圣，不过就是磕长头、吃饭、念经、睡觉再磕长头的循环。要生孩子了，便去医院生了孩子，回来继续。拖拉机坏了，人就推着车子。下雪了，便继续走。遇到水坑，便磕过去。没钱了，便去打工。人死了，便天葬。生死大事，风暴雨雪，一切无常，在这部片子里静如止水。

就像是这个群体的生活面貌——世事变化，而他们的时光仿佛静止。

艰苦的自然环境、贫瘠单调的生活，宗教似乎是场救赎，让他们心甘情愿地承受这一切，或者说，在这样恶劣的外部环境下生存下去。一切的不幸都可以用不够虔诚解释，一切的痛苦都可以用来生更好安慰。朝圣、磕长头、转山，宗教在无穷无尽的仪式感里，赋予了人们幸福的感觉，或者幻象。

西藏承载了太多想象，而这部片子剥去了想象，还原了真实。

信仰在某种意义上就像吃饭、睡觉，它是生活重要的一部分，但它不能也不会给我们生活全部的答案。

有了信仰，宰牛的屠夫感受到的是痛苦和压力，痛苦到要用酗酒来解脱；但也是因为朝圣，他戒了酒，盼望着在神山那里洗脱罪恶。

保护女孩而伤了腿的男人，说自己一家三代没做过坏事，却施工出事、欠钱，即便宗教也无法回答他："为什么倒霉的总是我？"

小女孩头疼，妈妈坚持说，"磕头好，磕头长见识"。尽管她并不说明，在翻山越岭中不断重复的动作，得到的是怎样的见识。

路上遇到的老人，认真地教导别人头顶不要戴红布、磕头要走几步。但老人站在机器化耕作的土地上，感慨"年轻人太心急"时，他的虔诚会不会更像脱离时代的固执？

喇嘛说，要磕一万个头的女店主，花钱请这群人去替自己磕头。他们收获了去冈仁波齐的路费，她获得了心安。如果信仰的实现可以假手于人，那么金钱买来的是更糟还是更好？

这些疑问隐秘在电影枯燥重复的镜头里，藏在平静到无聊的生活里。

讨厌这部电影的人有一种观点，认为它仅仅是在消费他者的信仰，而从来没有对这里进行批判。

信仰并不一定是好的，也许就像木心所说——"凡一种信仰，强制性愚民，一定阶段后，民会自愚"。但只想到这一点，和那些认为藏区就是纯净天堂的人一样偏激。

没有一种信仰能保证相信他的人全都是好人，能保证他的信徒全然淡定幸福。

宗教的背后有权力的争斗，有人心的博弈，但在那些极端的地方，信仰的确给了人们一种力量，去抵御贫瘠、寒冷，去抵御无聊、重复。而后，宗教融入了生活，信仰贯穿了生命。这一点，对于生活在现代社会的我们而言，永远不可能设身处地地了解。

在《转山》里，那个因为失恋而去西藏的男孩子说："这趟旅行可能失败，但至少我应该在失败面前看到自己是如何就范的。抵达终点后，才发觉这一切无非尽是过程。"而对于那片土地的人而言，根本没有终点可言。

拉萨不是终点，冈仁波齐也不是，因为经会一夜夜地念下去，人会一批批地再走上行程。他们翻山越岭，他们磕头念经，也许围绕着神山转了108圈，也许如72岁的老人在到达冈仁波齐后静静死去。

换个角度想，在生命的无常与重复面前，朝九晚五的你和他们也许没有什么不同。虔诚或世俗，执着或犹疑，世界尽头或是繁华都市，生命都是一场殊途同归的旅程。谁逃得掉生死爱恨、相聚别离？只是，他们有他们遥远的朝圣苦路，你有你望不到尽头的攀天长梯。

如果说你在电影里感受到某种共鸣，也许是你在遥远的他们身上，看到了一种无关信仰和宗教的真相：

人生一切都是过程，然而每秒都是终点。

中国味的《深夜食堂》，
   不在日式居酒屋里

中国版的《深夜食堂》被骂得很惨，这部剧槽点太多，都不知道该先说哪儿。

如果要我想象中国味的《深夜食堂》，那么故事就在北京的夏天，一家家店像簋街那样连成片。

有人说老板可以找黄渤，主营胶东大盆海鲜，这主意不错。不过，黄渤是青岛老板在北京，如果找北京地道的，我建议选梁天。老板就穿着白色老头衫、短裤衩，趿拉着拖鞋。一口京片子，话痨，遇到城市管理者就笑成一朵菊花，递烟臭贫。店里主营烧烤啤酒，为了赶时髦也卖卖小龙虾。

梁天管外场，厨子是李琦，一边满头大汗一边和梁天吵架，还嘴笨吵不过。食客里，得有冯小刚演的六爷和张涵予、许晴来吃串喝酒，斜眼看着旁边咋咋呼呼的花臂小青年。

"丫嘚瑟的！"张涵予低声骂。

"得了，就你管的宽。"许晴瞪一眼，风情万种。

得有个英达演的十八线导演，一手拿着羊腰子，一手摸着旁边女孩的大腿。女孩一张网红脸，分不清像思聪哪任女友。"这是个名利场。"导演吃得津津有味："你得付出才有回报。"

然后，宝强带着画城乡接合部妆容的黄发女友走了进来。女孩一坐下就抱怨"这儿多脏啊！"宝强憨厚地笑笑，拽出劣质的纸巾使劲擦桌子，承诺以后一定带她去对面的大饭店。

有歇班的姑娘，三两个，一水儿的齐臀小短裙，红嘴唇红指甲。最漂亮的那个要像倪妮，喝多了就哭。

旁边的马苏一边倒酒一边骂："哭啥啊哭，男人就没有一个好东西。"

隔壁桌最好有个晚下班的单身码农，演员就找小戏骨张译，要演出那种"没有性生活却累出了肾虚"的脸。他背着双肩包，拿着谷歌"亲儿子"原生安卓手机。眼睛偷瞥一眼倪妮，然后继续玩一局王者荣耀。

当然得有一群北京球迷，老少都有，一水儿的绿色球衣。李成儒喝点就挥斥方遒，喷裁判，喷对手，也骂自己球员，但只要碰杯，必定喊"国安是冠军"。

周冬雨、张一山，带着小花小草们出来演大学生。甭管是社团活动结束，还是庆祝考试重生，怎么疯怎么来，男生、女生到最后都对瓶吹，脸上是"这个世界都是我们的"的嚣张青春。

急忙跑来的是个出租车司机，一边奔厕所一边让老板先烤上串。范伟如果愿意演，还得给他加场带儿子吃串缓和父子关系的戏。

没有骂街、打架，往地上砸酒瓶子的大排档，都是假的大排档。

东北F4的金链子组合，可以和老炮儿或者球迷打一架。一言不合就开打，老板梁天忙着拉架，还得喊厨子李琦来帮忙。

得有热爱装蒜的文艺青年，吃串照样用滤镜，拍照一分钟、P图两小时；得有雄心万丈的创业团队，"95后"的老板带着"80后"群high；得有个失恋的短发姑娘，一面哭，一面把渣男当虾壳恶狠狠地丢下；得有个决定离开北京的漂儿，把这么多年的坚持都留在空空的酒瓶里……

那才是我们的深夜食堂。

它一点都不高雅，不温柔，不宁静。

它有青春的光芒万丈，有生活的琐碎无聊；有分手的撕心裂肺，有打架的莫名其妙；它是口舌之欲的满足，是孤独患者的自救，是热闹的更热闹，而寂寞的都交给食物。

别怕烟火气，别怕俗啊，这样的深夜食堂，多好。

年少轻狂终须老：
当摇滚青年捧起保温杯

I

一位"谢顶"中年摄影师去给黑豹乐队拍照，回来后感叹："不可想象啊！不可想象啊！当年铁汉一般的男人，如今端着保温杯向我走来。"

随后，保温杯的正主发了条微博：听说我的保温杯在微博上火了？一石激起千层浪，一众损友开始拿黑豹的《无地自容》来"损"赵明义。

"人潮人海中，有你有我，最终都要一起养生。"

"你不必过分多说，你自己清楚，你杯里到底放了什么？"

"不再相信，相信什么道理，杯中已是红枣枸杞！"

玩笑归玩笑，可当叛逆偶像变成坐在面前慈眉善目的大叔，还是不禁让人感叹时间的力量。

岁月才不是杀猪刀，岁月是摇滚青年捧起保温杯，铆钉朋克穿上棉毛裤，夜店女神换上平底鞋，飙车少年张罗小升初。

岁月是年少轻狂终须老。

虽然还是不死心地说：永远年轻，永远热泪盈眶。现实却是，多喝热水，12点前睡觉。因为一不小心就发现：原本通宵K歌无所畏惧，现在超过11点就困意来袭，熬夜一次就憔悴不堪；原本陪酒泡吧面不改色，现在只喝不得不喝的酒，喝前还得来个护肝片；原本胡吃海塞还是A4腰，现在戒了晚饭坚持运动还是发福。嘴上说着还能再战五百年，身体却很诚实。精神再坚挺，肉体却不再争气。

时光都去哪了？

到隆起的啤酒肚，退后的发际线，爬上细纹的眼角和时不时就罢工的胃里去了……

Ⅱ

说实话，看到赵明义一脸平和端着一个保温杯虽然有些想笑，可想想又挺合理。

不然他应该是什么样子呢？一个年过半百仍旧桀骜不驯的老男孩？一个握着伏特加瓶子的烟枪酒鬼？

有些事儿年轻的时候是酷，可过了一定年纪还搞就有些怪异。就像 TFboys 唱《青春修炼手册》恰如其分，一个好几十岁的歌手还在台上唱"我是个不爱笑的孩子"，就让人有些不太舒服了，像是目睹一个几十岁的巨婴在哭泣。

比如，十六岁可以蔑视一切、反叛所有，二十岁可以鲜衣怒马、挥斥方遒，三十岁仍然常心有不平而鸣。可几十年如一日的保持愤怒，要么成为老炮儿，要么成为老愤青。

所谓的"摇滚范儿"也是一样。

并不是愤怒就摇滚、抽烟就摇滚、喝醉就摇滚。毕竟，外在的东西是最简单的，黑眼圈可以化，皮夹克可以买，姿态可以装，做派可以摆。抓住内核最难。

崔健有句歌是：你能剪掉我的头发，但剪不掉我的梦。反过来说，头发人人可以留，梦未必人人全力追。

摇滚是一种内在的东西，想养生就养生，想打鼓就打鼓。

想端起保温杯，就端起保温杯。

Ⅲ

最近有篇文章，叫《中年危机最后的倔强，是不要拿泡着枸杞的保温杯》。

"不要随手带着保温杯，无关年龄，事关荣耀而已。"

其实，保温杯和别的一些东西都是外物，带不带上，和荣耀没太大关系。就算赵明义端着保温杯，就算窦唯梳个丸子头骑个电动车，就算李健穿着秋裤生活作息如老人。该牛还是牛，该男神还是男神。

没有太多独到之处又极度渴望展现个性的人，迫不及待地去染发文身戴耳钉。当他们独特到不需要这些来帮衬自己的时候，自然会褪掉这层妆裹，隐入芸芸众生。到了一定的年龄，分割成熟还是幼稚的标志之一，就是不再用标新立异或者自虐自残的外在形式与生活对抗。

年少轻狂终须老，但那又怎么样？不过是少了些酒酣脑热时的吹牛、骂街、指点江山，少了些迷离灯光下的暧昧、蠢蠢欲动。更加小心翼翼对待易老的皮囊，温情脉脉珍惜易变的感情。就像弱小的刺猬把尖刺露在外面，脆弱的蝴蝶模拟野兽凶猛的眼睛。

猛虎却收起利齿，细嗅蔷薇。

第三章 —— *Chapter 3*

我们如何相爱，
只有自己知道

早点遇到你，
结局会不同？

I

关于郭襄，有一段有名的判词：风陵渡口初相遇，一见杨过误终身。只恨我生君已老，断肠崖前忆故人。

而修订版的《神雕侠侣》里，金老爷子为郭襄加了这样一段少女的想象。

"可惜我迟生了二十年。倘若妈妈先生我，再生姊姊，我学会了师父的龙象般若功和无上瑜伽密乘，在全真教道观外住了下来，自称大龙女，小杨过逃到我家里，我收留了他教他武功，他慢慢地自会跟我好了。

他再遇到小龙女，最多不过拉住她手，给她三枚金针，说道：'小妹子，你很可爱，我心里也挺喜欢你，不过我的心已属大龙女了。请你莫怪！你有什么事，拿一枚金针来，我一定给你办到。'"

多天真的小女儿情态。仿佛早早遇上，就没有相逢恨晚，没有造化弄人，没有风陵渡口的一见误终身、天下无良人。

郭襄的际遇，搁到现在，就是刚入社会的小女生，遇到了上过《福布斯》封面的超级成功人士。

你过生日，他包了国贸顶层，让你观赏满天烟花；你有麻烦，他一个电话就能平事儿；他温柔、体贴、包容，品位超好，他不会像幼稚的小男生和你吵架、冷战，也不会像糟糕的暴发户没情调。你根本不用担心是"在宝马车里哭还是自行车上笑"，因为他的本事，就是让你在宝马车里笑。

问题是：男神已有爱人。

真让人不甘心啊。如果早点遇到他，我们一定会在一起，从此王子公主过上幸福的生活。

真的吗？

‖

郭襄希望妈妈先生自己、再生姐姐，可姐姐郭芙遇到的杨过，是这样的：

一个衣衫褴褛的少年左手提着一只公鸡，口中唱着俚曲，蹦蹦跳跳地过来……走到李莫愁和郭芙之前，侧头向两人瞧瞧，笑道："啧啧，大美人儿好美貌，小美人儿也挺秀气，两位姑娘是来找我的吗？姓杨的可没有这般美人儿朋友啊。"

脸上贼忒嘻嘻，说话油腔滑调。

郭襄还希望自己住进古墓，当大龙女。可刚开始和小龙女相处，杨过的状态是这样的：

小龙女命杨过睡在孙婆婆房中。杨过想起石棺中那些死人，却是说不出的害怕。小龙女连说几声，他只是不应。小龙女道："你没听见吗？"杨过道："我怕。"小龙女道："怕什么？"杨过道："我不知道。我不敢一人睡。"

那时的杨过，还不是神雕大侠，还没有经过终南山上的委屈心酸，活死人墓里的朝朝暮暮；没有经过英雄大会的崭露头角，绝情幽谷的失而复得；没有断臂，没有神雕，没有离合无常，没有江湖风雨，没有十六年守望。

是种种过往，把毛头小子炼成侠之大者。郭襄爱上的，是风陵渡口、众人口中传奇般的神雕大侠，是用无所不能又宠爱她的大哥哥，甚至是钟情小龙女、苦苦等待的痴情人……

可出身名门、见惯大世面的郭二姑娘，会喜欢上当年那个流里流气、胆小幼稚的小杨过吗？恐怕更可能的是把他当作又一个张君宝："杨兄弟，我看你不是坏人，这样流浪终究不成样子。我爹爹在襄阳城，你拿着这对铁铸罗汉去投奔他吧。"

III

我们喜欢说相见恨晚这个词，它有一种另类的安慰意味：似乎只要宇宙的指针轻微一摆，我们遇到的时间早一点，就可以得到那个不属于自己的人。

事实是，每个人都是被各自的经历塑造。

他／她身上每个令你着迷的点，都来自岁月的调教、时光的打磨，有一个甚至是几个爱人留下的印记。那些融合在一起，酿成醇香的酒。别人端在手里，你闻到了想喝、想醉。可你会喜欢上青涩的葡萄吗？会修剪扭曲的树藤吗？会等弱小的种子发芽吗？

喜欢成熟和强大，是一种本能。有很多"幸运"的姑娘，成功收割了他人的果实。她们不仅相信"相见恨晚"，还相信"下手趁早"。她们说，啊，我爱上了一棵大树，其实，更爱的恐怕是那片树荫。

但郭襄的可爱之处就在于，她显然不是，也不想成为那样的姑娘。

她愿意用一生做一个梦，梦里面，风陵渡口变成了地下古墓，郭二小姐变成了大龙女，她早早地遇到了他，从此不用遥远而无望地仰视。半竿月，一川雪，风陵渡口访侠客，江山伴君阔。

真是个美好的梦啊！

多么可惜，真相就是这样残忍：这世间，并没有所谓的相见恨晚。

而有些错过，却注定无法幸免。

我欠你的早已还清，
你欠我的无须再还

总有弱水替沧海，越早放下，越早超脱。

I

金庸的小说里，男主角常常是万人迷。

公主爱他，侠女爱他，坏女人也爱他。相比之下，这样的女人就不常见。

不过倒是有这样一位女配角，金庸这么写：十年来江湖上有不少汉子见她美貌，不免动情起意……江湖上妖邪人物之中，对她着迷的人着实不少……

正邪通杀的女子，长得必定漂亮：声音是"轻柔婉转"，容貌是"明眸皓齿，肤色白腻"，神态是"美目流盼，桃腮带晕"，身条是"腰肢柔软之极，就如一朵水仙在风中微微一颤"……这已不仅是美，更是风情入骨。

结果她的一生是怎么的呢？先所爱非人，然后所托非人，最后背负魔头骂名，丧身火海。

一辈子就一个字：惨。

故事的开始总是美好。那时在大理，苍山洱海，蝴蝶泉边，她年纪正好，遇到翩翩少侠。尔后，意中人拿着她的帕子，回到中原。中原有江湖，有规矩，有家族，有温柔如水的姑娘，他娶了别人。她从此变成了江湖中人闻名丧胆的赤练仙子——李莫愁。

从岁月静好，到孤独半生、死于非命，其实只差了一点。这一点，与所遇非人，没多大关系。

II

电视剧总喜欢走极端，要么把陆展元塑造成一个薄情负心的渣男，要么把李莫愁拍成强势极端的变态。可实际上，在书里没人说得清：他俩是两相情愿之后的背叛，还是落花有情、流水无意的单恋？这似乎很关键。要是陆展元变了心，李莫愁就情有可原；要是单相思，那就是她活该。

相信我，这个真相对于最后的结果，并没那么重要。

我们常常相信，人与人之间的关系是一笔可以算清的账单。伤我的人，我加倍偿还，自然能心平气和；抢走我幸福的人，我毁掉他／她的人生，自己就会快乐。

但可惜，事实不是这样。

陆展元与何沅君成婚，书里写李莫愁去婚礼闹事，反被高僧制止，并许下十年内不为难陆家夫妇的诺言。可从这一刻开始，她的人生渐渐走上了毁灭。她杀陆家的人，杀提到"沅"的人，甚至"在沅江之上连毁六十三家货栈船行，只因他们招牌上带了沅"。哪怕陆家夫妇死了，她也不能开心满意，甚至把两人尸体烧成灰，一个散在华山之巅，一个倒入了东海，"叫他二人永生永世不得聚首"。

相比之下，与小龙女争斗，真算不上什么大错了。

可如果那天，她去婚礼不是喊打喊杀，而是这样的呢：陆展元身穿锦袍，旁边新娘凤冠霞帔。忽听得有人娇声喝道："且慢！"一个白衣少女冲入大厅，却是李莫愁。她上前一步，朗声道："陆少侠，今日你大喜之日，本不该打扰，但你欠我东西，不能不来讨债。"

陆展元见李莫愁来已是大惊，在场宾客众多，只好强作镇定："不知陆某拿了姑娘什么东西，定当归还。""一方锦帕。"李莫愁道。一语既出，众人哗然：这锦帕多是男女定情信物，可知两人关系匪浅。陆展元满脸通红，小声恳求："愁妹，你何必……"少女只伸手，却不理他。陆展元无法，竟然真从怀中掏出一面红花绿叶的锦帕。"红花绿叶，相偎相倚。"少女接过锦帕，低头喃喃，眼中似有泪光。

陆展元不禁想起当日，两人情意绵绵，少女笑语"红花是我，绿陆音近，绿叶就是陆郎"，一时心如刀绞。抬眼再看，李莫愁已将锦帕扬到空中，抽剑斩得粉碎，冷道："相识一场，自问没有负你之处，而今前事已了，告辞！"一阵风起，少女已不见踪影，众人只听得空中歌声渐远："闻君有两意，故来相决绝。生死不复见，嫁娶何须啼。"

如果这样，是不是就不必虚耗青春，不必杀人如麻，不必用一生为一次错爱买单？哪怕更晚，在她等着复仇的十年里，即便有一时一刻放下这段死去的感情，是不是就能有新的天地？

单恋陆展元不可怕，陆展元背信弃义也不可怕，可怕的是拿一生为一次错误买单。

III

人生中的有些悲剧，叫作命中注定、有此一劫。

比如乔峰，出身就注定了他情义两难，忠孝挣扎。这就像是人生旅程中埋下的定时炸弹。无论此刻是大权在握，还是娇妻在怀，早晚要撞上注定的劫数，天翻地覆。这种"命运悲剧"，就像俄狄浦斯王弑父娶母，人力难以避免。

但李莫愁的悲剧不是这样的。不过是做错了一次选择，她本该有千百次的机会去修正，但她没有。她像一个输急眼的赌徒，不停地放下更多的筹码，以为这样就能翻盘。哪怕对手都已经离场，她还在桌上，与自己赌，与自己耗。

感情里，我们都可能犯错。即便你们都是大好人，对方也可能就是不爱你。但是明智的人，知道什么时候抽身，什么时候止损。再坏的爱人都不会彻底毁掉你，只有你自己会。

一段感情，难免有时让人辗转反侧、伤心难过。但最糟的关系是两个人互相折磨，一举一动只是为了惩罚对方，而不是解决问题，甚至不是让自己快乐。这种"垃圾关系"，留得越久，损失越大。不必惋惜你曾经付出几何，不必愤恨对方欠你良多，也不必强逼自己圣母般原谅。

早日分手是最大的补偿，活得精彩是更好的报复。

"我欠你的已经还清，你欠我的也无须再还。"

一别两宽，余生不见。这就是最好的结局。

这世上从来就没有"你应该爱我"

I

有这样一对男女。

第一次见面，她才4岁，他不顾性命去救她，用单薄的身躯护住她，把后背露给猛兽，豹子的前爪搭上了他肩头。

获救后，他们一起回到草原，一同嬉戏玩闹，策马奔腾。也曾弯弓射雕，生死与共。在外人看来，这就是青梅竹马、佳偶天成。可他俩，是郭靖与华筝。若说郭靖对华筝一点好感没有，我是不信的。

两人见到黑白雕群搏斗，华筝想救白雕，郭靖就帮忙射死了黑雕。华筝被许配给王罕的孩子都史，后来郭靖一箭双雕，成吉思汗许诺答应他的任何请求。郭靖不为自己，不为家人，双膝跪地，求的是：

"王罕的孙子都史又恶又坏，华筝嫁给他后一定要吃苦。求求大汗别把华筝许配给他。"

华筝出嫁前夕，又是郭靖，变相帮她逃脱婚约。

华筝抽抽噎噎地道："爹爹要我，要我就去嫁给那个都史……"

郭靖道："你快去禀告大汗，说桑昆与札木合安排了诡计，要骗了大汗去害死他……"

郭靖转念一想："啊，这样一来，她就不会去嫁给都史了。"

这样的男子，情窦初开的华筝怎么能不动心呢？于是她柔情百转地去问他："我如不嫁给都史，那么嫁给谁？"虽然在郭靖的心里，他与华筝不过是"情若兄妹""实无半点儿女私情"。可谁又知道故事继续，原本"因为习武心无杂念"的郭靖，又会不会在兄妹情里生出一点点男女之间的喜欢，甚至爱？

▌▌

然而，华筝在感情里的失败，却是从看起来的成功开始的。

郭靖立功，铁木真赐婚，傻小子成了金刀驸马。华筝漂亮、聪慧、爽朗，她是这个草原上最美丽的明珠，更重要的是，娶了她，就得到了显赫的家世和无限的前途。世俗看来，郭靖是撞上了天大的运气，应当感恩戴德；家人朋友看来，两人青梅竹马、男才女貌，完全天造地设。恐怕连华筝自己都觉得，"你应该爱我"。

所以第二天郭靖去中原寻仇，离别之际："华筝见他硬邦邦的全无半点柔情蜜意，既订鸳盟，复当远别，却仍与平时一般相待，心中很不乐意，举起马鞭，狂打猛抽，只把青骢马身上打得条条血痕。"我的兄弟是你的兄弟，我的父王是草原的主人，我们是订婚的伴侣，我和我的家人对你这样好，这样好。你怎么能不爱我？

可这世界上，有什么比"你应该爱我"更让人想逃呢？

好感还没来得及发酵成爱，就被套上了束缚。从立下婚约开始，郭靖和华筝就慢慢走远了。华筝不再是那个爽朗的妹子，而是必须娶的女人，是他要负起来的责任，要兑现的诺言。他再也爱不起来这个人了。

他说："郭靖并非无信义之辈，我须得和华筝妹子结亲。"他说："我应当娶她可我心中只有你。""须得""应当"，每句话都是他的真实想法：我应该如此。多少应该，就有多少不想、不愿。爱一旦变成了道德上的负担，谁还爱得起来呢？

黄蓉呢，正好相反。她前面身份不明，后面还爆出来一个行事乖张、和郭靖师傅不和的爹。

几百年后，西方有个大哲人说，爱情只有当它是自由自在时，才会叶茂花繁。认为爱情是某种义务的思想只能置爱情于死地。

只消一句话：你应当爱某个人，就足以使你对这个人恨之入骨。

III

金老爷子很清楚，华筝在三人感情里是最无辜的那个。

为了让郭黄恋毫无道德瑕疵地获得圆满，他写出了华筝告密、害得郭母死亡这一情节。于是，华筝不得不退了。从此，她的结局只有在两人轻描淡写的对话中出现。

黄蓉道："既是她无心之过，你就该到西域去寻她啊！"郭靖道："我与她只有兄妹之情，她现下依长兄而居，在西域尊贵无比，我去相寻干么？"

好一个尊贵无比，郭靖大概是忘了拖雷和他说过："华筝妹子是永远不肯另嫁别人的。"他大概也忘了华筝说过："想到那时候我听说你死了，真恨不得自己也死了方好。多亏拖雷哥哥从我手里夺去了刀子，不然这会儿我怎么还能嫁给你呢？""郭靖哥哥，我若是不能做你妻子，我宁可不活着。"

那时她还以为他爱她，她说"我跟你成亲之后，我就忘了是成吉思汗的女儿，我只是郭靖的妻子"，她把那对白雕送给他，叮嘱他"早日回来"。

后来他去了江南，江南有灵巧的燕子。那对白雕再也没回来，他也没有。

而她背叛了父兄国土，为他报信。草原容不下她，江南也没有等她的人，于是她只能骑着骏马，去了很远很远的地方，再也不回来。后来她懂了，爱情是最无理的事，这世间大概并没有什么"你应该爱我"。多少世人眼中的举案齐眉，却是你的到底意难平。

爱你是场空欢喜。最后只剩祝你："善自珍重，福寿无极。"

有些爱，
无法宣之于口

I

这世间女子聪慧，有赵敏的神机妙算、黄蓉的古灵精怪，到了程灵素这里，却是让人心疼的四个字：清醒克制。

她懂人心，懂到只需要假装丢了玉凤，便试探出袁紫衣在胡斐心中的分量。她更体谅人心。胡斐因出身疑心她，她并不怨恨；色相迷人，她也都明白。

胡斐微笑道："这花颜色娇艳，很是好看。"程灵素道："幸亏这蓝花好看，倘若不美，你便把它抛了，是不是？"胡斐心中在想："倘若这蓝花果真十分丑陋，我会不会仍然藏在身边？"

程灵素与胡斐，有太多心意相通的时刻。

两人流浪江湖，听铁匠唱情歌，并肩冒险，几次生死边缘，相知未必少于谁。连胡斐都说：天下只有一位姑娘（程灵素），才知道我会这般蛮干胡来，也只有她，才能在紧急关头救我性命。若换作赵敏，爱情走到这一步，必定奋力一搏，但程灵素不一样，她知世知人太通透。

爱并无缘由，胡斐不爱她，或许因为她太聪明，或许因为她不够美，或许什么都不为。那些欲言又止，那些进而又退，那些生死相托，如若换一个人早已懂了，而在胡斐的嘴里，都化作了一句轻飘飘的"二妹"。

她能说什么呢，她只能脸色苍白地大笑："好啊，那有什么不好？我有这么一位兄长，当真是求之不得呢！"

爱得太深，又太清醒，于是克制到连表白，都是奢望。

深情即是一桩悲剧，往往以死来句读。直到走到命定的结局，程灵素才再无顾虑地开口："大哥，他不知我……我会待你这样……"

爱无对错，但胡斐余生总会有悔有愧吧！

II

程灵素的爱，是"山有木兮木有枝，心悦君兮君不知"。

郭襄的单恋，则始于"君生我未生，我生君已老"的时间障碍，终于"我离君天涯，君隔我海角"的空间阻隔。天高水远，那人有他十六年的死心守候和后半生的两情缱绻。而她呢？

峨眉山上有风有月，江湖上有少年英雄，她有门派，有徒弟，有鲲鹏万里，前途似锦。只是那一腔少女心思，永远留在了风陵渡口。

程灵素的不说，是说了便是拒绝；而郭襄的不说，大概更绝望。要么被拒绝。一旦接受，那她爱的那个情深不移的杨大哥，就消失了。在现实里，她的爱毫无活路，于是只能去想象：可惜我迟生了二十年。倘若妈妈先生我，再生姊姊，我……自称大龙女，小杨过逃到我家里，我收留了他教他武功，他慢慢地自会跟我好了。

他再遇到小龙女，最多不过拉住她手，给她三枚金针，说道："小妹子，你很可爱，我心里也挺喜欢你，不过我的心已属大龙女了。请你莫怪！你有什么事，拿一枚金针来，我一定给你办到。"

在另一个平行世界里，我爱你，大概总有一点希望吧。

III

单恋写到程灵素和郭襄，原本就到头了，然后《鹿鼎记》里，又出来一个胡逸之。

他原本是江湖有名的"百胜刀王"、美男子，但"无意中见了陈姑娘一眼，从此神魂颠倒，不能自拔"。于是隐姓埋名，挑水浇粪，在陈圆圆身边当一个园丁奴仆。"她从来正眼也不瞧我一下。我在三圣庵中种菜扫地、打柴挑水，她只道我是个乡下田夫。我怕泄漏了身份，平日一天之中，难得说三句话，在她面前更是哑口无言。"

"这二十三年之中，跟她也只说过三十九句话。她倒向我说过五十五句。"然而这并不是为了得到她，"我这一生一世，决计不会伸一根手指头儿碰到她一片衣角"。似乎太卑微，太懦弱了。可是爱本就是软肋：想做你的英雄，在你面前却怂成狗。

不能说，不愿说，不敢说。

说了，是你我二人的两不相见，是拆了他人的岁月静好，抑或是得到的爱都不能持久。如果爱意都可肆意宣之于口，这世间大概会少掉三分的苦楚，一半的酒鬼，七成的诗。

可是想想，爱本来就是一个人的兵荒马乱。

你灿烂的星光照亮我阴沉的过往，你惊鸿一瞥改变我一生的方向。可这一切，与你又有什么关系呢？

德国女诗人 Kathinka Zitz 在诗里写：如果我别无所求，我只是在牺牲的氤氲里想象；如果我痛苦也并非你之过，如果我因此死去，也与你无干。

就让爱你，成为我此生最大的秘密，埋在心里酿成酒。

一醉经年。

"坏女人"的爱情

Ⅰ

今天，来写写金庸笔下三位"坏女人"的爱情。

她们分别是《射雕英雄传》里的梅超风、《天龙八部》里的叶二娘、《神雕侠侣》里的李莫愁 。

至于为什么要写"坏女人"，来自于长久以来读金庸小说的一种感觉：不完美的，才至真；有缺点的，才有趣。金庸的小说是一种叛逆式的书写，在他的笔下，名门正派常常"不正派"，狐朋狗友往往更讲情义。

君子高士藏污纳垢，魑魅魍魉磊落光明。

韦小宝这样妓院出身、油嘴滑舌的混混可以贴近权力巅峰，杨过竟然冒天下之大不韪娶自己的师父。

从这个角度上讲，金庸是真朋克：蔑视权威，反对假正经，拒绝高大全。所以，他笔下的"正面"人物常有明显的性格缺陷。

就拿与梅超风、叶二娘、李莫愁同一部书里对应的"好女人"来讲：黄蓉古灵精怪的背后是精致的利己主义；王语嫣则没有自我，把自己的价值寄托在男人身上，甚至连自己"是丑是美"都不知道；小龙女只关心杨过一人，并不在乎其他人的死活。

同样，金庸笔下的反派人物可能全程让人恨到牙痒痒，可偶尔那么丁点可爱之处灵光一现，反倒让人立马心生敬佩，觉得不那么可恶了。

这三位"坏女人"就属于这种类型，她们的闪光点，就在于如何对待感情。

II

许多人对梅超风的印象，是一个又丑又瞎、阴险毒辣的恐怖女人。

可是，没人生来就是一副如此可怖的模样。我们记住了那样的她，是因为只看到了她和陈玄风故事的结尾。

故事的开端，是截然不同的剧情：那一年，天真烂漫的少女梅若华来到了桃花岛，一个粗眉大眼的年轻人递给她一枚鲜红的大桃子。几年后，在某个春天的夜晚，在一株开得红艳艳的桃花树下，那个年轻人紧紧抱住了她。

那时候，既没有黑风双煞，也没有铜尸铁尸，只有桃花岛上的大师兄、小师妹，只有一对心意萌动的青年男女。

这难道不是郎才女貌、佳偶天成？他们原本可以是桃花岛上另一对郭靖和黄蓉。但当禁果伴随着毒蛇出现时，他们叛逃师门，逃离了桃花岛这座伊甸园。

从此以后，私奔、偷经、练邪门武功。陈玄风带她走的每一着，都朝深渊又迈进了一步。梅超风的人生，把一部偶像剧，生生走成了惊悚片。

难得的是，她乐在其中。

因为，贼汉子是真心对贼婆娘——被黄老邪发现命悬一线时，他拉着她狂奔；知道练九阴真经伤身体，陈玄风便藏起来不准她练。再回桃花岛盗经书时，陈玄风问她："要是跟着师傅，你也可以学到高深的武功，不用如现在这般东躲西藏，你后悔吗？"

她说："你不后悔，我也不后悔。"

陈玄风的死，原本也是她生命的终结。

可她苟活下来，只为了给他报仇。在那个大雨倾盆、漆黑一片的夜晚，她哀号着把他的皮肉割下来，宁愿伤身体也要练九阴真经。

"死也不怕，还怕什么伤不伤的。"

III

叶二娘的爱情，用一句话来描述就是——当奋不顾身遇上身不由己。

她是一个温柔美貌、端庄贞淑的姑娘，他是一个前程似锦、大有身份的男子。她为他献身、未嫁生子，以为遇到了爱情。他愿意付出银两，不愿意付出名声和前程。故事简直俗套到老掉牙。

在《天龙八部》一书大部分时候，叶二娘以一个精神有些错乱的女子形象出现。但当鸠摩智为难玄慈方丈的时候，叶二娘表现得无比清醒。她处处维护着这位遗弃了自己的人："是我自己不愿拖累他的，他是个好人。"

当玄慈方丈在萧远山逼问下承认往事时，终于向叶二娘说了一句：这些年，可苦了你了。

那个"端庄淑珍"的十八岁姑娘，先是失去了托付终身的爱人，又被人夺走了襁褓中的儿子，万念俱灰、精神恍惚，在杀害婴孩、遭人唾骂中过了二十四年。二十四年后，面对这个摧毁她一生的人，她却哭道：我不苦，你才是真苦。

她是恶名昭著的叶二娘，她又是情深义重的叶二娘，她是真可怜？真可恨？是真够傻。

IV

比起梅超风和叶二娘，李莫愁实在是惨。

梅超风算是幸运，她有患难与共的贼汉子。叶二娘虽然被亏欠，却有一份真感情作为寄托。而李莫愁，什么也没有。

李莫愁从"问世间情为何物，直教生死相许"中出场，又在这句话中走向陨灭。从始至终，没得到一句解释、一个道歉，甚至连陆展元的面都没见上。十几年间，她拥有的只是来历不明的爱、无处发泄的恨，以及源源不断地自我消耗和惩罚。

她的阴毒、可恨来自于这种执念，她的悲情、可敬也来自这份执念。

李莫愁形象的最大反转，就在赴死的那一刻。身受情花剧毒、葬身熊熊火焰的她，口中还吟唱着：问世间情为何物，直教生死相许。

她的死如此悲壮，让我想到了电影《霸王别姬》里的菊仙。先被程蝶衣举报是旧时代妓女，又被丈夫段小楼划清界限，被批斗的蓬头垢面的她回到家中，换上一水大红绸的嫁衣，吊死在堂屋。

　　曾经，"坏女人"出身的菊仙为了赎身，将攒的所有首饰家私扔满一桌子，大冬天光着脚扬长而去。嫁给段小楼没过几天好日子，苦也受了，罪也遭了，改朝换代、更换门庭的时代巨变也经过了。日子从光鲜到赤贫，从讲究到粗粝，再望不到尽头的绝望，她都忍了。可来自至亲精神上的背叛，她忍不了。

　　当霸王变成乌龟的时候，虞姬如何不去自刎？

　　V

　　从这个角度上讲，坏女人的爱情，未必不可叹、不可敬。

　　她们用情至深，坚韧至极，只有背叛才能将她们折断。

　　我们这个时代，爱正在变成一种技术活：有太多的攻略，太多的技巧，教给我们如何更好地表白、相处、相伴。但有时世界就是这么无奈、无理。

　　在爱情的世界里并无韬略可施，为王，为奴，都是虚空，都是捕风。

呵，
男女关系哪有纯洁的？

男人和女人之间，没有喜欢和好感、没有欣赏和投契、没有长夜里推心置腹的谈话，根本做不成好朋友。

Ⅰ

张无忌的初吻，给了谁？赵敏？周芷若？小昭？蛛儿？不，是杨不悔。

两个人的相遇，是典型的青梅竹马加英雄救美。流落江湖的无忌，遇到了跟着妈妈流浪的不悔。当时纪晓芙受重伤，不悔孤立无援，忽然，从天上掉下个"无忌哥哥"。

你救了我的全世界，我拿什么才能报答你？小小的不悔，抱住张无忌，亲了他一口。

她没见过外人，也不懂礼法，表达感激的方式就是这么简单。纪晓芙含笑说她，"别这样，无忌哥哥不喜欢的"。她睁着大眼睛，问："你不喜欢么？为什么不要我对你好？"张无忌回得也漂亮："我喜欢的，我也对你好。"接着，在不悔面颊轻轻吻了一下。

大概两人都没有意识到，这是他们坎坷童年里非常少有的平和时光。不悔是非婚生子，无忌是重病孤儿，两人都没有什么玩伴。对于孩子而言，孤独可能比生活环境的艰苦动荡更难忍受。难怪那时无忌立即就把不悔当成亲人，还在心里憧憬："要是我有这样一个有趣的亲妹子……"

要论感情基础，无忌和不悔的感情是最早最深的。两个人并不只是玩伴、亲人，还经过了生死考验，同病相怜。

灭绝师太掌毙纪晓芙时，还要杀"她的孽种"。千钧一发之时，张无忌抱着杨不悔藏在长草中，才躲过一劫。灭绝走后，不悔搂着母亲的尸身痛哭，无忌想起当年自己父母惨亡，忍不住泪如泉涌，两人哭作一块。尔后的故事你们都知道，无忌奔波千里，生死几回，终于把不悔送到杨逍处。

同居长干里，两小无嫌猜。这大概是金庸小说里最纯洁、最动人的青梅竹马：江湖很大，人心莫测，放眼望去，豺狼遍地。

而我有你，只有你。

‖

如果继续这么发展下去，那么不悔可能会成为四女同舟之外的"第五女"。还好，故事不是这样。

想想，郡主、芷若、小昭、蛛儿，谁没在和张无忌的相处中动过点小心思呢？试探、嫉妒、欺骗、假装，兵不厌诈、言不由衷……但不必责备这些姑娘，因为爱情总是复杂的。面对无忌这样的情圣，更是要玲珑心肠、百般算计。

可不悔不必如此。

书里三番五次地写她，什么事都要和"无忌哥哥"说。连决定和殷梨亭在一起，她也是第一个告诉张无忌。当时，她回忆了两人西行时的一件旧事。不悔在路上见到个糖人儿好玩，想要但是没钱买，无忌就半夜里去偷了来给她。

你给了我那个糖人儿，我舍不得吃，可是拿在手里走路，太阳晒着晒着，糖人儿融啦，我伤心得什么似的。你说再给我找一个，可是从此再也找不到那样的糖人儿了。你虽然后来买了更大更好的糖人儿给我，我也不要了，反而惹得我又大哭了一场……

不悔说，殷梨亭是她"第一个喜欢的糖人儿，再也不喜欢第二个了"。而对无忌哥哥，永远是"心底里亲你敬你"。

无忌听完了是什么反应？是"心中怅怅的，也不知道什么滋味"。

毫无疑问，不悔和无忌之间，有相依为命的过往，有同病相怜的理解，有长久的欣赏和怜惜，甚至是瞬间的动心与喜爱。

但是谁说有了这些，就非要在一起，就不能是友谊？

III

很多人，坚信男女之间没有纯洁的友谊。

他们的强调词，不在于"友谊"，而在于"纯洁"。

什么才称得上纯洁？是不是就是心如止水，是眼观鼻、鼻观心，是无视对方的美与好？如果这才称得上是"纯洁"，那么世间的确少见。

其实，感情这件事，论迹不论心。论心，那么世界上也许没有一个忠贞的伴侣。不是每次心动，都要指向爱情；不是每段欣赏，都要追求占有。我们不是动物，产生欲望就要得逞。人之所以为人，就在于有自控能力，知道手里拿着一个糖人儿，就不该再去要全世界的糖果。

我们常常以为，异性成了密友，必定是相爱不得的妥协。也许是使君有妇、罗敷有夫，也许是君生我未生、我生君已老。

并非如此。

更多的时候，那是常青的松柏之于绚丽的玫瑰，是不变的月光之于璀璨的流星，是肝胆相照之于红袖添香，是心照神交之于肌肤相亲。

张小娴曾经说："男人和女人之间，没有喜欢和好感、没有欣赏和投契、没有无数长夜里推心置腹的谈话，根本做不成好朋友。只做朋友，不做情人，理由太多，就像人间烟火，满目缤纷，这一生，我们拥有许多美丽的相逢，我们爱的，不止一个人，一起终老的，却只能够是缘分最深的那个人。其他的，唯有黯然退下。"

这句话，我只赞成一半。"能成为密友大概总带着爱。"但友谊并不是"爱不到你"的黯然退下，不是退而求其次的委屈妥协，而是在最美妙的距离里：

你有你的画眉缱绻，我有我的碧海长天。

金庸爱情的标配，
从来不是大英雄和小女人

我们这些年读过的书、看过的影视作品里，有一种常见的套路：英雄拯救美人，美人爱慕英雄。

不记得多少次听过这一句：大侠救命之恩，小女子无以为报，唯有以身相许。于是也就衍生出了一种爱情标配：大英雄配小女人。似乎英雄的责任，是拯救女子；女子的宿命，是等待被拯救。就像沉睡的公主一直等待着王子的深情一吻，困在城堡里的少女永远期盼着勇敢的屠龙少年；就像紫霞仙子在夕阳下望着无边无际的沙漠，充满希冀：我的意中人是一位盖世英雄，有一天，他会驾着五彩祥云来娶我。

但金庸偏不这么干，他笔下那些刻骨铭心的爱情，从来不属于大英雄和小女人。

I

比如郭靖和黄蓉、杨过和小龙女。

郭靖和黄蓉相遇时，还不是什么五绝，只是一个脑袋有些轴的笨小子；杨过碰到小龙女时，也不是什么神雕大侠，还是个偷鸡摸狗、油嘴滑舌的小混混。可以说，与这两位女人相遇，他们才迈出了成为大英雄的第一步。

郭靖情定黄蓉后，才真正走出大漠，进入江湖。此后，他先遇洪七公，练就降龙十八掌；再赴桃花岛，学成左右互搏术；最后在岳父黄老邪处，练成九阴真经。杨过遇到小龙女后，才躲开因身世被嘲笑、遭全真教道士欺侮的命运，尔后才有玉女心经、九阴真经和双剑合璧,有了十六年之约,有了独孤求败和黯然销魂掌。同样,和令狐冲走在一起的不会是仪琳,和张无忌相通的也不是殷离、小昭。

不是英雄拯救美人,而是美人成就英雄。

II

似乎有一个例外,乔峰和阿朱。

乔峰是毋庸置疑的大英雄,阿朱则被设定为一个"小女人"。就连她的出场,也是温婉的江南意向:采桑子、蝶恋花、琴韵筑、燕子坞。即便从鸠摩智手中惊险逃脱,也别有一番诗情画意,一叶小舟迅疾而发,三两下便隐入密密层层的菱叶丛中:棹动芙蓉落,船移白鹭飞。荷丝傍绕腕,菱角远牵衣。

阿朱不过是江南水乡的田田莲叶里走出的一位小小侍女,吴侬软语,笑靥如花。她既不是谁家的千金,也没有什么了不得的武功,似乎唯一擅长的,便是带着少女般俏皮的易容术。

易容术,让她和乔峰相识,却也导致她被少林掌门的大金刚掌所伤,此后便有了乔峰对阿朱的拯救之旅:性命交关,也要找薛神医为她医治,聚贤庄一战生死未卜,先要为她"托孤"——若念乔某昔日也曾稍有微劳,请照护这个姑娘平安周全。

似乎一切都在朝着大英雄拯救小女人的方向发展。直到她决心赴死的一刻。

小镜湖,风雨夜,阿朱扮作段正淳的模样,去迎受乔峰的致命一击。电闪雷鸣,香消玉殒,果真红颜弹指老,刹那芳华。

让生长于江南的阿朱殒命小镜湖,不知金老爷子是否有意为之,似乎暗借李白诗句让阿朱魂归故里——我欲因之梦吴越,一夜飞度镜湖月。阿朱一直是一汪静水,直到生命尽头才化作一阵狂澜。她害怕父亲承受不住降龙十八掌,更害怕乔峰抵不过大理段氏六脉神剑。

一个是至亲,一个是至爱,如何能够取舍?只得以最柔弱的身躯,去保护生命中最刚烈的两个男人。

阿朱只是温柔,但绝不软弱。她是小女子,又是大女人。

III

以上几对男女的相遇，并不存在谁把谁拯救。

郭靖遇到黄蓉，是成功；杨过遇到小龙女，是成熟；乔峰遇见阿朱，是成全。而她们获得了什么？黄蓉获得的是功成名就后的平淡相守；小龙女获得的是历经劫难后的久别重逢；阿朱获得的是永失吾爱后的长久怀念。所以说，真正可贵的爱情，从来不是等待拯救，而是互相成全。

而真正对等的爱情，并不在大英雄和小女人之间，更不在韩剧惯常套路里的贵公子和灰姑娘之间，它只存在于彼此势均力敌、共御风霜雪雨的大男人和大女人之间。虽艰难、却勇毅，长相守、永扶持。

不信，你只要往自己身边人看一看，是不是那个傻瓜心里，也躲着一位英雄，而平日里那个小女子背后，也藏着一位大女人。

所谓爱情，
不过是与有情人做无聊事

留人间几回爱，迎浮生千重变，与有情人做无聊事，莫问是劫是缘。

Ⅰ

我们这代人，是被言情偶像剧坑惨的一代。

那些剧不切实际地提高了人们对爱情的想象：似乎爱情必定要生生死死、轰轰烈烈，要花前月下、海誓山盟，要死生契阔、举案齐眉。

表白需要 999 朵玫瑰，分手要不舍带着决绝，这边是无知少女玛丽苏，那边是霸道总裁爱上我。要在大船上张开双臂，要在细雨中向你狂奔，要在旷野中喊出你的名字，要在登机口关闭的一刹那奔跑呼号，拦下你远去的航程。

喂，醒一醒。你在机场跑两步嗓两嗓子试试，瞬间被摁倒在地。

那些"抛热泪，撒狗血"的"抓马"剧情，不过都是些骗小伙子小姑娘的新时代精神鸦片罢了。就像张爱玲说的：比起外界的力量，我们人是多么小，多么小！可是我们偏要说我永远和你在一起，我们一生一世都别离开——

好像我们自己做得了主似的。

Ⅱ

在我们看过的那些书里，生离死别的剧情特别赚人眼泪，也容易让人忽略那些不打眼的无聊事。

我特别喜欢看似乏味的寡淡细节。

比如《红楼梦》里，大家一说起宝黛的"木石之恋"，先想到的必定是摔玉、葬花、绞香囊、烧诗稿……可是平淡之中也别藏着无穷滋味，比如在第十九回里有下面这么一段：

黛玉在床上歇午，满屋内静悄悄的，宝玉进屋，怕她刚吃饭睡出病来，便说一起歪在床上。宝玉道："没有枕头，咱们在一个枕头上。"黛玉让他去外间拿一个，他说：那个我不要，也不知是那个脏婆子的。黛玉起身将自己枕的推与宝玉，又起身将自己的再拿了一个来，自己枕了，二人对面倒下。闲躺着时，黛玉用帕子替宝玉揩拭了腮上的胭脂膏子，宝玉闹着闻黛玉袖口上的香。然后宝玉有一搭没一搭的说些鬼话，黛玉用手帕子盖上脸，只不理。

半醉半醒之间，再忍笑眼千千，不必担心"今日葬花人笑痴，他日葬我知是谁"，也不用感叹"一朝春尽红颜老，花落人亡两不知"。两人就歪在一处讲些有一搭没一搭的话，又何尝不是一件赏心乐事？

金庸的小说里，那些神仙眷侣追求的又是什么呢？

赵敏抱怨自己眉毛淡，张无忌笑着说从今以后都为她画眉。杨过和小龙女退出江湖纷扰，动时练剑，静时养蜂。瑛姑、一灯大师和周伯通，爱恨情仇折腾半辈子，最后归于三间茅屋，老来相伴。哪怕是大英雄乔峰，所求不过是"和阿朱在大草原中骑马并驰，打猎牧羊，再也不必提防敌人侵害，从此无忧无虑"。

阵营相悖、情感纠结、生离死别，熬过这些充满戏剧性的历程，不就是为了与身边的这个人一生一世、一粥一饭么？

Ⅲ

电影《青蛇》的主题曲《流光飞舞》里，大词人黄霑有一句"跟有情人做快乐事"，在我看，是要跟有情人做无聊事：

留人间几回爱，迎浮生千重变

与有情人做无聊事，莫问是劫是缘

对于芸芸众生来说，哪有那么多跌宕起伏，哪有那么多倾城之恋。时代洪流滚滚向前，天灾人祸轮番上演，平淡相守才是值得珍惜的理想状态。

就像在这样一个炎热夏日的周末，一起宅在家，无所事事，早上醒了便赖在床上，用手机看综艺节目踢被子傻笑，醒来后也不必着急出门，懒散地洗漱、吃饭，然后一个人拿起喜欢的书，另一个人歪在沙发上追上周的美剧。晚上，从冰箱拿出冰着的半个西瓜，配着啤酒、毛豆和小龙虾，守着电视看一场精彩的比赛。

这是多么舒服的状态，不用什么鲜花、誓言，也不需什么烛光晚餐，门都可以不出，什么也都不用刻意去做，只需要和身边的有情人，做一些无聊透顶的事。

第四章 —— *Chapter 4*

你的如临深渊，并不独特

在深不见底的日子里，
总有人和你一样

你的如临深渊，并不独特；你的无力痛苦，并不孤独。

Ⅰ

《天龙八部》这样的书，小时候是看不懂的。

第一遍看的时候，觉得乔峰是意气风发的大英雄，段誉是美女环绕的富二代，虚竹是运气爆棚的傻小子。志得意满，美人在怀，怎一个爽字了得。

其实呢，《天龙八部》的内核，陈世骧先生早就说清楚了：无人不冤，有情皆孽。志得意满的背后，是忠义相悖，生离死别。美人在怀的背后，是得非所愿，愿非所得。

乔峰，武功盖世、义薄云天，明明是忠义双全的大侠设置，偏偏要给他一个契丹人的身份。空有"虽千万人吾往矣"的豪情万丈，可还是逃不掉"塞上牛羊空许约"的遗憾，逃不掉家国两难，只能"抛却此身求双全"。

虚竹呢，一心只想做个好和尚，结果偏偏就是和尚破戒所生；咬紧牙关不吃肉不喝酒，半夜却被塞进来个裸女。别人羡慕他做掌门、娶公主，名利双收，可这不过是初心不敌际遇，和尚被逼入了俗世。

金庸对段誉看似笔下留情，实际上更狠。他的出生，是场报复；他的爱情，是场虚幻。从头到尾，金庸并不认为段王之间有真的感情，以至于在新修版里，更是直接点出了段誉的执迷。

段誉再次见到玉像，霎时之间，心中一片冰凉，登时明白："以前我一见语嫣便为她着迷……只因我把她当作了山洞中的'神仙姊姊'……那并不是语嫣有什么魔力迷住了我，全是我自己心生'心魔'，迷住了自己。"

新修版里，段誉当了一辈子清静无为的皇帝，娶了木婉清、钟灵。这个从出场时就不愿被家国责任套住的反叛少年，最终还是归于了他必须待的位置，扛起了他必须担的重责。至此，松鹤楼斗酒、杏子林遇美、枯井情动，不过是皇帝偶尔想起的江湖路远、悠忽一梦罢了。

II

说这三个人命运悲惨，阿紫与游坦之不服。

没有几个读者喜欢阿紫。武侠小说里的坏女人多了，可她没有叶二娘的悲情，没有马夫人的媚劲。那种坏，是动物式的，在残酷丛林法则中锻炼出来的凶狠残忍。饿了要捕猎，渴了要饮血，利用一切可以利用的人。可想想她的身世呢，有父母，活得像个孤儿，有师父师兄，不过是秃鹫豺狼。没人教她善良，活在地狱，自然格外向往乔峰的光芒。可光芒也不属于她。

明月照大江，何曾照沟渠。所谓好男人爱上坏女人，那是张无忌和郡主的小纠结，是令狐冲和圣姑的小情趣，不是乔峰和阿紫这样的天上地下。

但凡未得到，总是最登对。

所以阿紫执迷，游坦之也执迷。因为名字的缘故，总有人把游坦之和林平之相提并论，其实差别大了。林平之是主动追求目标，而游坦之却是真正的小人物，他懦弱、被动、狼狈。他不断地被人骗，被人利用，被人羞辱。他爱的人，何止不爱他，根本是鄙视他。

《红楼梦》里一僧一道带石头下凡时说：那红尘中有却有些乐事，但不能永远依恃，况又有"美中不足，好事多磨"八个字紧相连属。

何止美中不足，生命这袭华丽的袍，细看全是虱子。

III

有个朋友说过，有什么想不开的，去医院 ICU 转一圈，都能想开。

因为别人的不幸而快乐是残忍，但我们多多少少都曾从别人的不幸里汲取过一点忍耐痛苦的力量。

权势、荣华、武功无所不有的段王爷，也会陷入三人孽缘做下憾事；名满天下的慕容复，始终活在父辈的期望里，失去自我。就算是张三丰这样超俗的大师，内心未必就没有一块名为郭襄的缺口。

原来，每个人都有不足为人道的难处。

常有读者给我留言，倾诉自己的纠结痛楚。

我并不想回复"一切都会好的"这种毫无用处的废话，因为人生本就跌宕起伏，命运也并不公平。但即便你在深不见底的海底，也总有人和你共处绝境。总有人际遇更惨、承受更多，这是命运残酷的、冰冷的温柔。而那些我们所羡慕的、看似幸运的人，也许不过是戴着面具掩饰倦容，迎着炮火举重若轻。接纳了这点，也许会让我们更有勇气在低谷时坚持一下，再坚持一下。

这个世界是美好的，值得我们去奋斗。我相信后半句。

周芷若没输给郡主，输给了师太

江湖里一见×× 误终生的女子，哪个最惨？

是"半竿月，一川雪，风陵渡口访侠客"的郭襄？是"多情徒留塞上恨，长嗟英雄，泪满小镜湖"的阿朱？还是"进退两难摧柔肠，抛国别家为张郎"的赵敏？

不，都不是，是没败给情敌、却败给童年的周芷若。

I

郭襄错过了杨过，但没有错过人生。

她的青春属于风陵渡口，半生属于江湖山水，最后归于峨眉金顶。在没有杨过的漫长日子，郭襄游历江湖，开宗立派。她一生的体验与宽度远超过常人，并不需要另一个人的爱情来定义。

旁观者对郭姑娘产生所谓的怜悯和同情，是最自以为是的误解。能遇到值得爱的人，已经算是运气，最好的结局也并不是走进婚姻，而是因为爱变成更好的人。

就像终身未嫁的陆无双、程英，退而求其次的郭芙、完颜萍，她们固然有遗憾，但人生的齿轮并未止步于一段感情，她们还有家庭、朋友、事业和各种社会关系。

她们输了一段爱情，未必输了人生。

II

有一人不同，那就是公孙绿萼。

同样是爱杨过，郭襄盼望的是自己能早生几年，早遇到杨过，便能和他相知相守；而公孙绿萼最大的愿望，也不过是嫁给杨过做妾。

公孙绿萼和其他女主角最大的不同，在于她有一对糟糕至极的父母。裘千尺性格强势、控制欲极强，所以她个性温顺软弱，自我评价低，觉得比不上小龙女，比陆无双、程英也不如；父母的畸形关系，让她对感情的要求极低，从未认知何为一段健康的男女关系。

这样的女孩，太容易在爱情中低到尘埃里。

杨过，或者说杨过所代表的爱情是她唯一的救赎。她简直迫不及待地扑向人生仅存的温暖，哪怕粉身碎骨。缺乏足够自尊的她，即便没遇到杨过，恐怕也未必能逃过感情的劫难。

不是一见杨郎误终生，是成长环境误终生。

III

如何让孩子输了爱情，再输掉人生，你只需要看懂周芷若。

似乎一切都是命运的捉弄，仿佛没有赵敏郡主，周姑娘就会在爱情的角逐里高奏凯歌。真的吗？

张无忌命途多坎，但早年父母、义父给了他爱、信任和温暖，遭遇大变后又有张真人悉心照料。所以，无论江湖如何凶险，张无忌总有颗令人惊叹的圣母心。赵敏自幼受尽万千宠爱，所以哪怕张无忌冷眼相对，哪怕流浪落魄，郡主依旧自信霸气。"我偏要勉强"这话，只有郡主说得出，也做得到。

而周芷若成长的土壤，却是偏爱和理解的盐碱地。一个渔家小女孩，在严苛古怪的灭绝师太和一众不好惹的同门下战战兢兢地过日子；一个武功平常无甚背景的少女，获得古板师父的认可需要压抑多少本性。

灭绝师太用自己的言行让周芷若明白，这世间没有毫无条件的爱。即便是如父母的师傅，也只有你做到了她的要求，才会爱你，否则，就会被轻易抛弃。

童年时期的孤独，让周芷若始终无法得到安全感，只有用加倍的努力来获得别人的认可。她的懂事、温柔、委曲求全、善解人意，不仅来自于天然的善意，更是一种生存的本能。

杀人夺刀，同样也是出自这种本能。

我常常想，四女同舟时，谁是最伤心的人？

殷离是懵懵懂懂，不辨当年与今朝；小昭是所求甚少，所得点滴都是意外之喜；郡主是一吐真心，就得到张无忌深情款款、软语安慰。周芷若此刻在想什么呢？急急流年，滔滔逝水，这百岁光阴或是繁华世间，自己什么都没有。父母、师父不在了，同门指望不上，连这世间唯一的依靠，也不过是多情遇到了无情……

罢了。既然一无所有，不如孤注一掷。在轻柔缥缈的歌声里，周姑娘走到了绝路。

此后的杀人夺刀，此后的嫁人比试，此后的种种，本质仍是那个无助的小女孩赌上所有希图从这个世界里得到一点安全感——不给我爱，我逼你毫无选择不得不爱；既失了爱，我就要这江湖俯我脚下莫敢不从。

周姑娘不是输给了郡主，是输给了师太。

IV

灭绝师太，是最典型的"中国式父母"。

孩子小时，成绩就是一切，只需心无旁骛地练功；孩子大了，结婚生子就是正道，爱不爱有什么关系。

灭绝师太式的父母，有太多的自相矛盾：在孩子面前，他们爱意很少表达，吵架却肆无忌惮；他们逼子女早早结婚，却从不教如何去爱；他们花钱送孩子去补习班，却懒得学习亲子关系；他们为孩子付出一切，却不能接受孩子按照自己意愿生活；他们是孩子学习亲密关系的第一课，却彻底毁掉他们对爱的信心和能力。于是，公孙止培养出了公孙绿萼，灭绝师太培养出了周芷若。

更恐怖的是，这样的悲剧最容易一代代复制、传递。

周芷若，正变成另外一个灭绝师太。

有些姑娘，
  注定爱上杨逍

"从来都无法得知，人们是究竟为什么会爱上另一个人。我猜也许我们心上都有一个缺口，呼呼往灵魂里灌着寒风，我们急切需要一个正好形状的心来填满它。就算你是太阳一样的完美正圆形，可是我心里的缺口，或许恰恰是个歪歪扭扭的锯齿形，你填不了。"

——毛姆《面纱》

I

不知道有多少女生，和我一样，在看《倚天屠龙记》时，没有喜欢上呴哮教主般的张无忌，却彻底迷上了孙兴版的杨逍。

狂放洒脱，深情傲骨，最难得的是，对待纪晓芙这样家教森严的烈女，拉得下脸皮，耐得住性子，既有风流挑逗，又有情到深处难以自制。随便找几句台词，你们体会下：

纪晓芙："我只是个普通的女孩子。"

杨逍："不，你和我以前的女人完全不一样。能不能让我再多看你一眼，明天我就要把你送回他的怀抱。我一定要遵守自己的诺言，以后不再见你。"

……

杨逍："如果……我是说如果，你和殷梨亭不再快乐的时候，我希望你能来找我。"

发现纪晓芙喜欢的是自己后，杨逍的这段对白，可以当作现在偶像剧霸道总裁的范本。

"丫头，我们现在还来得及，我们一起隐居，我会一辈子宠你。"

"我不放你走，我不能让你一错再错，我不能让人抢走你！你是我的人！"

回归原著，杨逍也是个有手段的情人，用纪晓芙的话说"弟子走到哪，他便跟到哪"。这种有阅历又死缠烂打的大叔对少女似乎太有杀伤力了。但实际上，很多姑娘，根本不吃这一套。

杨逍的死缠烂打到黄蓉面前，小东邪肯定琢磨一堆恶作剧，甩掉这个不正经的老色狼。杨逍的巧取豪夺到赵敏身上，郡主估计动用玄冥二老等一干手下，狠狠折磨教训。杨逍的深情不悔到阿紫身上，大概只能换来被利用的命运。

为什么，总是最听话的姑娘爱上浪子？

因为她们的世界里，太多规矩，太少自由；太多强势的要求，太少温柔的肯定；太多别人的期许，太少自我的选择。

黄蓉的爹爹是东邪，她不缺自由随性，但缺少稳定的爱，所以她喜欢郭靖；赵敏的父亲把她视若珍宝，且放手让她行走江湖，所以她自有信心收服张无忌的三心二意；阿紫身处阴狠狡诈的暗黑世界之中，自然对如太阳般光明伟岸又专一的乔峰动情。

而纪晓芙呢？强势的师傅，森严的门规，她被教导做一个听话的徒弟，贤惠的妻子，正邪分明的江湖人。但没人关心她真的想要什么。那么纵情肆意的杨逍，该是对她多大的诱惑啊！

Ⅱ

用世俗眼光看，杨逍实在不算理想的爱人，更不是什么乘龙快婿。

反对他们的人，至少能提出三大理由。

首先，杨逍道德败坏，引诱无知少女。纪晓芙和杨逍相遇时，杨逍是中年男子，她还只是刚刚定下亲事的二八佳人，年龄差别很大。杨逍阅人无数，半生浪迹，纵横花丛，对纪晓芙可以轻松掌控。

第二，杨逍用心不纯，本质是谋取倚天剑。杨逍虽然口口声声说"倚天剑不过是破铜烂铁"，但他自视甚高，却一直没能登上教主之位，而纪晓芙当年深受灭绝师太宠爱，很可能继承峨眉派。也许杨逍追妹，根本意在宝剑。

第三，纪晓芙有婚约在身，和杨逍有私情，是于理不合，于德有亏。

还有最大的问题，两人正邪不两立。纪晓芙喜欢上的，可是自己师傅口中该千刀万剐的"大魔头"杨逍。

这些听起来都很有道理，可问题是，我们不是纪晓芙。

III

人心凉薄、世事易变，情爱这样脆弱的东西，想要经得起诱惑、经得起时间，太难太难。

有些姑娘，会爱上老实木讷却疼惜她的傻郭靖；有些姑娘，会爱上优柔寡断却宅心仁厚的小贼。可有些姑娘，却注定爱上杨逍，甚至是杨康、慕容复、林平之。

我们选择爱人时，实际上是在面对内心的缺口。那片缺口越深越大，那种执迷越难解脱。

你无法说服岳灵珊选择令狐冲，无法说服南兰别爱田归农。你无法劝说或强迫一个人去选择世人心中的最优解，因为就算有一条平稳安全的备选之路，可世间不是还有那句话？纵使举案齐眉，到底意难平。你觉得这是眼瞎、是蠢、是不知所谓，可怎么办呢？有些弯路注定要走，有些跟头注定要摔。

"骗就骗吧，就像飞蛾一样，明知道会受伤还是会扑到火上。飞蛾就那么傻。"

所以啊，在许久许久以后，六大门派围剿光明顶，那个酷似纪晓芙的少女挡在殷梨亭的剑前，像很多年前纪晓芙挡住师门对杨逍的杀意。她昂起头，清清楚楚地说：

"我叫杨不悔，我娘说，这件事她永远不后悔。"

他是人们口中"别人家的孩子"，
却认定自己是 Loser

I

不开"上帝视角"，在《天龙八部》里，谁会是爸妈用来鞭策你的"别人家孩子"？

乔峰？虽然是个武功的"尖子生"，但参加不良帮派，三十多岁还没有女朋友，成天喝酒惹事，"这样的人可不能和他一起玩儿"；段誉，更不行了，富二代纨绔子弟，不好好学习练武，就知道泡妞，胸无大志，还整天让父母操心；虚竹，是个老实孩子，但学习不好，而且干出不婚同居这样的事儿，丢人啊。父母心中的好孩子，是慕容复。

论学习，南慕容，全国武功奥赛前两名；论工作，外人看是自主创业名声好，内里是听话懂事，把父母的复国梦当作自己的毕生追求。唯一美中不足的是，没有早早地给父母生一个孩子，不过毕竟有了个长相不错听话乖巧的女朋友。瑕不掩瑜，可以忽略。所以，你从小到大听到的话是这样的："你看看人家慕容复！"

可"别人家的孩子"慕容复，觉得自己是个 Loser。

II

《天龙八部》是个彻头彻尾的悲剧，每个主角都被爹坑，又走上了和爹相似的命运。

段誉和爹一样处处留情，虚竹和爹一样破戒难成和尚，乔峰和爹一样迷于复仇最后得到解脱。慕容复比他们更惨。三个主角虽然命运隐隐被父辈左右，但都有独立于父母、属于个人的选择、喜好甚至理想。虽然没有"别人家孩子"般完美的生活，但起码追求过完整的自我。

段誉想当好爱人，虚竹想做好和尚，乔峰想做个英雄。但慕容复呢？他没有喜好，没有自我。

对王语嫣，他是"用多于爱"，所以一旦有了更有用的伴侣选择就能立即舍弃；对属下，他是"物尽其用"，所以斩杀包不同也不会有任何心理负担；哪怕对于武功，他也不过是学来谋生，并不像独孤求败之类的武痴醉心钻研。

可以想象，慕容复小时候也许喜欢过和泥巴，也许想过当画家，但他必定被一遍遍地教育，你是大燕皇族的后裔，你的使命就是复国。他的名字来自父亲的期望，他的人生只能献祭给家族的白日梦。慕容博从来没有把他当作一个人来抚养，而是当作了自己的分身，当作了复国的工具。

你生是我的，死也是我的。

所以，慕容复在少林寺少室山上斗剑而败想自杀，慕容博出来了，张口就问："你有儿子没有？"慕容复说没有，他便讲了一番大道理："你曾祖、祖父、父亲都有儿子，便是你没有儿子！嘿嘿，大燕国当年慕容皝、慕容恪、慕容垂、慕容德何等英雄，却不料都变成了绝种绝代的无后之人！"意思是，要死，你先给大燕留个种再死。

这就是慕容博的为父之道。

活着时，把自己的白日梦刻在一张白纸的孩子身上；诈死消失，不考虑孩子的任何感受；重逢时，只问复国、生子，没有任何父子久别重逢后的温情安抚。仿佛这就是他眼中慕容复全部的人生意义了：一个复国工具，一个生殖工具，唯独不能作为一个人。

III

有慕容博这样的父亲，何愁养不出一个 Loser。

看起来潇洒倜傥、完美无缺的慕容公子，内心有多痛苦纠结，书里写得明白。

慕容复不自信。

你看乔峰，别人尊他是英雄，他认定自己是江湖好汉；别人骂他是恶贼禽兽，他心里照样知道自己多牛。听到快刀祁六、向望海一群武林豪杰痛骂他，乔峰的反应是："他们就是说到明朝天亮，也不过是将我加油添酱的臭骂一夜而已。"面对阿朱关切，他豪爽道："那些无知小人对我乔某造谣诬蔑，倒是不难，要出手伤我，未必有这么容易。"

可慕容复呢，自我认知完全来自外在的评价，一旦遇到挫折，自信心就摇摇欲坠。王语嫣为他向段誉求情，他觉得是奇耻大辱；乔峰说一句"萧某大好男儿，竟和你这种人齐名"，他颜面全无想自尽。

慕容复不快乐。

"酒罢问君三语"这一章里特别让人心酸。乔峰、虚竹、段誉都算得上际遇坎坷，但都能说得上自己最快乐的时刻。慕容复答不上来。

原文里写：

他一生营营役役，不断为兴复燕国而奔走，可说从未有过什么快乐之时。别人瞧他年少英俊，武功高强，名满天下，江湖上对之无不敬畏，自必志得意满，但他内心，实在是从来没感到真正快乐过。

于是他只能说，"要等到身登大宝，成为大燕的中兴之王"才能快乐。

这样的感觉熟悉么？就像那个身为"别人家孩子"的你，以为考上了好大学就会快乐，以为找到好工作就会快乐，以为结婚生子买了大房子就会快乐。

但你快乐不起来。

像被打上了烙印，一步一步，按照他们写下的剧本，做不到是 Loser，做到了，不过是另一种形式的 Loser。于是，那些实现不了的渴望，那些放弃了的梦想，只能生个孩子，让他帮你实现吧。一个多么完美的循环。

少林寺一战后，慕容博想开了，不复国了，甩手出家，但慕容复的一生早就完了。

就像，根本没活过。

一些人的神仙姐姐，
一个人的充气娃娃

王语嫣的自私是最让人心酸的一种。

自始至终，她都没有尝试以一个独立的人去生活，自然无法和别人形成一种相对平等的关系。所以女神王语嫣对待爱情只可能有两种态度：要么如神仙姐姐一样高高在上，要么如同充气娃娃一样予取予求。

I

小时候囫囵吞枣读《天龙八部》，只有最朴素的善恶观，坏女人是康敏，好女人是阿朱，偏偏读到了王语嫣身上，就像大夏天误入了野外某座装潢高档却无人居住的别墅——美是美的，却让人后背发凉，一股子不舒服感。

这种不舒服，并不是因为她女神式的"高冷"。要论不食人间烟火，小龙女在古墓呆了前半生，对人情世故不通到底，黄蓉托她和杨过护卫受伤的郭靖，小龙女说的话听起来刺耳："我只护着过儿一人，旁人死活可不和我相干。"

但却很少有人讨厌小龙女。

大概是这姑娘虽然眼里只有杨过，但为人处世却有自己的见识。她对武功的钻研和杨过无关，养蜂什么的也是个人爱好；杨过是个烟火热闹之人，她并不委屈自己非要到烟火人间中去；杨过曾有报父仇的执迷，小龙女却看得淡，"我只是要救过儿，至于他父仇什么的，全不放在心上"；后来杨过身中剧毒，小龙女从容赴死只为让他续命。这份深情，这份气魄，难怪杨过见了各色女子，心心念念的还是姑姑。

相比之下，王语嫣的性格就"纸片化"多了。

慕容复需要武功，她就把武功秘籍背下来；慕容复去什么地方，她就跟着去什么地方。要说她没有见识也不是，她自己也说："男子汉大丈夫，第一论人品心肠，第二论才干事业，第三论文学武功。脸蛋儿俊不俊，有什么相干？"但遇到慕容复就全然不管了，一副痴迷了心的模样。

而她对慕容复的爱，又似乎带着一种天然的奴性：顺从他，讨好他，一脸崇拜地看他讲复兴大业，尽管她根本不在乎什么大业；慕容复说什么就是什么，别人的死活她可以不管。她无法像阿朱理解乔峰一样去理解慕容复，也无法像梦姑对虚竹一样对慕容复产生强烈的性吸引力。

这种"丫鬟式"的爱人方式，注定会招来一个"主子式"的恋人。

如果说阿朱象征着精神上的爱，梦姑代表了生理上的欲，绝色的王语嫣却更像一种装饰品。精致、美丽，尽管有些实用性，但本质上可有可无，随时可以被替代。

尤其是眼瞎地爱上了慕容复这样的男人，被抛弃是一种必然。

II

然而，不喜欢王语嫣，似乎又不是因为她眼瞎地爱了个"坏人"。

要论执迷，穆念慈一生苦恋杨康，生生从一个"明眸皓齿、容颜姣好"的少女，走到了孤儿寡母、病死异乡的悲苦结局。但这世界最无理的就是爱情，真心实意地爱一个坏人，这并没什么好奇怪。

郭襄说得通透："妈，她是没有法子啊。她既喜欢了杨叔叔，杨叔叔便有千般不是，她也要喜欢到底。"

但王语嫣对慕容复，又算不上喜欢到底。《天龙八部》一共50章，前44章她看起来死心塌地，到了枯井这一章，别人是朝三暮四，她是瞬间三变，更可怕的是那股子凉薄之气，读起来让人不寒而栗。

先是为表哥娶西夏公主伤心：王语嫣惨白的脸颊上忽然罩上了一层晕红，转过了头，不敢和段誉的目光相对，轻轻说话，声音低如蚊："他……他要去做西夏驸马。公冶二哥来劝我，说什么……什么为了兴复大燕，可不能顾儿女私情。"

她一说了这几句话，一回身，伏在段誉肩头，哭了出来。

段誉说要为她去争西夏驸马，她明明知道这不是段誉的本意，也知道"你刚才说，也不知那西夏公主是美是丑，是善是恶，你却为了我而去和她成亲，岂不是……岂不是……太委屈了你"，但转头就默认了这个主意，"段公子，我……我……今生今世，难以相报，但愿来生……"

待到段誉被慕容复推到井中，王语嫣着急大哭，但面对慕容复对她钟情于段誉的质问，这位姑娘完全不计较慕容复杀死多次救命的恩人，而是一条条地回应解释，安抚慕容复的情绪和自尊心。

王语嫣走上几步，柔声说道："表哥，那日我说错了，这里跟你赔不是啦。"说着躬身敛衽行礼，又道："我实在不知道是你……你大人大量，千万别放在心上。我从小敬重你，自小咱们一块玩儿，你说什么我总是依什么，从来不会违拗于你。当日我胡言乱语，你总要念着昔日的情分，原谅我一次。"

……

王语嫣大喜，知道表哥原谅了自己，投身入怀，将头靠在他肩上，低声道："表哥，你生我的气，尽管打我骂我，可千万别藏在心中不说出来。"慕容复抱着她温软的身子，听得她低声软语的央求，不由得心神荡漾，伸手轻抚她头发，柔声道："我怎舍得打你骂你？以前生你的气，现下也不生气了。"王语嫣道："表哥，你不去做西夏驸马了罢？"

想一想，这可是段誉刚"死"，王语嫣就投入了凶手的怀抱。这不叫痴心，这叫是非不分、黑白颠倒，"主子"说的就是对的。

不过别着急，待到慕容复再次拒绝她，她又投入井中。不过半刻，她又是如此状态——王语嫣伸臂搂着他的脖子，在他耳边低声说道："段郎，只要你不嫌我，不恼我昔日对你冷漠无情，我愿终身跟随着你，再……再也不离开你了。"

王姑娘，好一手"吃了吐"！

III

说起来，王语嫣绝不是什么坏人。

她自始至终也没想过要害什么人——可她也没有真心在乎过什么人。

群人毁了庄园，阿朱心痛，阿碧安慰，她毫无察觉；慕容复伤了段正淳，她拍手喝彩……就算对慕容复，她也是超越人性的"拿得起放得下"。没有痴迷一生，没有爱极转恨，也不像我们这些普通人有纠结，有疗伤，有过渡，而是瞬间就能把全部情爱转移到另一个男人身上。

她的世界太小了，你以为里面只有她和慕容复，不，不，里面只有她自己。

这看起来似乎是自私，但王语嫣的自私是最让人心酸的一种。因为她的自私不是来源于利益的计算，而是世界观的狭窄。

自始至终，她都没有尝试以一个独立的人去生活，她不去判断是非曲直、不去思考人生价值、也不去费劲争取什么……在家听王夫人的，出门听慕容复的。慕容复不要她了，自然还有接盘侠段誉。从某种意义上而言，她选择了活得"最容易"的一种方式：选择一个人，而后跟随他。

这种情况下，女神王语嫣难以和别人形成一种相对平等的关系。所以她对待他人只可能有两种态度：要么如神仙姐姐一样高高在上，要么如同充气娃娃一样予取予求。

可是话说回来，王语嫣这分裂的两极，不正是男人最痴迷的两个特质终极结合体吗？对他人，她冷若冰霜，对自己，她热情似火。在外面，她是女神，在家里，她是女仆。只是这种爱能持续多久？看金庸先生最终改掉结局，让段誉看破痴迷，也许我们就知道答案了。

段誉再次见到玉像，霎时之间，心中一片冰凉，登时明白："以前我一见语嫣便为她着迷，整个心都给她绑住了，完全不能自主。人家取笑也罢，讥刺也罢，我丝毫不觉羞愧。语嫣对我不理不睬，视若无睹，我也全然不以为意。之所以如此自轻自贱，只因我把她当作了山洞中的'神仙姊姊'，竟令我昏昏沉沉、糊里糊涂，做了一只不知羞耻的癞蛤蟆。"

"那并不是语嫣有什么魔力迷住了我，全是我自己心生'心魔'，迷住了自己。"

罢了，无人不冤，有情皆孽。

她赢了，但终究还是输了。

金庸小说里第一可怜之人是谁

I

金庸小说里，可怜之人比比皆是。

身不由己者，一如乔峰、虚竹、石破天。要好好做中原大侠的，偏偏成了契丹人；要好好当和尚的，偏偏逼他破戒做驸马；要当个傻傻的"狗杂种"，偏偏就入了人心险恶的江湖。

"我本一心向明月，奈何明月照沟渠"，这是一惨。

求而不得者，一如郭襄、小昭、程灵素。要么是"我看着你，你看着远方"，要么是"公子多情，女儿薄命"，更糟的是，哪怕为大哥死了，他想的人也终究不是你。

"山有木兮木有枝，心悦君兮君不知"，这是一惨。

误入歧途者，一如林平之、慕容复、李莫愁。或为家仇，或为国恨，或为爱极生恨，总之一步踏错、伤人害己，一生不过黄粱梦，到头来是万事空。

"一失足成千古恨，再回首已百年身"，这也是一惨。

可仔细想想，这又都不算最惨。比如乔峰，忠义两全，也算死得其所；比如郭襄，深爱一人，亦无可悔。至于那些情有可原的恶人，也是可怜之人必有可恨之处，为自己的恶行买单，也不算什么惨。

换言之，你如果将人生视为一场游戏，那么他们至少是有参与感的玩家。即便有些关卡太困难，有些无奈逃不开，但至少，他们在游戏里总有选择的权利。命运，总有那么一点掌握在自己手中。

真正的可怜人是什么样的？是大人物的争斗里，躺输的那些小人物。

Ⅱ

金庸小说里的可怜人，先要说说三位骑马客。

向问天和令狐冲逃跑，为了抢三匹快马，向问天提脚就把人踹下。原文说是："……筋折骨断，眼见不活了。三人都是寻常百姓，看装束不是武林中人，适逢其会，遇上这个煞星，无端送了性命。"

想一想，你好端端地骑着马，忽然就被人踹死了，冤不冤？最可气的是，他们明明两人只要两匹马，却将三人一起踹死。大概是想把一匹马留作备胎吧。

令狐冲是光明的主角，是讲义气的好人，"见他滥杀无辜，不禁暗暗叹息"。

然后呢？

没有然后了。

令狐冲和向问天继续做朋友，去梅庄，救任我行，肝胆相照，风生水起。这三个人的命，就换了个暗暗叹息。

还有两位，是《天龙八部》里的农舍小爱侣。

他们先是亲热中被逃命的段誉和王语嫣打扰，接着又被追二人而来的西夏兵残忍杀死。更可气的是，还是因为段誉没把马藏好，二人才被连累。

有人叫道："这匹马是咱们的，那小子和妞儿躲在这里。"王语嫣和段誉一在阁楼，一在楼下，同时暗暗叫苦，均想："先前将马牵进碾坊来便好了。"不料那武士单刀一挥，已将金阿二的脑袋劈成了两半。另一名武士一把抱住，嗤的一声，已撕破了她的衣衫……只打得她肋骨齐断，立时毙命。

就这样被人一刀砍死，冤不冤？

要说最惨的，还是首推《神雕侠侣》里的小兵。

这个龙套感十足的角色，出场不过半刻就被活活"人裂"了。杨过反手抓起背上那小兵往尼摩星手中一送，叫道："郭靖给你！"尼摩星惊喜交集，当即伸手抱住。潇湘子和达尔巴岂肯让他独占功劳，前来争夺。三人分别拉住那小兵的手足用力拉扯，三人全是力大异常，只这么一扯，将那小兵拉成了三截。

什么仇什么怨？

III

你好好地工作、恋爱、生活，忽然就飞来横祸，这叫惨。你爱上了不爱你的人，你苦追理想没有实现，你一步走错满盘皆输。这不叫惨，这叫做人生。

金庸小说的现实之处，并不仅仅在于那些你印象深刻的大人物。相比于主角开金手指般的爽，那些角落里的、没有名字的小人物，反而更像我们真实的人生。也许很努力，但是在大势与命运面前，总有太多无可奈何。

有种绝望，叫作躺输。

相比之下，我们生活里的那点小纠结、小痛苦，也许真的不算什么。想明白这一点，也许会少一点自怨自艾，多一点通透豁达。

自己选的路，多苦都不是惨。

古龙江湖里，
一场前任引发的惨案

I

在遇到一个人之前，李寻欢的人生，四个字就可以概括——志得意满。

论门第，他"一门七进士，父子三探花"。论武功，"小李飞刀，例不虚发"，一把绝世飞刀，让他列在了百晓生《兵器谱》上第三名。

未婚妻林诗音，不仅是自己青梅竹马的表妹，还是个倚栏数梅的温婉女子。天冷了，她为他准备一桌精致的酒菜，等他在小院中饮酒赏雪。绿蚁新醅酒，红泥小火炉。晚来天欲雪，能饮一杯无？

金樽在手，佳人在侧，李探花好一个人生赢家。

可这一切，从龙啸云救下他的那一刻戛然而止。

后面的故事大家也都知道，李寻欢与龙啸云结交为兄弟，龙啸云却对林诗音一见钟情、相思入骨。一边是友情，一边是爱人。大醉了五日后，李寻欢下了艰难的决定。他决定让林诗音离开自己。

李探花从此变身李渣男，傍名妓、喝花酒，浪荡纨绔不知羞。两年的纵情声色、放浪形骸，才让林诗音死了心。把林诗音让给了龙啸云后，李寻欢把家产也赠给了他，一个人萧然而去。

爱人都可以舍弃，还有什么不可以舍弃的呢？

李寻欢以为，这一切，都是对龙啸云最高层次的报恩、最大限度的祝福。是啊，既送房子又送老婆，还不够义气吗？

但龙啸云是如何"报答"李寻欢的？他费尽心思想弄死他。

II

想一想，李寻欢真的很冤枉，他越是好心，龙啸云越是嫉恨。

毕竟，谁能比过李探花？得意时，他鲜衣怒马，快意恩仇，万里江湖烟舸；失意时，他残羹冷酒，醉吟高卧，脱尽利名缰锁。即便龙啸云有娇妻麟儿、高庭大院，有迎来送往、众星捧月，可到了李寻欢面前，他反而会感到"自己的渺小，自己的卑贱"。李寻欢甚至不屑拥有他引以为傲的，可以施舍他苦苦追求的。

更别说龙啸云心中最大的痛处："当一个男人知道他的妻子原来是别人让给他的，而且他的妻子一直还爱着那个人，这才是最大的痛苦！"

所以，他要夺走李寻欢的一切。

在龙啸云的心里，只有把李寻欢狠狠踩到淤泥里，他才能重新获得幸福。就像《恶意》里展现的那种无缘由的较劲：我就是恨你，明明你是我最亲密的朋友，明明你是那么善良。可是我就是恨你。我恨你抢先实现了我的理想，我恨你优越的生活，我也恨我自己的懦弱。

我把对我自己的恨一并给你，全部用来恨你。

III

龙啸云的问题在于，他把李寻欢当作了人生唯一的坐标系。

李寻欢过河，他就要炸桥；李寻欢爬山，他就要阻路。然而，没有一个人能在他人的废墟上，建立起人生幸福的根基。李寻欢再声名狼藉、穷酸落魄，林诗音也不会因此多爱龙啸云一些；而除了短暂的报复快感，龙啸云也不会因为李寻欢的失败就快乐无忧。

如果总跟着别人亦步亦趋，或者总想绊倒同行者的脚步，又怎么会还有精力找到自己的道路？

现实生活中，也有不少像龙啸云这样的人。对这些人来说，人生有四大较劲：老同学、前同事、好朋友和所有前任。朋友相聚，是要比试一番、输人不输阵；亲人团圆，是要掐尖要强、谁能比我活得好。

富贵不聚会，如锦衣夜行。

对于各种前任，更是"你若安好，便是晴天霹雳""看到你过得不好，我也就安心了"。明明各自千帆过尽，为何还守着一本旧账加减乘除。

如果能重来，龙啸云放下对妻子前任的嫉恨，是不是多年以后，纵然没有热烈的花前月下，也有长久的举案齐眉。或者，林诗音真的放下旧情，那么人生，未必没有另一番碧海长天。最好是更早，李寻欢别对爱拱手相让，何至于后来，诗音醉里方得见，寻欢闺阁梦中人。

无论是小说还是电视剧，李寻欢最终都有新归宿，而林诗音，则远去天涯。

杯中酒，明月窗，旧时竹马弄青梅。

君自花里影，妾自不相闻。

去也去也，何必相见如陌人。

第五章 ——— *Chapter 5*

这世上没有感同身受

人生实苦

Ⅰ

金庸小说里写过这么一个人。

父母双亡，只身飘零。江湖各路人马，觊觎他身怀的重大秘密，或一路追杀，或假意关怀。几次遭人背叛，九死一生。这个人，不是张无忌，是林平之。

还有这么一位少年。初入江湖，对芳华少女一见倾心，而女神却心爱他人。他一腔热血去练武，反而大有所成。这个人，不是张三丰，是游坦之。

看，同样经历苦难，有人浴火重生，有人却一蹶不振。

哪怕同样活在 hard 模式，总有人会格外的、格外的惨一点。

求而不得的郭襄很可怜，那送了命的公孙绿萼呢？被美妻"绿了"的苗人凤很可怜，那头顶"长草"还送了命的马大元呢？让所得匹配付出，让成长匹配苦难，并没有那么容易。

吞进了沙粒，为什么有人吐出珍珠，有人直接噎死了？丢进了深渊，为什么有人练成武功，有人直接摔死了？生死一线，悲欢瞬间，你以为虚拟的武侠世界太残酷，而现实世界的残酷，并不亚于此。

前有六次请求剖宫产的产妇，难忍痛苦跳楼；后有事业成功的程序员，新婚后绝望自杀。悲剧明明有一万种方式避免，但现实如同死神来了，让他们一步步走进了死胡同。美女热烈示好，为什么毫无疑心地闪婚？怀疑对方人品问题，为什么不及时向家人朋友求助？对方索要千万巨款，为什么不找律师？连死的勇气都有，为什么不敢站出来与人一斗？

站在上帝视角，人们容易给出无比正确又形如废话的结论：因为他们软弱、无知、情商低、爱面子，可怜之人必有可恨之处。

然后呢？

II

新闻层出不穷，也许你已经忘了那个在台风天倒下的货车司机。

在狂风暴雨中，这个 53 岁的男人徒手去扶摇晃的卡车。直到卡车倒下，压在他的身躯上。

如果可以在键盘上嘲笑他的蠢，并不是因为你聪明，而是你幸运。在选择面前，是人都会犯错。幸运的是，一般人面对是"好""普通""可接受的坏"之间的选择。

犯错了，输得起。

就像，健康家庭长大的孩子，即便恋爱失败，也不至于要死要活。见多识广富养大的女孩，就算遇到猥琐客户、下流老板，也不容易吃闷亏。生活富足、收入稳定的人，如果炒股赔了钱，也不会无助到跳楼。

而另一些人面对的，是"糟"和"更糟"的选择。

问问非洲饥饿的儿童，为什么不去上学？问问 15 岁就要出嫁的女孩，为什么不去工作？问问挨着化工厂的癌症村村民，为什么不搬走？这些问题，就像"何不食肉糜"一样残忍。那些影响幸福与否的东西，早早埋在他们的基因里，藏在原生家庭里，隐匿在成长的环境里。

所谓的"性格决定命运"，反过来看，命运又何尝不决定性格？

有人爱财如命，是否来自贫瘠艰苦的家庭？有人所爱非人，是否来自长期缺爱的成长环境？人，生而不公，有人轻装上阵，有人负重前行。我们眼中的浅滩，也许是另一些人的深渊万丈；别人不屑一顾的平路，也许是你终身攀爬的高峰。

III

在理性分析、吸取教训和无知指责、炫耀优越感中间，有一条微弱的分界线——它叫作理解。

看看最近的新闻事件会发现，相比面目模糊的施害者，受害者更像一本摊开的书。人们读着他们的痛苦和绝望，分析他们的软弱和愚蠢，大家倾向于相信，他们那么惨，是本身有错。因为在内心深处，我们多么渴望：世界是完全公平的，灾难从不无故降临到人头上，只要一贯正确，不幸就会远离我。

这个社会永远不缺乏鸡血励志的故事、逆境奋起的传奇。逆袭、涅槃，人总可以生于污泥，长出莲花。听听这些很好，因为它给我们希望。仿佛在命运的巨手面前，你我都可以人定胜天。

而那些我们嘲笑的愚蠢选择里，又有多少迫不得已，多少有苦难言。

抱歉，
这世上从来没有感同身受

I

昨天聚会，遇到好久不见的朋友老庞。

他脸色一如既往的不太好，但全程撑着场面，冷笑话、黄段子，乐得大家宾主尽欢。酒散了，我趁没人注意，抓着他问："还好？""还活着。"他苦笑，"大概能算种胜利吧。"我抓着他的手，说不出话。

老庞是我认识的第二个抑郁症患者。第一个是小时候的邻居叔叔，具体已经记不清了，只记得他挺斯文的，感觉很和气。

后来他死了，跳楼。

有人说他得了精神病，还有人说早就看出他性格偏激。"读的书太多了。"有人信誓旦旦："读傻了。"那时候没人知道"抑郁症"这三个字。

老庞某种程度比他幸运，他很早就开始就医，但病情起起伏伏。最糟的时候他吃大把的药片，吃到呕吐，出不了门，见不了人。他向公司请假，撒谎说是家里有事，一度因为这个失去了工作，前途灰暗，每天都是受刑。

可这都不是老庞最绝望的时候。最难受的是刚开始出现症状时，从他的女友到哥们，全认为他只是一时情绪低落，钻了牛角尖。"你看你，有房有车有工作，还有什么愁的？""一个大男人，怎么就不能坚强点。"

"都劝我要想开。"老庞狠狠抽了口烟，笑着说："就跟我不想想开似的。"

II

我的师兄大张，以前是大学辅导员，最近辞职了。

大家都不解，这么好的单位，还有寒暑假，干吗要走。他讲了个故事。他的班上有个女生，漂亮、努力，拼命得像是还在读高三。他带了那么多学生，是真心看好她。后来，查出来她有躁郁症。

学校怕学生出事，马上联系了家长。来的是她母亲，大张斟酌着和她说女孩儿的病情，她先是不说话，听到要"休学"才急了："那怎么行？这不耽误考研吗？"大张愣了，一劝再劝下，她才勉强答应带女孩去看病。

没两天，女孩就回来了。带着一堆药。"我妈说不住院，先考研。"她说。

躁郁狂像是被装上情绪的放大镜。开心的时候像磕了药，难过的时候像世界末日。开班会，找不到她。大张找遍学校，打电话都没有回应，急得几乎要报警时，姑娘忽然回了短信。

大张在商场找到她时，她拿着十几个购物袋还在逛。"我不想再吃药了。"女孩告诉大张，吃药后她长胖10多斤，每天都困得睁不开眼，而且还尿频，隔一会就想上厕所。作为一个女孩，她真的受不了这些，更别说，家里还指望她考研。大张说，他看着那孩子在江城最繁华的商业街上大哭，一点办法都没有。

他又叫来了女孩的母亲。这次妈妈显然有备而来："孩子送到你们学校好好的，现在被逼成了神经病，你们不负责谁负责？！"吵、闹、撒泼，她妈妈把大张和领导折腾得够呛，最后才提出要求：让孩子保研。

大张不知道后来故事的发展，因为他不久就辞职了。

他说，每一个问题学生的背后都是一个问题家庭，而老师无法改变父母，只能看着很多孩子在原生家庭的负面影响下越陷越深。

"那种愤怒和无力感，真快把我逼疯了。"

III

不被人理解的痛苦，并不仅仅存在于心理疾病的患者。

基层公务员头顶万根线、万事一人干，朋友还以为你天天坐办公室，喝茶看报好不休闲；外企的白领加班累成狗，同学当你是出入五星级酒店，出差都是旅行玩儿；家庭主妇 24 小时不下班，老公觉得你每天在家休息，"有福气不操心"；"北上广"漂们拼了十年在五环边弄套房，家乡的亲戚却说你"每月挣一两万，怎么花得完"……

你上进，压力大，他们说你虚荣、追求名利；你觉得累，想休息，他们说你矫情、不思进取。于是我们最常遇到的困惑就是："我都这样了，他们为什么不能理解我？"

"感同身受"是个好词，它让人相信，这世界上，有一个人能懂你的挣扎、无奈，体会着你的悲痛欢欣。

可事实上，在大部分时候，由于信息不对称，由于无知和偏见，甚至仅仅是因为你不是我，我不是他，我们无法对另一个人的痛苦真的感同身受。站在上帝视角，给出无谓的劝导，就像问饥民"何不食肉糜"，就像问哮喘病人"这里有那么多空气，你为什么呼吸不畅"那么荒谬。

这可能就是残忍的真相：人是最孤独的群居动物。孤独到，哪怕至亲好友，也只能是你痛苦的旁观者。

我们最好了解到这一点，那么，当面对别人的痛苦时，即便不能感同身受，也少点居高临下的评价、自以为是的"好心"；即便不能共情和理解，至少可以礼貌地闭嘴。

毕竟，我们都只能看到自己头顶的那小片乌云，看不到别人笑脸的背后，他的世界里正电闪雷鸣。

世界对那些假装快乐的人，
也许格外残忍

爆笑附赠十万吨眼泪，都得不到你嘉许。——《喜剧之王》

I

2003 年 3 月 8 日，百事巨星慈善晚会。

当许久不露面的张国荣作为亮灯嘉宾出现在舞台时，全场掌声雷动。他身穿一袭黑衣，笑着挥动手臂："今天我很开心！"除了声音有些沙哑，他看起来就像以前每次参加慈善活动一样，充满赤子般的激情和热忱。他的笑容，还是那么温暖，那么有感染力。

而这是他最后一次出席公众活动。23 天后，他从高楼跳下。那朵最坚强的泡沫，那片不一样的烟火，和世界骤然长别。

在决定结束生命的当天，他还在给因为 SARS 不敢出门的朋友打电话，安慰她。即使在生命的最后时刻，他还是那么乐观、体贴，就像你能想象到的最可靠的朋友、最温柔的兄长。

他只把所有的痛苦、挣扎都写在遗书里："我一生没做坏事，为何这样？"

喜剧笑匠罗宾·威廉姆斯生前最后一次自拍影像，是为身患绝症的影迷薇薇安拍的。薇薇安有一个愿望，想在生命最后时光见到偶像罗宾。罗宾在视频中笑着连说了两个"没关系"，说"一切都会好的，为你献上我所有的爱"。据说那时，罗宾已经饱受帕金森氏症及忧郁症的折磨，甚至还可能患有未被确诊的失智症。这些病症会让人承受狂躁、焦虑、失眠等种种问题，患者往往极其痛苦。

不久后，罗宾在家中自缢。

他一生拍了《死亡诗社》《心灵捕手》《博物馆奇妙夜》等无数温馨搞笑的电影，他在各种节目上开玩笑、说脱口秀，大部分时候都像个行走的笑话全集。

谁能透过那张永远微笑的脸，看到他的痛苦呢？

II

古龙说，爱笑的女孩运气都不会太差。

不漂亮的程灵素，很爱笑。至少，在她的胡斐大哥前，她总是笑，羞涩的笑、喜悦的笑、理解的笑。胡斐怀疑她对苗人凤下毒，她不过笑着问句"你看我是好人，还是坏人"；胡斐小心翼翼地保存别的姑娘送的玉凤，她也笑，说这是"价值连城的宝贝"。

《飞狐外传》里，是一群被命运戏弄的人。每个人都苦，可袁紫衣会哭，胡斐会哭，程灵素却只有笑。袁紫衣为母亲哭，胡斐觉得她娇怯怯的、楚楚可怜，心生怜惜，"不自禁便想低头好生软语慰抚"。

胡斐为父母之仇哭，程灵素默默相陪，还为他设法下毒报复苗人凤，胡斐心里想的却是，虽然她全心护我，但终日与毒为伍，竟对她"不自禁的凛然感到惧意"。

敢在他人面前流泪的人，从某种程度上而言，是幸福的。

她的脆弱会让人怜惜，而不会被视为麻烦；他的眼泪会有人懂得，而不是沦为笑柄。可程灵素不哭，也许是知道并没有一个温柔的臂膀，也许是不愿给别人添一点麻烦。尽管她也有悲苦的过去，小时候亲姐姐骂她丑八怪，长大了又战战兢兢在毒门里求活；尽管她的现在让人绝望，深爱的男人发了一张决绝的"义妹卡"，拴住了最亲的关系，保持着最远的距离。

可她已经不美，不招人爱，怎么还敢不快乐呢？

连死的时候，她都温和的，满足的，她柔情无限地瞧着胡斐，低低地道："大哥，他不知我……我会待你这样……"

原来古龙你在骗人，爱笑的女孩，命运并没有比较好。

世界对那些能假装快乐的人，也许反而格外残忍。

III

最近没少跑医院，个中滋味，只有自己知道。

渐渐觉得，这世上，最令人羡慕的，其实并不是那些看起来快乐的人。因为，这世界上并没有一个人永远快乐，没有一个人，可以毫发无损地度过这一生。我们总会遇到坎坷，遇到爱或不爱，遇到聚与离别，遇到生老病死。有时看起来你什么都没有遇到，一切顺利，但别人不知道，你的心里，正是台风过境，暴风骤雨。

我羡慕的，是那些敢于表达不快乐的人。他们难过了，可以哭，不开心了，可以怒，不想理人，可以不说话，想倾诉了，哪怕半夜，都有电话可以打。

可不是每个人都这样幸运。

在有些人的世界里，眼泪是麻烦，求助是无能，脆弱是羞耻，痛苦是罪责。哪怕失眠了几夜，也不会在人前露出一点疲惫；哪怕喝红了眼眶，也当作是酒太烈呛住了。遇到多难的坎儿，周围人都一概不知。最大的发泄，不过是买一张电影票，在没有人认识你的黑暗角落里，放肆地哭一场。

甚至更糟，连无人之处的哭泣都有罪恶感，觉得自己是个废物，不够好。

习惯假装快乐的人，往往不肯放过自己，又难以相信他人；对自己太严苛，又对这个世界的残酷了如指掌。

这是一个叫嚣着正能量的世界。

父母教育你要乖要坚强，爱人需要你开心别多事，老板、客户需要你态度好。想哭就哭，想笑就笑，是这个时代最昂贵的奢侈品。更多的时候，快乐不过是一种伪装。披上这层伪装，你就是省心的子女、听话的下属、体贴的恋人……不给社会添麻烦，不用家人朋友操心，不给周围任何一个人添堵。

你隐藏的不安、焦虑、愤怒、恐惧，会被这个高速运转的世界轻易地无视。而偶尔泄露的求救声音，或被误读，或被忽视，或授人以柄，或被看成笑话。

似乎没有别的办法了。只能习惯性地戴上一张面具，笑下去吧。

人生也许会
雨雨雨雨雨雨雨雨雨雨雨过天晴的

I

我有个老同学，大家给他起了个外号，叫"等等"。

大学时都在谈恋爱，20岁的小男生小女生，为爱一腔弱智、奋不顾身。等等先生没有谈，他说你们太幼稚了，一无所有、前途未卜的大学生，哪有什么恋爱的基础。"都是荷尔蒙作祟。"他推着眼镜，一脸老成。

后来这帮朋友，分的分，合了的又再分，当初有多山盟海誓，后来就有多撕心裂肺。毕业时，一帮单身狗喝多了，陪着最后一个被踹的朋友去女孩楼下喊，喊着喊着都哭了。那时流的泪都是恋爱时脑子进的水。

只有等等先生很平静，毫无所动。那一刻，我们都觉得，哥们，还是你英明。

II

毕业后，等等先生去了一家事业单位，让一群北漂、南漂的朋友非常羡慕。

他的工作节奏不紧张，但等等先生不满意，工资不高、发展不大，在这个大城市里，前途渺茫。但工作是暂时不能换的，换了就得交一笔违约金。那时候他在单位里，遇到了自己的女神。

女神不是个没有故事的女同学，背后有着各色男人虎视眈眈。女神很喜欢他，毕竟等等一表人才，帅得让人合不拢嘴。但等等很犹豫，他觉得自己被这份没有希望的工作困住了，他又毛躁又低落，想了未来的 101 种可能。

那阵子我们都曾接过他的电话，听他列出和女神在一起或不在一起的原因，听他说如果在一起会面对的各种问题，听他说如果分手了会有多难看。最后还是归结到老办法——"再等等"。

"等我跳槽了，再正大光明地追她。"

这故事，你们一定知道结局。女神很快有了男朋友，然后结了婚。

等等很难过，一难过就难过了几年，混混沌沌，过了不让跳槽的限期。他说要去的欧洲没有去，因为总觉得未来会更有钱、有闲；他说要考的证没有考，因为总有这个会那个事。

从 20 岁到 30 岁，大概是变化最大的十年。

我们中，有人失恋 500 次出国疗伤，居然遇到真爱闪婚生子；有人创业失败后急流勇退，找了新工作安稳度日；有人被迫当了家庭主妇，把吐槽抱怨写成了母婴大号；有人生病休养，病中读书解闷，后来干脆辞职重回校园。

等等的运气和我们每个人都差不多：遇到过怦然心动，也错过爱情；有过贵人赏识，也常常小人缠身；家人有意外病痛，朋友有义气相挺。这大概就是我们每个人的人生：不够圆满，尚能应付。

可等等总在等，等条件成熟，等雨过天晴。他仿佛是天底下最"乐观"的人：坚信明天会更好。会有更适合出游的天气，会有成家立业的物质基础，会有更轻松的心态，更好的机会。

可也许，没有。

III

等等，大概是个"人生拖延症"患者。

拖延症的背后，是"完美主义"，他们要求面面俱到，喜欢充分准备；他们有着极高的期待，因此总在面对潜在的过度失望。患了"人生拖延症"的人也一样。他们坚信，这世界要么完美，要么惨败。可人生的真相是，在大部分时候，我们都在勉励挣扎。

今天很糟，明天也许更糟，可那么漫长的雨季，你不可能靠等待去度过。

一个阿姨，50 岁，公司高管。早几年她事业如日中天，忽然遇到麻烦——职位被架空，业务被拿走，手下一个人都没有。原本绚丽的舞台，忽然落了幕。阿姨曾经很痛苦了一段时间，去奔走，去交涉，但后来她终于向自己承认——也许，这就是迈不过去的职场低谷。她开始去学跳舞、健身，每天给孩子准备早饭，和老公补拍了结婚照片，甚至全家去旅行度假。那都是她原先从未有时间做的事情。

"谁知道我以后还健不健康，走不走得动。"她告诉我一句话：事业好的时候，享受舞台，事业不顺的时候，享受生活。

林宥嘉有首歌，叫作《坏与更坏》：

原来现实 与那理想总不大同
在谷底 哪有天虹
抗下去 别放弃 日日说金句 证明无用
绝非 鸡汤 那样浓
原来落败百次 也不可黑变红
做妈妈 生出成功
谁又够运气去任择 各种美满回头路
常餐 得死与病痛

这么戳破人生真相的"暗黑"歌词，我却觉得这是真正的"乐观主义者"。

不去幻想明天会更好，所以才知道活好今天。

有些事情，一己之力是没有用的。雨季来了，你会堵车淋雨，会一身狼狈，你没法在这个天气放风筝，也肯定要搁置某些约会。但这并不意味着，你不能找到别的方式去度过这场雨、去享受这场雨。

况且谁知道呢？明天也许会雷暴，那么这场雨，对我们的人生，已经足够好。人生也许会雨雨雨雨雨雨雨雨雨雨雨过天晴的。

与其不切实际地期待日日天晴，还不如愿你：

"研习于失败，维持欢快。别干等，美丽的新世界。"

我不怕孤独终老，
怕和让我感到孤独的人终老

最近，娱乐圈一如既往的热闹。

男人出轨，家人劝解，女人原谅，同样的戏码每天上演，都是套路。小女生叫着"我不相信爱情了"，成年人却习以为常、付之一笑。这是个爱情速食、婚姻速朽的时代。唯一比喜欢一个人更容易的，就是喜欢上另一个人。

奔腾的荷尔蒙需要出口，工作的巨大压力需要释放，柴米油盐让人想逃。脱轨是如此的容易。几条微信就能确定一个夜晚，请一杯酒就能策划一场艳遇，身体从未如此自由，心灵从未如此空虚。可以和陌生人聊整夜，无法与枕边人对话三句。

没有激情，没有理解，甚至没有忠诚。可哪怕婚姻变成制造下一代的工厂、沦为冷暴力的地狱，甚至只是一张长期饭票，总有好心人相劝："凑合过吧。"而更多忧心忡忡的父母亲戚，仍斗志昂扬，誓要消灭所有单身的孤独男女。

就算婚姻是爱情的坟墓，但你怎么能死无葬身之地？

I

美女高管，海外留学，创业公司主板上市，权三代。

想把这样完美配置的人拉下神坛，你只需要举出一件事：她没结婚。

在当今社会所有的歧视当中，最常见的就是"单身歧视"。

不结婚，一定有问题。要么眼光高，要么性格孤僻，一定是有致命缺陷才会被剩下。不结婚，事业成功也是罪过。要么傍了大款，要么包养小蜜，私生活肯定混乱不堪。不结婚的更大罪状，就是不生孩子，这是自私、不孝，对不起父母，对不起国家，反正老了也没有人养，不如早早自裁以谢天下。

只要不结婚，女神瞬间沦为同事大妈八卦里的主人公、父母亲戚逼婚的对象。外人可以怀着快意的怜悯，亲人则会操碎了心。

真有意思，想想这姑娘的配置，其实是郭襄。是不是郭襄峨眉初雪时遥想风陵渡口，比不上刀白凤所嫁非人、心碎一生？是不是乔峰念着塞上牛羊，比不上公孙止、裘千仞彼此折磨、互相伤害？真爱如同神迹。能够"一见误终身"，已经是求之不得的运气。怀念着一个人、等待着某个人过一生，并没有外人想象中的凄凉。

况且，生命不只有爱情一个主题，而拥有婚姻并不能同爱情画上等号。

我见过热爱旅行的"80后"单身姑娘，见过同居十年的不婚主义者，也见过年过不惑身材宛若少女的事业狂人。只有最自卑的已婚者，才用结婚与否来评判一个人。不必站在高地自以为是的怜悯和同情：

不婚者的精彩，你根本想象不到。

II

大部分人相信：婚姻是人生的必选项。

可为什么呢？是绑定爱情，还是满足父母、繁衍后代，或是给自己的人生一个保险？似乎有一些道理——世界如此艰险，你必须和一个人结成同盟才能生存下去。只有通过两个人的配合，才能满足生理需要，应对压力，解决养老。渡边淳说："结婚表面上是相爱，其实是衰老之后的一种保险。"

很多时候，夫妻，是有性关系的战友、具有共同经济利益的同盟者和生产社会劳动力的合伙人。

好的婚姻并不止于此，更包含理解、信任和爱。为了你，我要变成更好的自己。而糟糕的婚姻，却更像一种彼此传染的绝症。

你不修边幅，我混沌度日；你暧昧出轨，我狂躁暴力；你吵得歇斯底里，我对你视若空气。守寡式婚姻，丧偶式育儿，婚姻让我们对彼此露出了最狰狞丑恶的一面。但这似乎都不重要。我们可以宽容出轨不忠，可以原谅家暴冷漠，可是却不能放过一个独身者。

单身是罪，离异是罪大恶极。

宁要低质量的婚姻，也不要高质量的独身。

宁肯彼此折磨到白头，也不能一别两宽、各生欢喜。

III

太多的人，都在高估婚姻。

父母和长辈相信婚姻才能让你正常、体面，甚至乐观地以为，为你找到一个完美的伴侣，你就能幸福。可惜并不是这样。婚姻也许会让你暂时拥有安全感，但很快你就会明白，一张纸从来不能决定你能得到理解、支持和爱，更无法解决你的终极命题——孤独。

毕竟，因为世界上最可怕的事，不是孤独终老，而是跟使自己孤独的人绑定一生、白头偕老。猜忌磨光了信任，冷战耗尽了激情。争吵激情四射，做爱平淡如水。躺在一张床上，心灵隔了十万八千里。

那一刻，你才会真正知道：

一个人只是孤单，只有两个人，才叫孤独。

关于爱：
长久的是侥幸，失去的是人生

I

说来惭愧，虽然常在这个号里"谈情说爱"，但在传统观念里，我大概是个爱情悲观主义者。

我当然喜欢郭靖、黄蓉的举案齐眉，欣赏杨过和小龙女的互相治愈。可完美的爱情就像鬼，人们谈论它，可谁曾亲眼见过。即便是那些看似圆满的情侣，背后又何尝不是带着一点遗憾、吞掉一点不甘在活。

令狐冲和佳人琴瑟和鸣的时候，难道不会想起思过崖上的清风明月？张无忌为伊画眉的时候，难道不会想起那个和他同食共饮的船家女孩？

更别说，人间多的是世俗意义上的"不圆满"。动情易，守心难；相爱易，相处难。更多的时候，爱来势汹汹，又去得猝不及防。可是，爱本就如此。为什么会有那么多人，把天长地久当作理所当然。

爱吃的菜会变，穿衣的风格会变，喜欢的偶像会变。人心易变，爱尤其不能例外。更何况，还有缘分、运气、宿命等玄而又玄的外力。

长久都是侥幸，失去才是人生。

但回头想想，爱的魅力不就在它的悠忽短暂吗？

II

你正青春年少，恰如花美眷。

比武招亲的时候，哪里来的浪荡子弟，一下就抓走了你的心。他自私、坏，心很高，本事却不怎么样，对你的温柔体贴抵不过对你的坏。可你飞蛾扑火，烧成灰烬。

很多年后，一个女孩懂了你，她说："她也是没有法子啊。她既喜欢了杨叔叔，杨叔叔便有千般不是，她也要欢喜到底。"

又或者，你温柔大方，身出名门，内有师傅看重依仗，外有未婚夫青年才俊。后来，你遇到一个潇洒不羁的中年男子，一夜之间，一生沦陷。身份没了，婚约扔了，未婚生子，江湖流浪。女人所珍惜的一切，你付出的干干净净，甚至最后，为他送了命。

后来，你的女儿说："我叫杨不悔！我娘说这件事她永远也不后悔。"

这样的爱，外人看是悲剧，但不是每个人求的都是相夫教子、儿孙满堂。

长久以来，我们对于爱情圆满的定义太狭隘了，似乎只有相伴终身的"结果"，才叫作爱结了果。

可是啊，严格说，大部分爱都是脆弱的，或死于惨烈分手，或死于平淡度日。相看两厌的白头偕老，并不好过刻骨铭心的曾经爱过。害怕受伤的一生安稳，未必好过伤痕累累的敢爱敢恨。

爱情的美，既在于"愿得一心人，白首不相离"的细水长流，也在于"拼将一生休，尽君一日欢"的极致灿烂。

如果前者难得，何必不珍惜后者。

III

常常想，人为什么一定要爱呢？

也许因为，对于这个世界的 70 亿人而言，我们太普通了；对于这个浩瀚的宇宙而言，我们太无谓了。恒河流沙，沧海一粟。可是在爱里，你是独一无二的绝对主角，你能爆发不可想象的力量。就像《一个陌生女人的来信》所写：

朋友算什么，自尊算什么，下一次我还会这样。你的声音有一种神秘的力量，让我无法抗拒，经过十几年的变迁，依然没变。只要你叫我，我就是在坟墓里，也会涌出一股力量，站起来，跟着你走。

那不是所爱之人的力量，那是爱投射在我们身上的样子。就像一束灯光，照在昏暗的舞台上。

我们忽然超越了那个平凡的、无力的自己。

我们的眼睛闪着光，因为欣喜，也因为泪水。羞涩少女变得大胆，叛逆少年变得胆怯。猛烈的爱如超新星爆炸，炫目不可直视，扫荡周遭一切。

别怕，别躲。

很可能有一天，可以理性地谈爱、平淡地分手，任何人的名字都不会像当时那样，让你故作镇定而心里的小鹿却跳到喉头。那些为爱辗转反侧、撕心裂肺的时光，那个一举一动都会让你心跳如电击的他，那个一腔孤勇撞得头破血流的你，都不会再有了。

这样想想，爱得没有结果又怎样呢？爱本身就是结果。

苦海中不至独处至少互相依赖过，这一路风景至少曾与你同游同走过。

警惕那些让你知足常乐的人

I

在微信公号里，我不时会写到自己在南方实习的经历。

一群 20 出头的女孩子挤在小小的房间里，甚至要睡在地板的床垫上。除了青春，一无所有。

那时第一次吃到某家连锁的杧果捞。一杯有没有二十块？记不得了。只觉得又凉又爽，怎么会那么贵。小心翼翼地把最后一颗杧果含在嘴里，像糖像冰，像一切美好的不可持续的东西。它还没化，夏天就过去了。

后来北上，北京日常消费并不算高，但试用期的时候，房租是大半个月的薪水，买房像个遥远的梦。再后来，工作步入正轨，再加上写作的收入，银行卡里的数字好看了，似乎都能闻到梦想的味道。至少不需要再克制自己吃杯杧果捞的欲望，基本上算是想吃什么吃什么了。

可再没有什么味道能刻骨铭心，能在半夜想来，饥肠辘辘、抓心挠肝。

也许人心注定不足。

有了属于自己的一间房，还在想如何给父母更好的养老医疗；看了更丰盛更广阔的世界，但还是担心中年失业，大病返贫……为什么不能知足常乐呢？

因为事实是，眼前的苟且都不能应对，诗与远方就是空中楼阁。

II

贾行家曾在《我说我们东北，失落的人、绝望的人太多了》，讲述了上世纪末东北发生的故事。

我的一个中学同学，他的父亲以前每次下班都要自己喝一点酒，自斟自饮。喝完了之后就笑嘻嘻地看着屋里，因为屋里摆满了当时最时髦的家具和电器。下岗以后他喝得更多了。他喝那种散装白酒，也买不起下酒菜了，一直喝到两只血红的眼睛"在一个很黄的小灯泡底下眨巴"。然后就动手打儿子和妻子。

那个时代没有人想到厂子会倒，自己会失去工作。能爬起来的人少。更多的人，从哪摔倒就在哪倒下去，再也站不起来。

知足也许并不能常乐——除非你实力足够强，或者运气足够好。

焦虑感是我们这个时代最普遍的感受：在体制内的朋友，言语中常常流露出强烈的"本领恐慌"；和在传统行业从业者聊天，又有很多人担心整个行业被人"降维打击"，一夜就变成夕阳；同学在500强的外企里，眼看隔壁部门整个项目组被变相炒鱿鱼，连40岁的部门经理都自身难保，中年出来再就业。

这个时代，每个人都可能遭遇自己的"黑天鹅"。

一场大病，可能摧毁一个家庭；一次行业洗牌，可能杀死一个公司；一场产业变革，可能颠覆几万人的命运。

III

要警惕那些在你年轻时就让你"知足常乐"的人。

有两种人猛灌的鸡汤不能信：一种是什么都有的，一种是什么都没有的。前者更像是利益既得者站着说话不腰疼，如同名下几套房子的中年老板，让年轻人沉住气，大不了租房一辈子；后者则可能是把懒惰懦弱等同于宁静致远，在他的三观里没人能打败他。

喝一杯杜果捞的快乐很好，但人生没办法靠那一口甜度过。

更好的医疗，更优质的教育，更大的平台和可能性。世界可以很好，但你先要配上它的好。你可以不奔跑，但别失去奔跑的能力。《我说我们东北，失落的人、绝望的人太多了》中有一句话：

时代和人群永远朝向新的宾客，发出新的颂扬。新的失落者在输光了一切以后就要走向被人遗忘的路程。

对，人生就是这样又美又残酷，除非你极其幸运，不然你终究得面对它的残酷。

你焦虑吗？那就对了，年轻时你不必懂知足常乐。

第六章 —— *Chapter 6*

容易**受伤**的，
是**逆流而上**的人

"愚人"程蝶衣，
凡人段小楼

I

又到了愚人节，这个日子，总觉得该写点什么。

纪念一个人的方式有很多种，而对于张国荣这样的人物来说，纪念的最好方式，就是去重温他的作品。

张国荣，是属于那种人戏不分的演员。

对有些演员来说，镜头里只有"皮相"，气质与角色貌合神离，灵魂上更是同床异梦。

看张国荣，从《胭脂扣》里的懦弱贵公子十二少，到《东邪西毒》里的欧阳锋，从《春光乍泄》里"不如从头来过"的何宝荣，到《霸王别姬》里"不疯魔不成活"的程蝶衣，那些角色与他融为一体。

每个角色既是他，又不是他。每个身份都像是他人格里的一个侧面，一个alter ego，一个融合了灵魂与血骨的混合体。

而在这些角色里，我觉得与他最贴近的要数程蝶衣。

张国荣谈到对程蝶衣的表演时说：

"演员应该义无反顾，为自己所饰演的角色创造生命，如此演员方可穿梭于不同的生命，亦让角色真实而鲜明地活起来。"

从这个角度上说，程蝶衣与张国荣的确是有种穿梭彼此生命的感觉。

不仅仅是因为张国荣与程蝶衣一样，抽刀断水、裂帛而去。还因为，我们通过张国荣的表演，看到了程蝶衣的痴、程蝶衣的傲、程蝶衣的执迷，还有程蝶衣的愚。

反过来，从程蝶衣身上，我们也能看到张国荣身上类似的东西。

但在今天，写程蝶衣不是为了悼念，而是为了颂扬。

Ⅱ

程蝶衣一直是个愚人。

他从小到大没弄明白一件事：什么是口是心非。

这是戏班子里的小学徒们打小就会的技能，撒谎、耍滑，挨打故意嚎出大动静。可当程蝶衣还是小豆子的时候，一句"我本是女娇娥，又不是男儿郎"总是说不出口。

只要我说出口的，便是本心；我不认同的，挨多少顿打也说不出口。

言为心声，这是他的愚。

当他真能说出"我本是女娇娥"的时候，他心里也就住下了一个"袅娜多姿、千娇百媚"的女子，他在台上才能成为"一笑万古春，一啼万古愁"的虞姬。

人戏不分，这也是他的愚。

虞姬死随楚霸王，程蝶衣也跟定了段小楼。别人当作儿戏的一句话，他却当作诰命般信以为真——"说的是一辈子，差一年，一个月，一天，一个时辰……都不算一辈子"。

追求极致的情感，这更是他的愚。

也许有人会问，他这样一个追求极致情感的人，为什么会委曲求全，去给日本人唱戏，又委身袁四爷？

因为程蝶衣的是非观，建立在亲疏关系之上。他是一个情义至上的人。在他眼中，只要为了在乎的人，骂名、牺牲不顾，对与错也可以不管。

他服侍老太监，是为了救戏班子；他去给日本人唱戏，是为了把段小楼救下来；他委身袁四爷，是因为在艺术和灵魂层面，只有袁四爷是他唯一的知己。连段小楼，都不过把戏当作一门营生。只有袁四爷，是真心懂戏。

程蝶衣是活在戏里的，这凡间没有他的容身之地。

虞姬为了楚霸王，可以抛弃一切；程蝶衣为了段小楼，宁愿"白线袜子踩在泥尘上"，忍受这世间污浊。

直到来自最亲近的人的背叛，让他哀莫大于心死。

如果霸王成了狗熊，虞姬的结局只有一死。君王意气尽，贱妾何聊生。

此后的日子可想而知，程蝶衣是一具熬日子的行尸走肉。他不过在等再度登台的机会，虞姬与霸王在舞台上再度重逢，让他有一次告别、一次谢幕的机会。

虞姬的自刎，是程蝶衣的华彩乐章。在最后的一刹那，她不用再忍受对爱人的失望和世界的污浊——"他穿着虞姬的戏服，扮着虞姬的装束，以虞姬的方式结束了自己。"

III

程蝶衣是愚人，段小楼只是个凡人。

他的一生，就是霸气耗尽、滑向平庸的过程。

小石头愿意为了小豆子反抗师傅，楚霸王挺直腰板不为日本人唱戏，段老板说"他们别瞎闹，闹哄急了照打"，而段小楼说"他是汉奸""我要和他划清界限"。

这是段小楼的平凡之路，面对匪徒的刀刃，不屈服的勇士折了腰，霸王向周遭平庸的恶，俯首称臣。

他也曾敢爱敢恨，也曾对抗权威，也曾视金钱为粪土，也曾潇潇洒洒张张扬扬地活成一个纯爷们。

可纵有万般能耐，终也敌不过天命。

生活是个缓慢受锤的过程，段小楼被一次次锤得脱下"霸王"面具，洗净了脸上油彩，再也分不清智愚美丑，隐入芸芸众生。

他踏实了，被生活磨钝了，是一个凡尘中的男人了。

你能苛责段小楼吗？不能，他既算不上好人，也算不上坏人，只不过逐渐变成了一个圆融、油腻、趋利避害、见机行事的凡夫俗子。

这个结局并不意外，还在血气方刚的时候他就"聪明"地看透：

"唱戏得疯魔，不假！可要是活着也疯魔，在这人世上，在这凡人堆里也疯魔，咱们可怎么活呦。"

假霸王配不上真虞姬，凡人段小楼配不上愚人程蝶衣。

IV

今天我们不悼念程蝶衣，倒要哀悼一下段小楼。因为他是许多人的化身。

像程蝶衣、张国荣的人有几个呢？更多的人，不过是在这凡人堆里摸爬滚打一生。

我们没有程蝶衣的愚，也没有他的那份胆量，我们有的是生活中的小聪明和"吃一堑，长一智"的智慧，该低头低头，该闭嘴闭嘴。

对待感情，也许有过奋不顾身，但每碰壁一次就像手指碰到炉火般抽回，条件反射似的收起一份真心。年龄越长，真心越打折扣。

对待权威也学会了人云亦云地应和，不假思索地赞颂。在众口齐声的喧哗之中摆出一个个口型，安静如鸡，恭顺如狗。

真正清醒的人是痛苦的，假装糊涂一点，日子也就过去了。

愚人难当，凡人也不易做。我们都敬佩程蝶衣，却最终活成了段小楼。

《和平饭店》：
这世间人心，不配有英雄

I

如果让我推荐周润发的一部电影，那么不是《秋天的童话》，也不是《英雄本色》，而是《和平饭店》。

拍完了这部戏，他毅然离开香港，一骑绝尘，奔赴好莱坞。

和平饭店，是江湖最后的乌托邦，也是香港英雄片的落寞背影。讽刺的是，《和平饭店》的故事，恰恰是由一次又一次的屠杀组成的。

杀人王发现妻子与兄弟偷情，一怒之下杀光了自己两百多个兄弟。而后画地为界，插刀为记，建立了和平饭店，并立下规矩：不论做了任何事，不论得罪了谁，只要你跑得进这个门，任何江湖帮派都不得继续追杀。

但走出门的人，他不保平安；他自己，也绝不介入江湖恩怨。

满手鲜血的杀人王，却想在江湖建立一个和平的乌托邦：这里，只要你放下屠刀，就能立地成佛；就算你走投无路，仍能找到方寸庇护。

十年，无数人在这里获得了新生，直到一个女人来了。

小曼和他曾经爱的女人一样，抽烟、喝酒、乱赌，撒谎成性，什么事都乱来。但只要穿上旗袍，站在那儿唱歌，就美得惊天动地。

整部电影最美好的时候，就是在小曼的歌声里，和平饭店的众人赛马、喝酒、唱歌、跳舞，充满了对生活的热忱和爱。

可惜好景不长，敌人来袭。为了保住小曼的命，杀人王背弃规矩，送走了她。谁知，小曼是十年前的仇家派来的诱饵，诱他破戒。

在凡人眼中，英雄是不能有污点的。你的伟大理所应当，你的瑕疵不可原谅。于是，曾经的救世主被他们踩在脚下。

"你救一个女人，就要我们所有人都送死？"

"你要死自己死，不要害死我们！"

面对仇家"不走出和平饭店，就让你们和他一起死"的威胁，这群亡命天涯、被他收留的人，走投无路、被他庇护的人，全都选择了背叛和离开。

只有小曼，那个别人嘴里的骗子，那个被杀人王拯救的女人回来了，与他同生共死。

而其他人，则抱着头蹲在地上，眼睁睁地看着杀人王杀尽仇敌，伤重而亡。

II

对于一个英雄而言，最大的悲剧是什么呢？

不是马革裹尸，那几乎是每个英雄必然的结局；不是受尽折磨，因为每道伤疤都是英雄的勋章。

最大的悲剧是：你拼尽全力打倒的恶龙，总会死而复生；你付出生命守护的人们，不过是一群自私自利的蝼蚁。

你头戴皇冠，他们便匍匐下跪；你手持利刃，他们就俯首称臣。

"一个人杀了一个人，他是杀人犯，是坏人。当他杀了成千上万人后，他是大英雄，是好人。"

你"行"时，他们封你为无私的神灵、伟大的英雄，他们不介意用过誉之词为你锦上添花。

然而你不能失败，不能有污点，不能有私心，不能突破他们的"完美想象"。

不然，那些将你捧上高峰的人，立即开始侮辱你、背弃你，比敌人更甚。

III

《和平饭店》的内核，是真正现实主义的悲剧。

这样的故事，一直在上演。

《权力的游戏》里，雪诺为了抵抗异鬼而大胆与野人联手，结果却被同伴设伏杀害。

《让子弹飞》里，在看客得意的起哄声中，六爷划开肚子，而他们根本不在乎谁的清白。

一直赢球的人失利了，球迷把带血的刀片寄到家里去；因伤退赛的运动员，他们说"为了国家腿断也该跑"；靠自己唱歌出名的农民，即便修路、送钱也满足不了大开口的乡亲；事业成功的企业家，被道德绑架、逼迫捐款。

我并不相信杀人王是死于小曼的诱惑或者敌人的诡计。

而是凡人之恶，将英雄推上绝路。

电影的最后，小曼冰冷的目光扫过这群背叛杀人王的人们，而后她带着心爱男人的尸体，头也不回地离开这里。

没有了杀人王，就没有了"和平饭店"。

那些大难临头出卖饭店的人，都被仇家追杀、不得善终。

弱肉强食的世界，怎么能容忍英雄拯救苍生？

和平饭店，开始于一个杀人恶魔放下屠刀、立地成佛，终结于人心如刀、众生皆兽。

《三块广告牌》：人的一切愤怒，都源于自己无能为力的痛苦

有句话叫，人的一切痛苦，本质上都是对自己无能的愤怒。

可在《三块广告牌》里，这句话恰恰要反过来。在这部电影里，三位主角的所有愤怒，都源于自己无能为力的痛苦。

I

先看女主角 Mildred。

电影从始至终，她都是一位"怼"天"怼"地的愤怒母亲。她"怼"警察，"怼"牙医，"怼"前夫，"怼"前夫的新欢，"怼"暗恋自己的男子，甚至连中学生也不放过——小杂种，敢往我车上扔易拉罐？看我不踢爆你裆部。

她的怒火烧得太旺盛，以至整个人的行为举止都已经失格，顾不得礼貌，更谈不上"体面"。

没看过电影的人可能会问：为什么一个人要愤怒到如此地步，粗粝到这种程度？

因为她的女儿死了，她对此无能为力。残害她女儿的凶手逍遥法外，她对此也无能为力。

失去的永远不可能追回，而拥有的不够珍视甚至恶言相向，成了她心中的一根刺，越扎越深、越扎越痛。

无力感会吃人，内疚感会吃人。当悲痛压顶而来，当歉疚变成生命中不可承受之重，当那份无能为力、无可奈何的痛苦让人无法抵抗时，它只得转化成别的

情绪——愤怒。

然后，带着这股愤怒，她把找到凶手当成一个执念，成为她生活的全部。

愤怒是她的盔甲和她的支柱，要为女儿"报仇"的念头，成为支撑她走下去的一股气。一旦没有了这股愤怒，她也就撑不住了。

于是，一切阻碍她实现目标的人，都是敌人；一切拖慢她进度的人，都是迁怒的对象。抓不到凶手，警察就是罪犯逍遥法外的帮凶。

所以，即便她知道警长身患癌症、时日无多，即便她知道警长不是个"坏人"，即便知道全镇人都不会站在自己这边，她还是毅然决然地在小镇外的公路上竖起三块猩红的广告牌，充满挑衅地质问：

还没破案？威洛乐比警长，怎么回事？

II

被挂上广告牌"示众"的警长，也有愤怒的一瞬。

在医院看病时，当医生表达了对广告牌的看法和"站在自己这边"时，他一把拔出正在抽血的针筒扔了出去，摔得满墙血。然后气急败坏地夺门而出——我既不需要你的支持，也不需要你的怜悯。

他需要的是，不得癌症以及破案。

但是以上两点，他都得不到。他的健康每况愈下，而案子几乎不可能再有新的进展。他的结局好像已经写好——在胰腺癌和广告牌的双重折磨下，走向人生的落幕。

可他的选择是，给妻女一个完美的假期、一个美妙的回忆，给在乎的人写下三封信，然后在夜深人静之时，饮弹自尽。

既然死亡不可避免，与其苟延残喘，在痛苦和失去尊严之后死去，不如来个痛快。

就像他在给妻子的信里写的：从某种意义上说，这是一个勇气之举。不是饮弹自尽的勇气，是不想让虚弱与病痛的自己，成为她们最后的回忆。

这是他的勇气之举，一个无能为力之人重新夺回自主权、掌握自己命运的方式。

而剧中的另一位主角，是一个别人眼中的妈宝男、窝囊废，虐待犯人、种族歧视样样都行，就是办案不行的 loser。

可谁能知道，他好几十岁还住在妈妈的房子里是为了照顾妈妈的生活。谁能看到，他那暴躁的外表之下，躲藏着的忠诚、正直的灵魂？

于是，他把自己交到酒精和愤怒的手中，横冲直撞。

III

三块广告牌，三位主角。

这三个人曾在无法掌控生活的愤怒中互相伤害，直到一个人的死，一个人的伤，让幸存者认识到了不加控制的愤怒带来的破坏。以为自己是受害者，便可以理直气壮地把自己的愤怒当成武器，向子弹一样扫射到别人身上，后来得到了什么？

"愤怒，只能招致更大的愤怒。"

于是愤怒开始消解，仇恨的基础逐渐崩塌。等他们认识到这一点时，这两位已经遍体鳞伤的人才开始彼此理解：我们都是一样的。

这部电影的精妙之处，在于它里面的三个主角都曾经面目可憎，但你能理解他们为什么会这么做，甚至支持他们这么做。因为人性本就复杂而多面，这世上没有那么多非黑即白。大多时候，善与恶只取决于你站在哪一边，对与错是介于黑白之间的灰色地带。

电影的另一个妙笔，是它没有留下一个光明的尾巴，没有创造一个冰释前嫌、执手相看泪眼的和乐结局。

这也恰恰是我认为胜过奥斯卡最佳影片《水形物语》的一点。《水形物语》本质上是个童话故事，两个"异类"能遇见彼此、相濡以沫已经难得，边缘人能在强权的压制之下逃脱甚至胜利，更是天方夜谭。

所以说，《水形物语》男主、女主"幸福地生活在一起"的结局太过美好，《三块广告牌》的结局更加现实。

人生哪里有什么 happily ever after（永恒的快乐）？只不过是爬过一个坡后，前面还有一个接一个的山丘等待你去翻越。

电影的最后，这两位从生活中艰难跋涉出来的幸存者，也只能淡然一笑，然后继续朝着明暗不定的前方驶去。

"你确定要杀了他吗？"

"不确定。"

"我也是。"

"我们路上再决定吧。"

前路会更好吗？没人可以确定。等着这对已经麻烦缠身的人的，可能是更大的麻烦。

但他们仍要义无反顾地奔去，这才是真正的英雄主义。

在纪录片里了解星辰大海这些东西，有什么用？

I

终于断断续续看完了 BBC 的纪录片《Blue Planet 2》（《蓝色星球 2》）。

其实几个月前，这部纪录片就已经完结。看的过程中，感觉拍纪录片的人，真是一群偏执狂和完美主义者。成千上万分钟的原始素材，落在成片里，可能就三两分钟的故事。不计时间的蹲守，也只是为了几秒钟的完美瞬间。

甚至为了拍到"决定性"一刻，要花上一年的时间。错过一个关键的晚上，一切都白忙，只得拍拍屁股、收拾行装，明年再来。

因为每个妙不可言的瞬间背后，都是日复一日的无功而返。所以 BBC 出品的这几部纪录片，每一帧都是大片，随手定格都是壁纸。毕竟是高度浓缩的精华，是万里挑一的精彩。2017 年的《蓝色星球 2》如此，十几年前的第一部也是如此。

看这些称得上"巨制"的纪录片，最直观的是视觉上的享受，它是人好奇心和探索欲的极大满足。

许多场景令人震撼，海浪如千万匹骏马奔腾，推搡着拥挤着嘶鸣着冲向陆地，数百只海豚从水面跃出，它们捕猎时欢快地尖叫，像是草原上的猎手呼号着敲响战鼓。

又或是破壳而出的小海龟突破重重险阻，终于投入海洋的拥抱，在水中惬意地转了一个弯。小丑鱼躲在珊瑚丛中，怯生生地吐出了一个水泡。

有些场景近乎神迹，你是否见过一群座头鲸在水面下沉睡，它们停在那里，像巨石悬挂在天空，有种神秘、迷人、静默的力量，一种类似原始崇拜的感觉从心底涌起。

鲸是多么美丽的一种生物，当它们拍打着巨大的鳍在水面下翻腾，让人想到那句"北冥有鱼，其名为鲲"。

也许世界在这些巨人眼中是反过来的，海平面是它们鳍下的陆地，几千米深的海水才是它们翱翔的天空。

Ⅱ

最近在看央视的纪录片《如果国宝会说话》。

一集很短，只有5分钟。在短短的5分钟里，国宝不再是被博物馆罩在玻璃后面的一个盘、一个罐、一个死物，它们从时光的遗迹活了过来，张开口，讲故事。

这个陶鹰鼎，像是在说：我超萌哒！

自然类的纪录片，是瞥见天地；人文类的纪录片，是遇见过往。这部纪录片一大特点是：文案美成诗。

我最喜欢的一句，来自于新石器时代的人头壶，它说：

我们凝望着最初的凝望

感到另一颗心跨越时空

望见生命的力量之和

六千年

仿佛刹那间

村落成了国

符号成了诗

呼唤成了歌

这几句话，恰好点明了好的纪录片存在的价值，以及我们看纪录片的意义。

我们仰望的这片星空，千百年来的古人也同样仰望。古今中西都敬畏的海洋，如今依旧在反复亲吻着同一片土地。

一千多年前杜甫写下"星垂平野阔，月涌大江流"。不管过了多久，这十个字一说出口，星河闪耀、江水奔流的画面就浮现在眼前。

好的纪录片的价值，与好诗是一样的，它突破物理阻隔，把远方的千山万水、飞雾流云，带到你的面前；它穿越岁月迷雾，从秦砖汉瓦的碎片里构建起当年的"五步一楼，十步一阁，廊腰缦回，檐牙高啄"；它看透兴衰轮转，从朝啼夜哭之悲，看到朝歌夜弦之盛，从颐指气使、日益骄固，看到帝王草芥、红妆白骨。

眼见他起高楼，眼见他宴宾客，眼见神像坍塌、信仰覆灭，大旗跌落桅杆，雕像化作齑粉。

III

看这些纪录片，既获得一种敬畏感，也获得一种渺小感。

与星空、大洋这些近乎永恒的东西比较，人类社会这几千年太微不足道了。我们觉得百年之间"兴亡如翠柳，身世类虚舟"，可与大洋之底隆起的高山、沧海变桑田的古路比起来，这又算得了什么呢？

我们笑"朝菌不知晦朔，蟪蛄不知春秋"，在那片深邃的蓝面前，人类也不过是朝生夕死罢了。

如果连整个人类都是如此，那一个人的那点喜怒哀乐，仿佛更无足轻重了。

在极端的宏大和无限的永恒面前，每个人都会产生一种虚无感。但看纪录片的意义，不仅仅在于获得一种虚无，更是要在某一个瞬间，体会到一种前所未有的惊叹与喜悦，获得一种"不足与外人道"的、仅仅属于自己的巅峰体验。

像海风吹动狂涛，像明月从高高的海岬间升起，像九千年前的仙鹤骨笛吹响，发出的是翅膀划过天空的颤音，像甲骨文张口说话，它对你说——因为刻骨，所以铭心。

在那一瞬间，那种感受是不能与别人分享的。有些东西是只存在于自己头脑里，无法与别人共享。等你复述的时候，它已经在脱口而出的那一刻褪色了、枯萎了、苍白无力了。

可能有人会说：体会到这个，又有什么用呢？

确实是没有什么实用之处，它既不能解决生活中任何实际烦恼，也不能让你脱胎换骨获得新生。

它的价值在于，远远超出我们视野眼界所及的范围，远远超过我们双脚可以丈量的距离，在超越日常经验、超出生命刻度的同时，也丰富了人生的宽度。

也许，这就是看好的纪录片的意义，也是看书、看剧、看电影乃至旅行的意义。它让我们把不能走到、无法经历、难以看见的揽入怀中，感他人之所感，见生平所未见。

甚至偶尔有那么一瞬，让你可以在睹见天地、遇见过往的同时，看见自己。

《无问西东》：
你想好怎么度过这一生了吗？

I

看了电影《无问西东》，不知道怎么了，一边看，一边哭。

明明觉得电影转场不流畅、演技有槽点，甚至煽情也有些刻意，还是忍不住流了泪。

看完电影出来，还是不停回想剧情，回看百年之间这几代青年的抉择、别离、身陨、心碎。

离自己年代近的，那共鸣如切肤之痛；离自己年代远的，也一点没少了扼腕长叹、长歌当哭。

电影里让我感动和敬佩的，是抗日时期西南联大的师生，是弃笔从戎的沈光耀，和他那不凡的母亲。

为什么敬佩西南联大的师生？因为他们在战火纷飞、朝不保夕的年代，坚持做一些看似最无用的事情。

就连他们自己，看起来都是"无用"的。与那些在泥泞里拉车艰难跋涉的劳苦大众比起来，坐在汽车里"逃难"的他们，像是象牙塔里娇惯坏的少爷、小姐。

当整个国家如大厦将倾的时候，那些手无缚鸡之力的书生们在沟壑里读泰戈尔、黑格尔，读哲学、诗歌，学考古、生物。从某种角度上讲，那是些最徒劳、虚幻的、带不来实际效用的东西。

可正是这些最不切实际的、最无用的东西，培养出了无数的大师与巨匠，创造、延续了无价的精神财富，让这个国家在劫后余生之时不致在物质和文化上双重破产。

正因如此，怎能不敬佩那些着眼百年之后的思想家？因为在他们心里，山河破碎之中，还孕育着一个值得为之奋斗的未来之国。

怎能不敬佩那些在纷飞战火中苦读"无用之书"的文弱书生们？因为他们还有一腔少年意气，喊出"中国不亡，有我"。

II

书生们可敬，更可敬的是向沈光耀这样从戎的人。有他们走向前线御敌，才能让书生有平静一隅安放课桌。

电影中沈光耀瞒着母亲、违背誓言去做飞行员一段，之所以令人动容，在于无声胜有声，在于沈光耀的选择，勾起了读到、看到过的许多类似的故事。

电影里有个小情节，是三个女学生抱怨沈光耀把她们当空气。这个片段一下子让我想到《巨流河》里的张大飞，他在遗书里写的关于齐邦媛的话：

"以我这必死之身，怎能对她说'我爱你'呢？"

"我这些年只会升空作战，全神贯注天上地下的生死存亡；而她每日在诗书之间，正朝向我祝福的光明之路走去。"

敌人已经打进门来，沈光耀、张大飞们没有任何躲闪的余地。纵使有再多的不舍，他们也必须下定决心，斩断自己的未来，只为了他们所爱的人有未来。

他们唯有舍弃生死，才能有更多的人能"朝着光明的路走去"。

最后沈光耀随飞机坠向日本军舰的情节，看上去很电影、很戏剧化，可当年中央航空学校的校训，就是这样镌刻在石碑上：

"我们的身体、飞机和炸弹，当与敌人的兵舰阵地同归于尽。"

即将葬身火海前，沈光耀说了四个字：对不起，妈。

四字遗言太短，还有千言万语来不及说出。我想，电影《风声》结尾"老鬼"的独白，也是沈光耀等以身殉国勇士的心志：

"我不怕死，怕的是爱我者，不知我为何而死。我身在炼狱，留下这份记录，只希望家人和玉姐能原谅我此刻的决定，但我坚信，你们终会明白我的心情。我亲爱的人，我对你们如此无情，只因民族已到存亡之际，我辈只能奋不顾身，挽救于万一……"

III

电影的最后，还是落在了现代。虽然张震这段情节有些违和，可我能明白导演的用意。

吴岭澜、沈光耀是奋不顾身，王敏佳、陈鹏是身不由己。在我们之前的几代年轻人，都没有过随心所欲的奢侈生活。

他们的牺牲、挣扎、悲剧换来的，不过是让这一代人能够有选择的权利。

导演是在问当今的青年们：你想好要过怎样的人生了吗？

你是否准备好了抛开他人的期许和社会的评价，走出属于你的道路？

不是对的道路，不是成功的道路，不是稳定的或者荣耀的道路，是你真实的走我想走的路。

电影里，文科满分、实科不列的吴岭澜，因为"最好学生都去学实科"的社会评判而为选科犹豫时，老师梅贻琦让他面对真实的自己。

什么是真实？

梅贻琦说："真实是你看到什么，听到什么，做什么和谁在一起，有一种从心灵深处满溢出来的不懊悔也不羞耻的平和与喜悦。"

梅贻琦和泰戈尔在清华大学的讲话，其实是一个道理：认识自己，交出真心，活出真实。

人的一生，逃不开的问题，就是我是谁。

而太多的人，将他人当作了自己的坐标系。

电影之初，王敏佳的自我定位，是和主席合过影的姑娘；李想的自我定位，是一个要去支边的优秀青年。

他们都在用一个标签去获取他人认可和自我满足，直到命运的拐点来临，以一种极端残忍的方式剥开他们的外衣，却也让他们开始找寻真正的自我。

电影的最后，王敏佳在铁轨上走向不知名的远方，李想在雪山上交付了自己的生命。这次，他们只为自己选择。

我们为什么活在这个世界上，沈光耀的母亲说了一段话：

"当初你离家千里，来到这个地方读书，你父亲和我都没有反对过。因为，是我们想你，能享受到人生的乐趣。比如读万卷书行万里路，比如同你喜欢的女孩子结婚生子。注意不是给我增添子孙，而是你自己，能够享受为人父母的乐趣。"

沈光耀理解母亲的担忧："我怕你还没有想好怎么过这一生，就死了。"但他带着母爱的牵绊选择了自己的真心：为国殉身，此志不悔。

如果上个世纪初，一个讲究宗族家训的母亲可以说出这种话，如果有众多退路可走的富家子有成为"新青年"的见识，在近百年后的今天，人们为什么又活了回去？在自己的圈子里故步自封，在别人的眼光里画地为牢。

IV

我看的那一场，散场亮灯后，观众们都没有走。

大家一起坐在放映厅里，看着梁启超、闻一多、钱钟书、林徽因、华罗庚等一个个熟悉的名字出现。

他们政治立场各异，性格、为人千差万别，但穿过时光，我忽然感受到了一种共鸣。

永远不要放弃找寻真实的自我，永远不要放弃想走的道路。

不管这道路通向哪里，能走多远，只要那是你真心的向往，那么每一步，都不曾虚度。

电影最后写道：给珍贵的你。

我们的珍贵体现在哪呢？

不是什么锦衣玉食，不是什么功名利禄，甚至不是世俗意义上的安稳、圆满和幸福。你的珍贵，在于你可以真实，你有权利去选择你想做的事，你想要爱的人，你愿意为之付出和燃烧的事业。

就像吴岭澜在战火里念着泰戈尔的诗歌，就像沈光耀笑着驾驶飞机冲向日军的舰船，就像陈鹏在火车上看着自己脱落的头发，就像王敏佳在死亡之前朝着戈壁深处走去，就像李想在雪山上用牺牲完成了自我的救赎，就像张果果在浮躁的现代生活里选择做一个"好人"……

　　不必用忙乱来制造虚假的踏实，不必依附于他人的判断活成应该的样子。

　　青春不过这些时日，人生也只是白驹过隙。你想好怎么度过这一生了吗？

　　愿你只问自由，只问初心，只问盛放，无问西东。

#《芳华》：
容易受伤的，永远是逆流而上的人

I

看了《芳华》，久久不能平静。

看电影的过程中，一句话突然冒了出来：悲剧，就是把美好的东西毁灭给人看。

《芳华》里的文工团，有点像《红楼梦》里的大观园，曾经充满了青春儿女的歌与舞、哭与笑、酒与诗。

在那里，花招袖带、柳拂香风，她们所有的，是练功房里的歌声与欢笑，是游泳池里纵身一跃溅起的水花，是夏天里一支容易化的雪糕，是心上人用铝饭盒盛来的大西红柿。

在当时的社会大环境里，文工团是一个青春洋溢的美好世界，是一片几乎不曾被污浊沾染的桃花源。桃花源里也有烦恼，但与世间的比起来，那些烦恼，顶多算是少年式的。

等到我们爱上了这片桃花源，爱上了刘峰、何小萍、萧穗子这几个可爱人物，电影再把眼前的美好世界打个粉碎，任那几个小人物被命运折磨揉搓，零落成泥碾作尘。

冯小刚就《芳华》接受采访时说：我就是要把"美好"两个字拍出来。我觉得还有半句没说——也要把"毁灭"两个字拍出来。

毁灭，就是刘峰看着当年印着荣誉称号的包说，"不嫌丢人啊"；就是萧穗子把压抑多年的情感一笔一画写进信里，然后再趁无人时，把它一下下撕得粉碎，扔进风里。

毁灭，就是那些十六七岁的青年人还不知道什么是"果丹皮"，就在战场上被炸得血肉模糊；就是何小萍在月光下穿着病号服翩然起舞，像是在赞颂，又像是在控诉。

II

其实，《芳华》算不上是一出悲剧。在电影里，还有很多在时代洪流之中毫发无损甚至得偿所愿的人物。

好风凭借力，送我上青云。

但对刘峰来说，对何小萍来说，甚至对萧穗子来说不是这样。其他人都那么审时度势，说合适的话、作最好的打算，他们傻、他们迂，他们守着一颗真挚的心。

然后呢？然后他们伤痕累累。

刘峰的悲剧，往最浅一层说，是好人没有好报。

作为一个被组织发了"好人卡"的角色，他的无私和善良被周围人的当作理所应当。当他终于为爱自私了一次，换来的是举报、是谣诼诟病，是划清界限，是下放处分。

一次表白，让他从榜样模范，沦落成了一个有道德污点的人物。而他真正的悲剧之处，不是榜样的陨落，而是理想的幻灭。

严歌苓说：芳华就是"理想"，有理想就会使你的青春变得特别璀璨、壮丽。

对刘峰来说，芳华的消逝，是从理想的破灭开始的。他曾经深信不疑的、曾经为之歌颂的，已经不值得去相信。当一个人看透了游戏规则心灰意冷之时，他的壮丽和璀璨也就一同死掉了。

于是，在西南战场上见证了残酷的刘峰想去死，只有以身殉国，他才能在那套话语体系里得到救赎。只有死了，他才能真正成为英雄，才能被写进歌里，然后从心上人的口中唱出。他的理想、他的芳华才能在灰烬里得到重生。

III

何小萍的悲剧，是她太过清醒。

在进入文工团之前，她也曾有过奢侈一梦，以为离开了家、当了兵，就再也没有人欺负自己。

可惜，从入伍的第一天，这个梦就被几位出身好、模样好的聪明姑娘兜头一盆冷水泼醒，她的幻想和那张军装照一起，被撕了个粉碎。

从此，她只得冷眼旁观，看那些人化好妆、扮好相，跌进那个由硕大标语、宏伟口号和鲜红旗帜构建的梦境里，欢快地唱着、跳着，如梦中人的呓语。

所以，高原之上，当这个边缘人被重新邀请进入梦中的时候，她选择了拒绝。当得知自己被"处理"去前线的时候，她嘴角竟然扬起了笑。

此后，她见过了生死、见过了残酷，成了英雄，然后疯了。

医生说，大白菜冬天放在室外不会坏，移到温暖的屋里，就坏了。她已经习惯了刀锋霜剑严相逼，受不了那些如同志般温暖的春风和煦。

也许何小萍并没有疯，疯了的是其他人。她清醒得太久了，已经没办法再假装睡着。

在以假为美、为大为上、以空为傲的特定环境里，付出真心、满腔热血的人自然是疯、是傻的。

刘峰是傻，何小萍也傻。

不管潮流如何变幻，顺流而下的人是不会受伤的。受伤的，从来都是有所坚守，甚至逆流而上的人。

IV

都说红颜弹指老，刹那芳华。

同样是芳华逝去，对那些顺流而下的人，青春是一段加了滤镜的美好年华；而对于逆流而上的刘峰、何小萍，以及更多桃花源以外的人们，青春只有血色，没有浪漫。

对他们来说，芳华过后，便是春归：遍青山啼红了杜鹃，荼蘼外烟丝醉软，牡丹虽好，他春归怎占的先！

文工团的青春岁月，不过是他们在桃花源里的黄粱一梦，梦醒之后才知道，原来姹紫嫣红开遍，似这般都付与断井颓垣。

在时代洪流面前，个体是渺小的；在看不见的手面前，每个人都无力招架。

当堂·吉诃德翻下那匹羸弱的瘦马，不再一次次冲向风车，当屠龙少年卸下盔甲，陷入生活的泥淖，当一代人的头破血流隔得足够遥远，远到能够包裹进缅怀青春的情怀里暗度陈仓，那才是芳华的真正消逝。

芳华散尽，自是面目全非。而当过去已人去楼空，留下的，只有寒枝雀静。

#《寻梦环游记》：
死亡夺走的，我们用记忆来守护

在众人推荐之下看了《寻梦环游记》。电影院里，我邻座的女孩，从轻声哽咽到用双手捂住脸抽泣。

这部电影有很多感人的因素：关于梦想，关于家庭，关于纪念。

但真正击中我的是，它讲了如何对待死亡这个终极命题。

I

电影打通了人间与往生，带领我们进入了亡灵的世界。那个亡灵国，一点也不恐怖。可能是因为支撑那个世界存在的不是阴冷和恐怖，而是记忆和爱。

在这部暖心的电影里，最让我揪心的一个情节，是亡灵的死亡。

当米格和维克托一起去找"亡灵老者"借吉他时，他在维克托的吉他声中灰飞烟灭。

我们都以为，一个人只能死亡一次。一个已经死去的人，怎么可能还会死？

在《寻梦环游记》里，一个人会死亡两次，第一次是失去生命，第二次是被彻底遗忘。

当再没有人记起的时候，才是一个人最终的死亡。

亡灵老者躺在吊床上化作一阵飞灰的场景让人心碎。但反过来，他又带来了一个令人欣慰的意象：对于逝去的亲人来说，只要你不忘记他们，他们就永远生活在那里。

Coldplay 有首歌叫《42》，歌词前两句是这样写的：Those who are dead,

are not dead, they're just living in my head.

死去的人们并没有消逝，他们活在我的脑海里。

这对生者来说，是多么大的一个安慰。

II

小时候，不太懂那些为死者准备的礼节。

我的家乡十分注重这些习俗，过年时要去给故去的人上坟，办丧事时家人要大声哭喊。

那时候想：死了的人，怎么会听得到、看得到？

后来长大了，爷爷辈的老人相继离开。当你爱的人离世，你忽然恨不得这世间宗教都成立，所有迷信都是真的：真的有往生，真的有来世。那些烧掉的纸钱，真的能保佑他们在另一个世界过得安康；那些你的哭喊、忏悔、祷告，真的可以让他们听到。

直到今天，如果父母在外地过年，他们会叮嘱我大年三十回家，把家里所有的灯打开，规规矩矩地摆上祭品，叫爷爷、奶奶、姥爷、姥姥回家吃饭。

"过年了，回来吧。"

我希望他们能听到，不，是相信他们能听到。

死者离去，而活着的人，会寻找千万种纪念的方式。

一位朋友在最花样的年纪骤然离去，她的妈妈每次来北京，都会叫女儿的好朋友们一起吃饭。

这几乎是自虐般的行为，可她要去、要见。

她想在这几个曾与女儿朝夕相处的同龄人身上，看到女儿的影子，看到女儿如果还活着会有的生活。

在死亡这样残酷的事情面前，我们拥有的，只有记忆这一件脆弱而又强大的武器。

只要对他的记忆还在，那么死亡就不曾完全夺走你爱的人。他们就在你的心底，永远地陪伴你，守护你。

III

《寻梦环游记》，是一个美国制作的发生在墨西哥的故事。但语言和民族的区别，并不妨碍它打动人心。因为它关注的，是我们每个人都要面对的命题：

死者已矣，生者如何带着对他们的怀念活下去。

我们永远不可能轻松地面对至亲的离去。但看完这部片子，我忽然理解了，为什么从佛教到基督教，从民间传说到各地习俗，都认定有一个亡者的世界。

那是对生者最大的安慰。死亡夺走的，我们用记忆来守护。

人这一生，注定要面对和亲爱的人阴阳两隔，但记忆让我们情牵一线。只要思念还在，今生与往生之间，就有一座永远不灭的桥梁。它让两个世界的人穿越阻隔，在某个时刻再次相拥。

余华《在细雨里呼喊》中写道：死亡不是失去了生命，只是走出了时间。

无论别离多久，在时光的尽头，我们终将重逢。

戏里有人生，
结局在书外

为什么名门正派容得下郭靖，
容不下杨过、令狐冲？

大门派有个最根本的价值观：骐骥一跃，不能十步；驽马十驾，功在不舍。

|

今天我们来写金庸笔下的大侠，写写郭靖、令狐冲、杨过。

比较这几位的成长轨迹，可以发现有一个有趣的规律：没有一个人在名门正派里一步步熬成大侠。一开始，他们几位都出身名门，令狐冲师承华山派，杨过被送到全真派。但是，这几位却没有一个能在大门派里待得下去。

名门正派的人，好像也都看不上他们：嫌练的武功不地道，嫌交的朋友不正派，嫌爱的女人出身坏。后来，令狐冲、杨过或是被迫或是自愿，都脱离了师门。

然而，离开"组织"，却成了他们成为大侠的第一步。

从此以后，不再有长幼分明、正邪两立，只有酒逢知己千杯少的狐朋狗友；不再有武林正气、门派清誉，只有"见之不忘、思之如狂"的红颜佳侣。他们带一身胆色与热肠，寻自我、觅真情，纵情山林与草莽，不再理俗世欣不欣赏。骑最烈的马，喝最烈的酒，爱最烈的女人，纷纷成了游离于组织的"编制外"大侠。

只有郭靖是个例外。

他逆潮流而行，完成了从边缘人向"主流"的转变。他从江南七怪的奇技杂学，转向了中原武林的正宗根脉，从塞北大漠的金刀驸马，成了带病御敌的大营统帅。

为什么大门派里容不下令狐冲、杨过，郭靖却能成为例外？

II

先从令狐冲说起。

作为华山派的大弟子，令狐冲前途一片光明。师娘疼、师妹爱、师父器重，如果在华山派安安分分、勤勤恳恳，二十年后，掌门非他莫属。思过崖上，岳不群曾许下愿景："你是本门大弟子，我和你师娘对你期望甚殷，盼你他日能为我们分任艰巨，光大华山一派。"

但是，令狐冲不大有"觉悟"。

他与淫贼田伯光斗酒，与桃谷六仙结交，与任盈盈牵扯不清。五霸冈上群雄聚会，令狐冲一鸣惊人，风头大有压过岳不群之势。令狐冲的这些"出格"行为，不仅抢了岳不群的声势，还危害到他的利益——自家大弟子结交魔教，自己还有什么立场号令武林、当上五岳盟主？

表面上，岳不群隐忍不发。背地里，他早就容不下令狐冲。于是，岳不群在令狐冲昏迷时上演一出好戏——大义灭亲。在少林寺醒来的令狐冲，看到的是一封逐徒信：

> 顷以敝派逆徒令狐冲，秉性顽劣，屡犯门规，比来更结交妖孽，与匪人为伍……兹将逆徒令狐冲逐出本派门户。

刚得知被逐出师门时，令狐冲"又是伤心，又是惭愧，恨不得一头便即撞死"。悲伤过后，他胸中又有一股倔强之气勃然而兴：师父不要我，将我逐出了华山派，我便独来独往，却又怎样？只想喝他几十碗烈酒，什么生死门派，尽数置之脑后。

来吧！投入命运万劫火，哪得哪失怎去量？

既然做不了翩翩伪君子，索性就当个肆意少年郎。自此之后，他不顾群豪围攻，与向问天把酒言欢，五战梅庄好汉，进入西湖地牢，练成吸星大法，经历少林三战，连挫东方不败、任我行，成为笑傲江湖的大侠。

被逐出华山派，简直是发生在令狐冲身上最好的事情。

III

杨过在名门正派里的经历，比令狐冲还要惨。

按理说，能够跟着郭大侠来到桃花岛，总比躲在嘉兴的破窑里偷鸡摸狗混日子强。不用忍饥挨饿，还有年纪相仿的三五玩伴一起玩耍，简直是中了头彩。可刚一上岛，杨过就被郭芙和大武、小武联起手来欺负。练过上乘武功的武氏兄弟，三下五除二把杨过压倒地下，郭芙在旁边呐喊助威："用力打，打他！"

等后来黄蓉出来时，郭芙一头钻进她怀里，哭着把过错全推到杨过身上，自己撇得一干二净。

小孩玩闹，可以说少年脾性不懂事。可成人们对杨过，也并不怎样。柯镇恶自然对他厌恶至极，黄蓉也对杨过心存芥蒂——我就怕他聪明过分了。不得已，郭靖送杨过上终南山，寄希望于全真派武学正宗，让他"日后做个正人君子"。

可惜，刚出龙潭，又入虎穴。

赵志敬让杨过记了一肚皮口诀，却不教丝毫实在功夫。到比武时，故意点杨过出来挨打。打不过，他便呵斥道："你懒惰贪玩，不肯用功，拳脚自然生疏。"

杨过那点市侩小聪明，怎么斗得过这些人的"老谋深算"？他怎么会知道什么是绵里藏针，什么是秋后算账，什么是借刀杀人，什么是钝刀子割肉？他只知道：郭伯伯对我好，郭伯母对我不太好，全真派的臭道士对我很不好。

斗不过，只好逃。

于是，名门正派容不下的杨过，屁滚尿流地滚下终南山，一头扎进了活死人墓。再往后杨过和小龙女如何互生情愫，想必大家也都清楚。只是，神雕侠侣也没少受名门正派的讥笑谩骂。

陆家庄一战，前一秒他们还是抵御外敌的英雄，后一秒，面对的却是唾沫横飞的斥责和"寝其皮食其肉"的疯狂愤怒。纲常礼教、尊卑长幼，是名门正派自诩的"道德高地"。

叛逆者杨过，自然被大门派唾弃。

IV

说到这里，不得不由衷佩服郭靖。

只有他，是"超我"般非人类的存在。

他似乎没有令狐冲和杨过的叛逆、自私、怨恨、不忿等一切负面情绪。他一视同仁、以德报怨，真善美、高大全。

郭靖这种"三好学生""红花少年"，最受大门派喜爱——资质平庸但是勤勤恳恳，尊敬师长、任劳任怨、愿意干脏活累活还不争功请赏。大门派自然容得下郭靖。他们受不了令狐冲的一鸣惊人、后生可畏，容不下杨过的不守尘俗、不敬长辈。

大门派，讲的是长幼有序、按资排辈，而不是武功能力，更喜欢平平庸庸又态度端正，而不是出类拔萃却桀骜不驯。

大门派，有个最根本的价值观：骐骥一跃，不能十步；驽马十驾，功在不舍。它从本质上最反对个人英雄主义！它没有供骐骥跳跃的天地，只留下让驽马拉车的土壤；它没有让鸿鹄飞翔的胸襟，却给了燕雀一片挡风遮雨的安乐窝巢。

说到这，也就弄清了为什么大门派出不了大侠，或是留不下大侠。因为，驽马们总是心无旁骛地拉着车，骐骥们却总在不同的槽间跃跃欲试。

而当年那些风驰电掣的小红马，在大门派里挨过几年敲打、吃过几年干草后，最终都变成了再也无力跳跃的老黄牛。

你看那个人，
好像一只狗

你 14 岁，翘掉最后一节课，和前桌的二狗、后排的三胖溜进了录像厅。

你第一次来录像厅。青春的荷尔蒙刚刚开始燃烧，几乎任何裸露都能让你迅速地进入状态。而这却是一个雾蒙蒙的寒冷冬天。于是你来到这里，心跳如雷地等着白花花的大腿出现，但音乐响起，屏幕上来的却是一只又怪又丑的疯猴子。

"这是啥？"二狗张口就喊，"老板，换片！"老板透过油腻腻的帘子露出半张脸："严打，现在就这，爱看不看。"

二狗和老板争吵，你和壮硕的三胖站在他身后，透出成年人一眼就能识破的虚张声势。

在这场毫无悬念的争吵里，你的眼睛时不时地瞟向屏幕，你听见有人说："悟空你也太调皮了，月光宝盒是宝物，你把它扔掉会污染环境，要是砸到小朋友怎么办？就算砸不到小朋友砸到那些花花草草也是不对的！"

"你想要啊？悟空，你要是想要的话你说说话嘛，你不说我怎么知道你想要呢，虽然你很有诚意地看着我，可是你还是要跟我说你想要的。你真的想要吗？那你就拿去吧！你不是真的想要吧？……"

"算了，给老板个面子，"你故作老成地拉下二狗的手，"就看这个吧。"

后来，二狗乐得从座位上滑下去，三胖笑开了他爹给的劣质皮带。你也笑，笑得惊天动地、无所顾忌。那天要有人从录像厅经过，就会看到三个乐成傻子的二货。

你 18 岁，高中毕业。录像厅要拆了，你们去看最后一场。

有二狗、三胖，还多了个女孩叫小丫。

她就坐在你和二狗中间，每次她转头和二狗说话，黑黑的马尾辫就甩在你的脸上。有点痒，有点疼。这场电影你看得心不在焉，眼睛总往小丫的脸上瞟。女孩瞪大了眼睛，乌黑的瞳孔比月光更亮。

那场电影，小丫的眼圈红了数次。

你画过那双眼睛无数次，却不知道如何处理那双眼睛里的泪水，你慌不迭地把目光收回到屏幕："你又明不明白我已经不再是神仙了！我只明白一件事：爱一个人是那么痛苦！""我的意中人是个盖世英雄，有一天他会踩着七色的云彩来娶我，我猜中了前头，可是我猜不着这结局……"

紫霞飘走的时候，你第一次看电影时落泪。你恼怒地想，这让你显得一点都不男人，直到旁边的小丫在黑暗里握住你的手。

你22岁。大学毕业。

你和宿舍的兄弟喝得半醉，你们把系里的女孩名字全吼了一遍，直到你开始喊"小丫"。

你们在三个月前分手。你还记得她闪亮的眼睛盯着你，记得她嘴唇的温度，记得你对着少女柔软的身体绘画，每一笔颜料都是流动的爱意。而你们的最后是对着彼此大吼，她倔强地望着你。

"你要我怎么办。"你听见自己的声音，一夜苍老，"我不可能回去。"

那年夏天，你放下了心爱的姑娘，独自一人去了北方。

走之前你和二狗、三胖见了面，二狗去闯荡广州，三胖留在了家乡，成了你们母校的老师。想想那个每门课都不及格的三胖，你真替祖国的花朵着急。

北方这个古老的城市大得不可思议，却好像容不下一个小小的你。

你住着地下室，每天的早点是3毛的豆浆，5毛的油条，偶尔打些零工，钱都用来了买画画的工具。你带着自己的画见了很多人，然后，你带着画离开他们。愤懑出诗人，然而也许你注定不是艺术家，因为贫穷让你的灵感匮乏。你的大脑没有《星空》《呐喊》，而是红烧肘子、油焖大虾。

直到那天你听到上铺传来熟悉的音乐，于是你画了一只又怪又丑的疯猴子，他的背影在这个庞大的宇宙是个渺小的笑话。

那是你画的最后一幅画。

你26岁，在某家公司。

你学会了打领带、穿西装，知道和老板一起出去要先开门，和前辈出去吃饭要抢着结账。学生时代累积的酒量终于发挥了作用，你把来自东北的甲方老板喝到宾主尽欢，他揽着你的肩膀喊兄弟，开开心心地签了合同。

就在那个时候你接到了三胖的短信。他要结婚了，新娘是小丫。

你又笑了敬两轮酒，讲了三个带色儿的笑话，你妥妥帖帖地把每个人送出酒店，然后在大厅里吐成了傻子。

你 34 岁，跳槽到东北老板的公司，成了最年轻的部门经理。

你娶了一个漂亮的幼儿园老师，她为你生了一个儿子。你为他半夜换尿布，听他牙牙学语，最大的梦想是赚足够的钱，让他把人生浪费在美好上。你的儿子早早显露出绘画天赋，你心情复杂地为他报了最好的绘画班。半个月后他带回来了自己的作品，歪歪扭扭地画了一只拿着金箍棒的猴子。

这一年夏天，你带着儿子去看那部被捧上天的动画片。放映厅里都是你的同龄人，他们和你一样，忙着呵斥吵闹的孩子或者制止孩子吃过多的爆米花。

你看着没有紧箍的孙悟空，手上缠着镣铐；你看着江流儿一脸仰慕地说，"齐天大圣孙悟空，身如玄铁，火眼金睛，长生不老，还有七十二变"；你看着孙悟空腾跃奔跑，却身在囚笼，注定跑不出这座山。

最后的最后，依旧是英雄的宿命：失去，绝望，重生。

大圣融岩石为盔甲，如同凤凰涅槃，那段音乐和《大话西游》里一模一样，燃爆了你的整个青春。你想起二十年前，你看着屏幕里的至尊宝戴上紧箍化身大圣，脚踏七彩祥云，万夫莫敌。那是紫霞猜到的开头，那也是齐天大圣的结束。从此人世间的情爱再与他无关，从此再也没有了齐天大圣，只有归顺了的孙行者，走着这条漫漫取经路，一难复一难，一程又一程。

你忽然明白，头上的紧箍，手腕上的镣铐，本质上是一种东西。

瞬间的辉煌背后，是落满虱子的长袍，就像至尊宝实际是个孤独的别扭男人，而紫霞嫁给了歌手，此生与他不复相见。

至尊宝和大圣，是某种前因后果或者轮回不休。也许像你，像我，像芸芸众生。戴上紧箍变成了挑着担子的成人，而绝少有人能再挣脱镣铐，如大圣般归来。

你想起小时候的英雄梦，想起你爱过的女孩，想起那时你穷得只有青春，却以为自己将如齐天大圣般扬名立万、无所不能。

"那时我们有梦，关于文学，关于爱情，关于穿越世界的旅行。如今我们深夜饮酒，杯子碰到一起，都是梦破碎的声音。"

"他好像条狗啊。"记忆里的夕阳武士说。

而屏幕上，微弱的童声在喊："大圣？"

灯亮起来，你拉着儿子的手。他问爸爸，怎么啦？

你摸了下脸，一片湿滑。

判断一个门派好坏，
  关键看它怎么对待骨干

I

金庸老爷子在武侠小说里，为我们描写了无数个武林门派。

通常，人们用"正"和"邪"这一标准把它们划分成两大类——一是所谓的名门正派，北崇少林，南尊武当，西南有峨眉，西北有昆仑，中间有丐帮，再加上泰华衡恒嵩五岳剑派。另一种，自然是不入正派人士青眼的邪门歪道，比如星宿派、日月神教、五毒教、黄河帮……

其实，一个门派好与不好，跟它是邪是正没多大关系。

所谓正邪，不过是屁股决定脑袋，立场决定观点。许多名门正派也不过是徒有虚名，金玉其外，败絮其中。

要判断一个门派是好是烂，光看名号叫不叫得响是没用的。因为名声只代表过去，不一定代表如今光景。就好像华山派大名鼎鼎，可岳不群独创过什么盖世武功吗？没有！做过什么对武林革命性的创举吗？没有！名声还不是靠风清扬那一辈创下的？

如果你冲着华山派的名头去了，恭喜你，即将投入伪君子的怀抱。

II

在职场江湖中，想要判断一个门派的好坏，关键要看它如何对待门下弟子。更关键的是，它如何对待骨干弟子。

在金庸笔下的门派里，有少数几个可以称得上是模范。比如《神雕侠侣》里的少林，《倚天屠龙记》里的武当。这些门派掌门德高望重，门下人才济济。可以说是"内有法家拂士，外有敌外患者"。就说武当派，宋远桥、俞莲舟等能力出众、品行端正的人成名成家。宋青书这样有武功、没底线的人则被清理门户。

好门派里，有本事的人可以成为"武当七侠"，靠钻营投机的人会死得很惨。

烂门派里，则又是另一副光景。

说起烂门派，星宿派是当仁不让的反面典型。因为它实在是颂圣文化的集大成者。丁春秋但凡出场，必然是旌旗摇动，赞歌冲天——星宿老仙，法力无边，神通广大，法驾中原。每看到丁春秋摇着扇子一脸陶醉的样子，是不是都有一种臭不可闻之感？

III

对星宿派的这种溜须拍马的坏风气，大家似乎把账都算在了丁春秋头上。

可是，最该怪的，不是那些投其所好的始作俑者吗？一开始，丁春秋也只是耳根子软，喜欢听几句奉承话而已。然后，便有投机分子想利用这个捷径尽快变现。一吹十，十吹百。吹过二十年后，丁春秋已经分不清什么是奉承，什么是现实了。他只知道："倘若哪一个没将他吹捧得足尺加三，他便觉得这个弟子不够忠心。"

在星宿派里，一开始，批评是罪过；再后来，不赞美是罪过；到最后，赞美的不够大声、不够用力，都成了罪过。在颂圣文化里，没有什么"能者上、庸者下"，只有拍得好的上，拍得不好的下。

只消看看星宿派是如何对待骨干弟子就知道了。

阿紫不过是一位武功平平的小姑娘，只因为她能拍到痛处、挠到痒处，拍得沁人心脾、别出心裁，便深得丁春秋喜爱。如果她自己不作死去偷神木王鼎，她可以靠拍马屁长期成为领导身边的红人。

而一位"颇有能耐"却对丁春秋"不甚恭顺"的弟子是什么下场？"囚禁在石屋之中，呻吟呼号，四十余日方死。"

什么人能成为骨干？如何对待骨干？便是好门派与渣门派的最大区别。

好门派里，是金子都会闪光；烂门派里，劣币驱逐良币。

IV

当然，武当派和星宿派都是极端状态。大部分门派，处在两者之间。

里面既有勤恳靠谱的郭靖、俞莲舟，也有巧言令色的阿紫、全冠清。关键看，这两种人会受到怎样的对待。大部分门派都宣称他们奖勤罚懒、优胜劣汰，郭靖和宋远桥们会得到重用。

可实际是，他们的重用，是重重地用、死命地用。

啊，郭靖来了，家里的大牲口都歇了吧。

安排任务的时候，会被优先考虑。急难险重，会被优先考虑。论功行赏的时候，抱歉，郭靖是谁？这种门派的价值观是对郭靖们的路径依赖：能者多劳，但多劳并不多得。那些在掌门面前溜须拍马的，莺语环绕的，哭鼻子抹泪的，叫屈喊冤的反倒被优先考虑。

谁懒谁有理，谁闹谁有理。

就像王熙凤协理宁国府时指出的弊病一样：事无专执，临期推诿，任无大小，苦乐不均，有脸者不服钤束，无脸者不能上进……管仲说，管理得最差的状态：得贤而不能任；用而不能终；与贤人谋事而与小人议之。

以上种种，正是当今许多门派的常态。说了这么多，好像好门派的表现没怎么说，坏门派的症状说了一大堆。那又能怎么办呢？只能说，好门派都是相似的，坏门派却各有各的坏。

诸位仁兄，自求多福吧！

何以解忧，
  唯有退休

开篇就问你一句话：工作别扭不？

如果不，请出门右走。如果是，请接着往下看。

今天，我们来谈一谈，工作这件让人如泣如诉、千回百转的小事。

朋友聚会，聊起工作，每个人都是苦大仇深：年薪最高的销售经理，说自己笑脸陪到僵、喝到胃溃疡；受人尊重的医生，说自己站了 7 个小时手术台，出门就被医闹骂全家；青年平面设计师，被甲方虐到内伤，还在做"终版最后一稿修改 7 反馈版"；整天见明星的电视台女制片，连夜彩排三天没回家，只能躲到卫生间铺上厕纸坐在马桶上眯 10 分钟……

不管工作在别人眼中如何光鲜亮丽，干起来才知道什么叫"人模狗样"——大家都是工作狗、搬砖狗、IT 狗、金融狗、销售狗、自媒体狗……

上班是国贸、华贸、金茂，下班亦庄、莘庄、大黄庄；上班是大卫、劳拉、凯瑟琳，下班是建国、李莉、张小芬；上班是"这个 project 的 schedule 有问题"，下班是"煎饼果子来一套，少放葱花多放酱"。

然而，所有的狗，最终都会化为同一种——加班狗。

没有在深夜加班过的人，不足以谈人生。

当你在北上广某个春风沉醉的晚上或是没有蝉鸣的夏夜，在秋风萧瑟的夜晚或是大雪纷飞的冬日加班到深夜，遍寻 App 而不得、把手挥成招财猫依然打不到车的时候，你只得围着公司门口秃噜皮的那棵洋槐树心生喟叹——

月明星稀，乌鹊南飞，绕树三匝，何枝可依？

打开朋友圈，赫然看到在办公室360度无死角一阵自拍后就溜掉的同事发出了一张以办公室为背景的美颜自拍，写着——加班女人也美丽。

点赞列表里，看到大中小boss的名字。

前几天，有读者看到出差的推送后，在后台留言说，好想工作，可以出差，可以去好多地方。

哎，作为一个"长者"，我有必要告诉他们一点人生的经验……

出差跟旅行是天差地别的两码事，出差是你在某个城市的"到此一游"，机场、酒店、会场，然后拜拜。

如果你有幸陪着老板出差，恭喜你，吃饭变成应酬交际，喝酒变成冲锋陷阵，去景点是当"伴游"——拎包、拿水、拍照，赞美领导手机随手拍的高超技巧……平时好歹有上下班，出差则变成了24小时在线。

还在读书的人，难免对工作有一种浪漫的想象。工作意味着没有作业、考试和paper，意味着财务独立和更大的人身自由。

职场就像是未经开垦的处女地、不曾涉足的伊甸园，静谧、魅惑，闪耀着朦胧的神圣光辉。只有经历过的人才看得清楚，苹果后面盘踞着毒蛇，伊甸之后是伊甸之东，会议室里躲藏着明枪暗箭，茶水间里掀起舌尖风暴，格子间里隐匿着方寸江湖。

工作让人增长了很多从前不屑的"情商"，让人痛恨却又不得不承认这一句——世事洞明皆学问，人情练达即文章。

就像工作群里叮咚响，老板一条条地发文章：《这12种员工不能留》《你的问题是努力太少抱怨太多》《感恩工作的八大原因》……虽然根本不会点开看，最后还是随着同事们点个例行的赞。

就像面对甲方一秒一变的奇葩要求、堪比垃圾的修改意见，虽然脑袋里竖满中指，可你的脸还是要笑成一朵灿烂的菊花，称赞金主爸爸一针见血、慧眼如炬。

工作让我们面带微笑地狂翻白眼，措辞文雅的扯皮，让阿朱变成了阿紫，让王语嫣变成王夫人。

工作是真正的成人礼，它让你懂得：一切让你得到的东西，都带着一个或明或暗的标价，等着你拿出等值甚至超值的东西来交换。

　　你以为那是一个花柳繁华地、温柔富贵乡，满是机遇、遍地黄金等着人来拾取，其实，那地上的金子，在等待你将它捡起，铸成一个金箍。

　　然后，你将它高高举过头顶缓缓戴上，说：从此这世间再没有齐天大圣，只有一只西行的猴子。

没有在会议室感到绝望的人，
不足以谈人生

I

每到周一，上班的心情比上坟还沉重，很大程度上是因为，周一意味着开会。

开会，是职场人士逃不开的一场劫难。

理想状态下，应该是开短会、说干货，三下五除二说完，任务一分，各干各的。可是，理想中的会很骨感，现实的会无比丰满。

职场上的会多，周一的会尤其多。小会多，大会长。开一场动辄三四小时的会，就像是经历一场修行。

八点半，心怀期盼，希望每个人都言简意赅，抓紧说完散会干活。然后，大领导打开了话匣子，二领导也打开了话匣子，员工被逼着也纷纷打开了话匣子，大家正话反说，反话正说，车轱辘话来回说。

会议室里充满了快活的嗡嗡声，从外面经过的人可能误以为这是一群勤劳的蜜蜂。只有身在会议室内的人才明了，这不过是一群无头苍蝇。

半小时……一小时……他们丝毫没有要停下来的意思。

此刻的你，抓心挠肝、心急火燎，桌上的文件还要交出，那份材料也不会自己改好。

不知道你的公司是不是这样的——黄金时间开会，业余时间干活。

会不出意料地继续开了下去。开到开荒地老，开到星辰变幻，开到天地失去了颜色，开到不知今夕是何年。

然后，人进入了一种入定的状态，周围的人失去了声音，模糊了面目，只觉得星垂四野、万籁俱寂，仿佛灵魂脱离了躯壳，逃离一切牵绊，内心只感到无比澄澈。

啊，一切都遁入虚无，只有开会才是真的。

终于，当拖着疲惫的脚步、睁着无神的双眼回到工位上时，堆成小山的工作瞬间将你打回原形。它们朝你挤眉弄眼吐唾沫——

呸！让你开会！

II

比开会更可怕的是什么？

是陪会。

如果说开会是一次群体精神摧残，那陪会便是一场集体慢性自杀。

有为数不少的老板，喜欢动辄拉上一帮人，开一场与绝大多数人无关的会议。这种一帮人陪的会效率极其低下，既无法决策，也定不下方案，除了一帮人扯了一通皮外，成果寥寥。

它更主要的作用，是让老板稍稍放下心中的不安，获得一种虚假的充实感。

可以断言：一个部门的组织效率，与开会的频率成反比；一位老板的决策水平，也与开会的时长成反比。

我的某一任老板特别喜欢开全体部门大会，就某一项具体工作，让所有人轮流发言，美其名曰"头脑风暴"。可是，任何不讲方法的全民头脑风暴，都是典型的思路不够、人数来凑。

乱风暴的结果，最终是把大家搅成一团糨糊。

终于熬到饭点，饥肠辘辘的众人喜大普奔，认为可以去吃饭的时候。BOSS说："下午各部门各自碰头，再细化一个方案。"

得！大会已死，小会当立。

这让人不禁想起了愚公移山里的句子。

愚公与河曲智叟曰：甚矣，汝之不惠。

"虽我之死，有会存焉；会又生子，子又生会；子又有子，会又有会；子子会会无穷匮也。"

III

开会，其实是一场行为艺术。

有的会是为了解决问题，有的会是为了不解决问题。有的会是为了传达别的会，有的会是为了让别人传达。

一场会议，也能窥见许多。斗室之间，三言两语，就能反映领导才干、组织效能，甚至复杂的人性。

离题万里，也许是因为正题都是症结，无人敢碰。

议而不决，透露的是推诿成风，无人敢担当拍板。

不知所云，可能是外行领导内行，所以自说自话。

互相吹捧，大概是公司马屁精横行，只有最会表扬与自我表扬的人才能生存。

为什么你会在会议上感到折磨、痛苦、无所适从、不知所措？

本质上，因为会议是职场的集大成。人性万象、八卦太极、权力游戏，都会在这里浓缩展示。所以，那些平时朝九晚五或者白加黑、五加二折磨你的东西，会在这一两个小时里，加倍地折腾你。

换个角度想，开会是最适合自我对话，心灵觉醒的地方。

你参禅，你悟道，你练习腹式呼吸，你尝试睁眼冥想，你准备写一篇文章来吐槽。

但最重要的，是在老板、同事的噪音里，你可以好好问问自己：

我到底是哪一步走错了，才沦落到听废话度日？

每个懂事的人肩上，
都扛着几位油瓶倒了也不扶的大爷

从小到大，你觉得自己是一个"懂事"的人吗？

如果是，那你应该会对后文内容感同身受。如果不是，那你一定很幸运。因为，敢"不懂事"的人背后，一定有人在"擦屁股"、"收摊子"、承担后果。

化用一句歌词来形容，那便是——懂事的从不敢放纵，不懂事的有恃无恐。

每一个不懂事的人背后，总有几个负责埋单的"冤大头"；每一个懂事的人肩上，都扛着几个油瓶倒了也不扶的大爷。

|

说起来，懂事儿这件事，多半是被逼的。

现实生活不必说，就看文学作品之中，这样的例子也比比皆是。

公孙绿萼的乖巧善良背后，是公孙止和裘千尺两位戏精父母。察言观色、小心调停是她的生存本能，父母是不可理喻的小孩子，她只得成为唯一的"成年人"。

红楼梦里之所以有"敏探春"，是因为一帮兄弟姐妹中，宝玉呆，黛玉弱，迎春是块二木头，贾环根本上不得台盘。

同样，薛蟠是个混世魔王，宝钗才更成了母亲的贴心小棉袄；有贾琏之俗、凤姐之威，才更需要一个周旋得当的平儿。

在懂事这件事上，古今中外都是一个道理。

美剧《摩登家庭》里，妈妈 Clair 和学霸二女儿 Alex 也会看着家里闹得鸡飞狗跳的另外三位感叹：

"你有时会不会羡慕他们，能够整天这么无法无天？"

"不公平，为什么我们必须要当负责的成年人？"

这是一个所有"懂事"的人都想问的问题，但答案其实早就写在自己肚子里。

为什么？因为你做不到。油瓶倒了，你没法坐视不管。

II

成人之间，"懂事"像是一个心理游戏——谁看不下去，谁先输。

生活中常遇到的情况是：地脏了，什么时候拖？盘子泡在洗碗池里，谁去洗？衣服洗好了，谁去晾？

当然是谁懂事，谁去干。

可惜，这种看不下去的"责任感"，却难得到家人的感激：你自己要干，又不是我逼你！家庭生活里，多付出的未必被理解；工作里，更懂事的反而被苛求。懂事的人有种思维习惯：不给领导添麻烦，不给组织拖后腿，不给工作拉进度。

这既是一种美德，也是一种弱点。

参与过团队项目的人，想必更能深刻理解这点。

在我看来，团队合作就像湖中的一条脚踏船——踏板只有 4 只，船上却通常满满当当坐了 20 个人。起航的时候每个人都看似斗志满满，可等船一旦离了岸到达领导目光所不及之处，又是另一番景色。

你这厢还在哼哧哼哧蹬船，担心在截止日期前到不了岸，那厢已经撂了挑子。这时候，船上的 4 副踏板，必然是谁有责任心谁踩，谁看不下去谁踩，谁懂事谁踩。懂事的人累死累活，不负责的人"搭便车"。

可等船上了岸，汇报工作之时，必然会被描绘成如下场景：一人难挑千斤担，众人划桨开大船。

面对此情此景，白眼都要翻上天。

III

说到底，太懂事的人的问题在于没有自我，更缺乏足够的界限意识。

自己遇到困难时羞于求助，排除万难也要独立完成；碰到别人张嘴时却不懂得拒绝，即便自身勉强维持还要舍己度人。于是，老板、同事甚至家人都在心底默默给你发了一张"好人卡"——好说话，好办事，好干活。

但很多时候，太"懂事"，并不见得是一件好事。

当一个无原则的好人久了之后，别人会把善意当成常态，将额外付出当成理所应当。有求必应久了，别人不会心存感恩；一旦你拒绝帮助，对方反倒觉得你"岂有此理"——你张三李四阿猫阿狗都帮，为什么不帮我？你是不是对我有意见？

这就是传说中的——当好人，不落好。

所以，别再当一个无原则的好人了，因为，对偷奸耍滑者的仁慈，便是对勤恳工作者的残忍；自己的过分"懂事"，便是对身边人"不懂事"的纵容。

只有猥琐男的饭局，
才非要胸脯二斤的姑娘

GQ 近日发了篇文章，叫《一桌没有姑娘的饭局，还能叫吃饭吗》。

里面说：如果没有女人，再荤的饭局也是"素局"。

活了三十年，终于知道女人只是饭局上的一道菜。而且，还不是一道主菜。只是一道甜点、一味作料，是一群吹牛、侃大山的老男人饭局上的花瓶，一帮生殖器疲软、欲望依旧生硬的猥琐男身边的催情剂。

文章特别写实，把遮遮掩掩的事儿写得清清楚楚。要不是有一股洋洋自得的滋味，我差点要以为这是一篇女权主义打入敌人内部的高级黑。

前些日子，我做局，邀请一群美食家在北京聚会，这群人来自天南海北，都是中年男性，人人满腹经纶，再好的美食对这群人来说也是家常便饭，于是我偷偷加了一道菜，叫来了一个姑娘，名叫露露，一个中戏毕业的美女，湖北武汉人，胸大有脑，曲线玲珑，堪称尤物。

美食千种不及胸脯二斤，何况一个就不止二斤。一对丰乳在饭桌上荡漾，姑娘能开玩笑，接得住话，有人把天聊死了她也能海底捞月，勇于自嘲，说话滴水不漏，该喝酒喝酒，该聊天聊天，笑声恰到好处，同时又不过分熟练，言谈举止间，又有一些青涩与业余，就如同看上去没肉摸上去有肉，恰到好处，最难将息。

我不排斥写女人的身体，更不排斥酥乳嫩胸。美好的身体当然值得欣赏，可诚实地说，我只从中闻到了一股秃头肥腻的中老男人味道。哪怕这帮老男人长成吴秀波，也挡不掉这种意淫猥琐的味道。

姑且问一句：这是饭局，还是炮局？

文中写：

那日有一位投资圈的大佬，姑娘离席，大佬深情地看着姑娘摇曳的背影，我问大佬：你觉得这姑娘如何？大佬怅然若失，沉吟良久，缓缓在唇间吐出两个字：我去。

你知道这段像什么吗？名士狎妓。

文中又写：

这是一个典型的中国式饭局……她不一定美艳动人，必然八面玲珑，懂得分寸，男人总是喜欢有一点放浪的处女，或者一个矜持的荡妇。

一个女人坐在我们周围，她把握着饭局的走向、喝酒的数量和频率。我平日的饭局中，充斥着饭局之花，都是八面玲珑的好手，善酒，并且口齿伶俐，一群人出去吃饭，到哪里都能变成主场。我们几个男人满足地看着自家的女人们出得厅堂，与在座的陌生男人谈笑风生，觥筹相错，那感觉，颇像一个指导员看着手下骁勇善战的女兵。

你知道这段又像什么吗？拉皮条。

醒醒好吗？！

那不是你"自家的女人"，若这是你的朱砂痣、家里人，你真愿意看她看人颜色、周旋于人？也不必包装成什么"我的朋友"，若是朋友，你竟然可以自如得希望她像"放浪的处女、矜持的荡妇"？

别觉得一句一句是对女性的赞美，不，那是主子对宠物的称赞，再直白点，是主子对奴婢、嫖客对妓女的褒奖。

女人当然不必坐在家里，当然可以上饭局酒局。

酒脱如风四娘，喝最烈的酒，骑最快的马，和想要的男人上床，但惹急了她便要骂人掏刀，绝不会给你来什么恰到好处、八面玲珑。

有才如林徽因，客厅里高朋满座，往来无白丁，多得是男人捧上一片欣赏与殷勤，她端然微笑，不必觥筹交错，胸脯二斤。

艳绝如尤三姐，哪怕深陷贾府污秽泥潭，也敢拿着贾珍兄弟喝酒作乐，绝不肯"懂得分寸"，让人作践了去。

而文中的那些姑娘，连尤三姐的待遇都不如。那是讨生活，卖本事，豺狼虎豹中求生。好了，还能求个全身而退，不好，就是羊入虎口。文中把这些姑娘写得不仅风姿绰约，还很有才华。可这里的才华，不过是遮羞布。

把这些姑娘捧成李师师、鱼玄机，那不过是暴露了这帮男人啊，把自己意淫成了宋徽宗、温庭筠。有些人，自诩为文人骚客，自以为看惯绿窗风月、绣阁烟霞，万花丛中过，片叶不沾身。以为自己是"发乎情、止乎礼"，可明明就是猥琐当风流，意淫当情趣。

《红楼梦》里，曹雪芹借警幻仙子的口，狠狠鄙视了这类人：

自古来多少轻薄浪子，皆以"好色不淫"为饰，又以"情而不淫"作案，此皆饰非掩丑之语也。

真糟糕啊，过了几百年，直到今天，这种男人能给一个女人最大的尊重，不过是对高级妓女的尊重。

文中最后倒是胆大到可以写到张爱玲：

比如民国时候的张爱玲，我需要选取其 20 岁的一段光阴，还没有过倾城之恋，也还没见过胡兰成，她刚离开少女，就来到我们的饭桌，看我们吃饭，像一个看客。

能想到张爱玲，大概是因为，胡兰成一生风流艳史，还捕获了张爱玲这样的绝代才女，这正是这帮男人心中的梦想：家有贤妻，才女倾心，美女轮换，到老了，还能写出个《今生今世》。

这帮人大概并不知道吧。张爱玲后来对胡兰成简直十二万分看不上眼，收到胡的书都"憎笑得要叫起来"。

你让她来陪你们这帮人吃饭？

我倒可以想象这位真才女冷眼看着这帮假名士，轻蔑一笑：

做梦呢吧。

金庸小说里，
那些结局在书外的人

金庸的小说常常几本书前后勾连，同一个人物在不同的小说里出现，就会出现这样的现象：人物在一本书里开了个头、埋下伏笔，他们真正的结局有的是下一部书的重头戏，有的只是在别人的口中偶然提起。

有的草蛇灰线、伏笔千里，如郭靖、黄蓉；也有的中途退场、戛然而止，如华筝、小昭。

这就是所谓的，结局在书外。

I

比如郭襄。

在《神雕侠侣》这本书里，郭襄的人生交代到 17 岁。

也许有人会觉得，这个 17 岁的结局，有些不完满。

她小小年纪，就尝到了得非所愿、愿非所得的滋味。她敬仰的人早有了意中人，自己无论怎么羡慕，也只能退回到小妹妹的位置。

神雕爱侣的归宿是两情缱绻、退隐江湖，留给她的，只是渐行渐远的背影和无尽的仰望思念——

半竿月，一川雪，风陵渡口访侠客，江山伴君阔。

看上去，郭襄的 17 岁有些凄凉。可如果把镜头拉远，从更长的时间维度来回看，17 岁，其实是郭襄人生的高点。

那时候，父母尚在，手足情深，倾慕的人为自己送上三份后来人几乎不可超越的生日礼。

那时候，初涉江湖，雏鸟离巢，从西山一窟鬼到金轮法王，从神雕大侠到周伯通，不论黑白、不分正邪，都是她郭襄的忘年交。

前路在远方伸展，身后有守护目光，偌大的江湖向她热情地张开怀抱——来吧，找到你的天地。

然后，在《倚天屠龙记》里的只言片语中，可以拼凑出郭襄的人生轨迹。

"襄阳城破之日，郭大侠夫妇与郭公破虏同时殉难。"

"郭女侠走遍天下，找不到杨大侠，在四十岁那年忽然大彻大悟，便出家为尼，后来开创了峨眉。"

II

在《倚天屠龙记》里，张无忌遇到最大的贵人，应该是常遇春。

常遇春和他素不相识，却愿意把接受胡青牛治疗的唯一机会留给张无忌。阴差阳错，常遇春在张无忌的治疗下，只能活到 40 岁。

后来的故事，并不写在金庸的小说里，而是写在残酷的历史上。

马革裹尸、壮年早逝，名将常遇春的确没有活过 40 岁。

尽管书中未曾写常遇春等名将之死，但《倚天屠龙记》里众人慷慨赴死一段，却能让我们窥探一二。

众人虽均是意气慷慨的豪杰，但想到此后血战四野，不知谁存谁亡，大事纵成，今日蝴蝶谷大会中的群豪只怕活不到一半，不免俱有惜别之意。也不知是谁忽然朗声唱了起来："焚我残躯，熊熊圣火。生亦何欢，死亦何苦？"

群豪白衣如雪，一个个走到张无忌面前，躬身行礼，昂首而出，再不回头。

回头看，无论在书中还是现实里，常遇春都没有辜负他的豪言："大丈夫济世报国，若能建功立业，便是三十岁亦已足够，何必四十？要是碌碌一生，纵然年过百岁，亦是徒然多耗粮食而已。"

只是达成理想的代价太高，要用生命去支付。

III

一般的通俗文学，必然需要考虑读者对于"大团圆"结局的渴望。

傻小子娶到了仙女，倒霉蛋功成名就，退隐的保了平安，驰骋江湖的鹏程万里……

然而，命运怎么会如此慷慨？

舞台并不会永远属于谁，在命运的巨手之下，唯有极少数的人能幸免于难。

这是同为通俗小说，金庸作品能成为经典的原因。看起来开满"金手指"，但仔细看，却是不得已、不可为。

世事无常才是常。

在一个个落崖捡秘籍、跳水不死身的奇遇之外，金庸的小说里，还是充满那些更真实的人生机遇，更真实的人性选择。

也许正是对人生无常与人情冷暖的更深体会，所以，金庸才会在修改版里，改掉了段誉与王语嫣的双宿双飞，写出了袁承志对温青青的三心二意。

年龄大一点的人读金庸，渐渐地可以放下对圆满的执着。

谁能左右无常的命运呢？我们能做到的，只有努力珍惜享受此时此刻。

既见君子，云胡不喜，毕竟有过惊鸿一瞥、忘年之交；忠义两难、殉节殉国，至少曾痛饮美酒、知己相伴。

何尝不愿人月两团圆，但可能遇见本身就是千载难逢的奇迹；何尝不希望老来太平年，但有时英雄注定马革裹尸还。

我们每个人的经历如果写成书，谁也不知道下一章会在哪里，会是什么样。

天长地久太远，无常意外太近。我们唯一能做的，只是不在恐惧和担忧里错过此刻朝夕。

人生如逆旅，我亦是行人。

第八章 —— *Chapter 8*

梦里金戈铁马，
醒来烟酒糖茶

人到中年：
喝古龙的酒，还是下金庸的棋

年少时以为自己会成为风四娘那样的人："骑最快的马，爬最高的山，吃最辣的菜，喝最烈的酒，玩最利的刀，杀最狠的人。"

这三十个字，长大后做到了四个——吃菜喝酒。

I

中年危机这事儿，武侠小说里似乎不写。

武侠小说本质是成人童话。看看金庸书里的男主角，大多是少年或青年，因为真理就是这么残忍：世界或许是中老年的，但可能性永远是年轻人的。

今天是乞丐，明天是帮主；今天是孤儿，明天是大侠；今天是屌丝，明天女神倒贴环绕。一切皆有可能，一切都会发生。尽情 YY，反正有时间。

现实哪里比得过幻想。所以说，年轻，真好。

但人不能总是年轻，又不能一夕变老。人到中年，半生蹉跎，没混成一代宗师，快成了隔壁老王。下有小，上有老，中有万恶之源——混成人生赢家的同学、朋友、前男友、前女友、前女友的老公、老婆的前男友。

这就是中年。

II

古龙爱写中年人。

李寻欢，四五十岁；傅红雪，近四十；楚留香，一路从少年写到中年……

不过，古龙笔下的中年人，一点都不"中年"，反而很"中二"。

比如，被视为具有古龙自画像意味的李寻欢。李寻欢出场时是在马车里喝酒——"自角落中摸出了个酒瓶"，边喝边咳嗽直到"苍白的脸上泛起病态的嫣红"。古龙形容这"红"的词简直"杰克苏"，叫"仿佛地狱中的火焰，正在焚烧着他的肉体与灵魂"。

喝酒常见，但李寻欢喝酒，是在小酒店里白天七壶酒，夜里七壶酒；是喝完了酒，拿出小刀雕刻女人的人像埋在雪地里，痴痴地站着直到全身落满雪花。

懂吗？这比飞到伦敦喂鸽子还有格调，是把平凡的生活过成了行为艺术。

我钟爱的才子王怜花说得透彻：李寻欢的秘密在于，他把美学引入了真实的生活中。

美是危险的，因为美排斥平淡、中庸，美需要多姿多彩。因此很少有人敢把美学引入生活，人们通常在艺术作品中进行审美活动，完了该怎么过还是怎么过。就像人们激赏"宁为玉碎，不为瓦全"，但是一般都采取"好死不如赖活"的策略来对付人生。

但古龙的主角不对付人生。他们不谈老板，不谈老婆，不谈孩子、车子、房子、票子，胸中只有飘荡的江湖，心里埋着爱过的女人。他们喝酒，以酒寻欢，以酒自戕。醉卧沙场君莫笑，今朝有酒今朝醉。"渴望燃烧，就是渴望化为灰烬。"

中年人活出了少年的天真诚挚，任性叛逆，不顾一切。永远年轻，永远眼含热泪。

所以，李寻欢们当然没有中年危机——因为他们根本没长大，何谈苍老。

Ⅲ

金庸笔下的中年人，就没有古龙那么过瘾。

郭靖、黄蓉，《射雕英雄传》里多可爱的一对璧人，到了《神雕侠侣》里，男的像贾政，女的像王夫人，无数黄蓉粉儿痛彻心扉，埋怨金老爷子把"珍珠"写成了"死鱼眼睛"。

实际上，郭靖、黄蓉的转变，是随处开金手指的武侠小说里最真实的场景了。

16 岁时，可以女扮男装，离家出走，可以不顾礼教，四处闯祸，但那是 16 岁。16 岁犯错，全世界都会原谅的。况且，那是个"肌肤胜雪、娇美无匹、容色绝丽、不可逼视"的少女啊！

而后呢，郭靖半只脚踏入了体制，黄蓉也成了江湖最大民间组织丐帮的首领。你还盼着他俩骑着雕唱着歌潇洒走一回吗？

不好意思，那是杨过、小龙女。

小龙女和杨过，两人有一个人死了，另一个必定殉情。但郭靖要殉情，襄阳城谁来守？如果郭靖早逝，黄蓉也得忍着心碎养大孩子吧！

这就是中年人，若你负责任，那生活就不给你多少选择的空间。

IV

作品，归根结底，是作家的写照。

古龙写酒，金庸写棋。古龙喝了一辈子酒，金庸下了一辈子棋。

喝酒是什么？古龙自己写：

你若以为酒只不过是一种可以令人快乐的液体，你就错了。酒是种壳子，就像是蜗牛背上的壳子，可以让你逃避进去。那么，就算有别人要一脚踩下来，你也看不见了。

古龙和他书中的男主角都是逃避成长的。他们心里住着一个孩子，他们不愿背负世俗对中年的要求，从而轻装上阵，肆意而行。这些大叔们永远抱有对人生的好奇、想象与热情，或率真，或热烈，加上皱纹里藏着沧桑阅历，那种迷人，太难抵抗。

所以很好理解，古龙其貌不扬，却总是吸引才貌双绝的佳人。

放肆，这是古龙式中年的关键词。

金庸不嗜酒，爱下棋。旧时，金庸家有一小轩，是他祖父与客人弈棋处，挂了一副对联：人心无算处，国手有输时。

这大约影响了金庸的观念。写玲珑棋局，段延庆、慕容复等武功高手困于自己的欲望，权力情欲什么都不想的傻和尚虚竹却解了出来。

金庸式中年的关键词是，放下。

不过，安静下棋的人，未必脱俗；热闹喝酒的人，大抵孤独。

不然，为什么浪子古龙"为了吃饭、喝酒、坐车、交女友、看电影、住房子，只要能写出一点东西来，就要马不停蹄地拿去换钱"？为什么写了一辈子忠贞爱情的金庸，却换了几任妻子，"好似吸毒，你明知那是不好的，但抗拒不了引诱"。

想一想，中年就是一道坎儿，放肆不易，放下也难。

或一时放纵，人仰马翻；或随波逐流，最终变成年轻时自己讨厌的人。但没办法啊，这就是人生。就像古龙很多年前写的：

人生有很多道理，本来就要等你透不过气来时，才懂得。

大侠喝的哪是酒，
那是相聚和别离

倘若江湖里没有了酒，那得少了多少乐趣？

酒，是提着脑袋行走江湖的大侠们的共通语言。酒碗相碰的一刹，不分邪门与正派，也不论新知与故交。酒让名满天下的乔峰与初入江湖的段誉豪饮相交，也让出身正派的令狐冲与采花大盗田伯光惺惺相惜。

酒，是江湖一切爱恨情仇的催化剂。对饮杯空的一刹，难掩爱意与情欲，也放大了偏执与恨意。张无忌对赵敏留在酒杯上的唇印心动不已，丘处机和江南七怪斗酒后却上演一场血杀。

江湖没有了酒，就像刀失去了刃，剑没有了锋，像骏马失去了旷野，像夜雨熄灭了孤灯。

如果没有酒，我们得失去多少离别与相逢。

I

江湖里的酒，成就了知己相遇。

松鹤楼上，只因为在人群中多看了一眼，段誉便莫名其妙地为那位"顾盼之际极有威势"的大汉买了酒——"这位爷台的酒菜都算在我这儿"。一番斗酒、比试脚力之后，二人撮土为香，竟结拜成了兄弟。段誉是锦衣华服的翩翩少年，乔峰是颇有风霜之色的"悲歌慷慨之士"。

这便是酒的力量，它让貌似全然不搭的两个人，一见如故。

更不可思议的因酒相知，要数令狐冲和田伯光。

田伯光为了找令狐冲对饮，砸了谪仙楼，只留下两坛醇酒，从长安挑到华山。田伯光不惧岳不群夫妇的追杀，迎面而来；令狐冲不怕田伯光下毒，一饮而下。他们的生死相托，恐怕不仅仅是因为酒，更是为了酒中展露的真性情。

令狐冲知道，勿交伪君子，宁交真小人。

名门正派眼中的狐朋狗友，不过是小偷小盗，而那些满口仁义道德的伪君子，却往往忝居高位、窃珠窃国。

窃钩者诛，窃珠者盟主，窃国者王侯。

江湖一点都不浪漫，笑面阴谋，美女白骨。谁又知道饮完这杯酒后，乔峰痛失所爱、以死求和，段誉求而不得、得非所愿？

知己寥寥，要用尽一生的运气相遇，怎能不把酒言欢？人生无常，谁又知道末日与明天哪个先到，怎能不但求一醉、别问今夕何夕？

II

有的酒，是为了相遇；有的酒，则是为了诀别。

就像聚贤庄一战的乔峰，面对千夫所指，他将一切都抛开，索性尽情一醉、大斗一场。连往日旧交都怀疑我乔某的为人，也罢，咱们干杯绝交！连干四五十碗后，他摔碎酒碗，转身与中原武林作别。

"从此而后，往日交情一笔勾销。"

诀别时饮的酒，如少女剪短青丝、古人割席断义，只给曾经的爱人与知己。

所以，面对来蹭酒的向望海，乔峰直白拒绝："凭你也配和我喝这绝交酒？你跟我有什么交情？"这才是真正的酒中英豪！

而对于祖千秋，重要的是酒杯、酒器。什么"葡萄美酒夜光杯""玉碗盛来琥珀光""青旗沽酒趁梨花"；什么羊脂白玉杯、翡翠杯、犀角杯、青铜爵、古瓷杯……引经据典，头头是道。

但真正辜负美酒的，从来不是器皿，是人。

多少次应酬，喝的是钩心斗角，溜须拍马；多少次聚会，喝的是成王败寇、明争暗斗；更多的时候，喝的是压力，是利益，是老板的示意，是别人的眼光。

有多久，你没有单纯喝一杯酒，只为清风明月，相聚别离。

III

酒不分对错，对错的只有人和场合。

在对的时候，它洗掉了身份，冲掉了顾虑，放大了情感。多少醉话是借着酒意的告白，多少失态是放掉压抑的真心。在"不对"的场合，酒喝得觥筹交错，心交得浅尝辄止。但当真正的好友相聚时，我们则迫不及待拿出压箱底的好货，说：

我有一壶酒，只待相知人。

浪子古龙，
不胜人间一场醉

80 年前，一个男孩出生在江西，取名：耀华。这个"伟光正"的名字没多少人知道，但他的笔名却风靡了整个华语圈——古龙。

故事的开头并不美好，古龙生在乱世，父亲抛弃妻子，和情人私奔。他从此深恨父亲，公开场合再也不谈论他。这种情绪反映到他的作品里。主人公像是"石头里蹦出来的"，陆小凤无父无母、无门无派，萧十一郎被狼养大。

父亲走了，生活没有着落，古龙一度活成了现实版《古惑仔》：退学、离家出走，加入黑社会，混夜总会，打打杀杀……

所以说，金庸是书桌上写江湖，古龙是江湖里写江湖。

把少年扔到残酷的成人世界，他的一部分会迅速早熟，另一部分则会保持孩童，再也无法长大。这就是为什么，在古龙和他笔下的角色身上，总存在一种矛盾感：既世故从容、八面玲珑，又敏感骄傲、颓废任性。

香港有金庸，台湾有古龙。华语江湖，因他们而精彩无比。

金庸写大侠，古龙写浪子；金庸写世道，古龙写人心。金庸的愿景是"侠之大者，为国为民"，古龙求的是"喝最烈的酒，玩最利的刀"。金庸的孤独，是世俗化，它来自于求而不得的爱情，来自于生死分隔的天命。可古龙的孤独，是与生俱来的悲剧气质，是无可救药的浪漫主义。

孤独深入骨髓，只能用玩世不恭的态度来遮掩，用刀锋舔血的刺激来消除。

孤独到，连阿飞这样的率性少年，会默默地去数梅花开了 17 朵；连风四娘这样洒脱的女人，都要感慨"无论什么样的刺激也填不满这份寂寞"。

古龙写的浪子，其实就是他自己。

他不是个好的合作伙伴。和出版商谈好，拿了预支的稿酬就"神龙见首不见尾"；和邵氏公司谈好电影合作，却又偷偷去给一些烂片署名"顾问"……

他也实在不是个好爱人。两任妻子，情人无数，连孩子都要通过DNA鉴定来确定。

但古龙确实是个慷慨的朋友，一个有赤子之心的人。

他朋友多，假朋友也不少，后车厢里永远备着好酒，供给朋友们喝。他喜欢三毛，告诉三毛有人欺负了她，就要告诉自己去摆平。他和倪匡是知己，和金庸是神交。

朋友满天下，可惜孤独也只有自己忍受。

写作是一个人的战役。古龙25年写了2500万字，每年最少写100万字。这样大的工作量和压力，使古龙总在交稿后狂饮发泄。

他的热闹是用钱换来的。

"一个破口袋里通常是连一文钱都不会留下来的，为了要吃饭、喝酒、坐车、交女朋友、看电影、住房子，只要能写出一点东西来，就马不停蹄地拿去换钱。"

他好勇斗狠，花心滥情，可心里又渴望一个家。

台湾作家林清玄写了一篇文章叫《他的心被砍了一刀》。文章写道：几年前，他在吟风阁被砍了一刀，一个人身上有2800CC的血，他竟喷掉了2000CC，躺着的时候，听到医生说："可能没救了，我们尽力试试。"

不久后，他的心里被砍了一刀，妻子带着孩子离开，古龙如同死过一回，他说："每天好不容易回到家里，总是转身又出去，每天做的只有一件事：喝酒！"

古龙喜欢的，也许从来不是酒。

他在书里写：你若以为酒只不过是一种可以令人快乐的液体，你就错了。酒是种壳子，就像是蜗牛背上的壳子，可以让你逃避进去。那么，就算有别人要一脚踩下来，你也看不见了。

以酒寻欢，以酒自戕。嗜酒如命，以命相抵。

古龙的爱酒有种自残式的快感："渴望燃烧，就是渴望化为灰烬。"也许就像他的好友薛兴国所说，古龙一生握得最紧的刀锋，就是他戒不了酒。

有些人的命运，在他的童年、少年时就已注定了。

古龙后来原谅了患老年痴呆症的父亲，甚至支付了所有的医药费。但有些东西，再也追不回来了。

古龙的一生，精彩如传奇，又残酷如玩笑：他恨父亲抛弃妻儿，可他负心薄幸，比父亲做得更过分；他一面挥霍着天才，又忍受着灵感枯竭的焦虑；他喜欢高朋满座、红袖添香的热闹，而又要为背后的金钱重担去呕心写稿；他需要酒，因为让他摆脱空虚的"气氛只有酒才能制造得出来"，却因病不得不戒酒。

古龙临终前的一个星期，好友林清玄去看他，古龙给他写了一幅字：陌上发花，可以缓缓醉矣；忍把浮名，换了浅斟低唱。古龙说："过去开怀痛饮，是要掩饰内心的空虚。现在看到陌上的花，也可以醉了，境界又高了一层。"

可惜这个境界，来得太晚了。

他有多少骄傲，就有多少自卑；身边有多少热闹，心底就有多少寂寞。毁灭式的孤独，末日狂欢也未必能安慰一二："我也曾是酒徒，我也曾在生死间来去，我又何尝没有一些尖锥般的感触刺在心里？"

古龙自毁式的反抗，以死亡画下了句号。

最能够形容古龙的，大概是《阿飞正传》里的那句经典台词："你知不知道有一种鸟没有脚的？他的一生只能在天上飞来飞去。一辈子只能落地一次，那就是他死的时候。"

这个时代，金庸式的大侠可以归剑入鞘、颐养天年，但古龙式的浪子哪怕回头，也没有归处。他的朋友薛兴国说："也许这是一个幸福的世纪，没有人会再握紧刀锋过日子了。曾经握紧刀锋的古龙，只能是绝响了。"

是啊，最后一个浪子走了，小李飞刀成绝响，人间再无楚留香。

金庸先生，
我们应当向他说声谢谢

侠义是什么？它说不清、道不明，它无法定义，却又无时无刻不体现在江湖人物的一言一行之中。

I

金庸武侠对于我们意味着什么？

它是有些人记忆中 8 点准时等在电视前的守候，是有些人藏在桌洞里一本翻毛了的书，是有些人关灯之后被窝里亮着的一把手电……

它是我们生活中某个异常枯燥贫乏的阶段里，一个异常瑰丽的梦。

在这个梦里，有漠北风沙、江南小筑，有天山冰蚕、岭南蛊毒，有少室山、无量洞，有黑木崖、光明顶。在这个梦里，银鞍照白马、飒沓如流星，刀光映剑影、玉璧月华明。血色江湖的背后，有那么多天荒地老、水远山高，有那么多山盟海誓、侠骨柔情。

在这个梦里，我们结识了许多个性鲜明的人物。在金庸先生的笔下，大侠可以奇形怪状：浓眉大眼的郭靖是主角，偷奸耍滑的韦小宝也可以是一号，正能量之王张无忌是大侠，负能量小生杨过也可以是大侠。

在这个梦里，我们睹见了让人心驰神往的神奇武功。你有一阳指，我有降魔掌；你有六脉神剑，我有九阴真经；你有吸星大法，我有北冥神功；你有独孤九剑，我有几根绣花针。有些人舍命去抢倚天剑、屠龙刀，真正的高手却草木土石皆可成兵。

任何技艺都没有止境，努力翻过这座高山后，等待你的仍是峰峦万重。

II

金庸先生的作品为什么伟大？

并不只是因为他塑造了个性鲜明的角色、创造了几门绝世武功，更重要的是，用这些人物和武功，他构建了一个宏大的世界。

这个世界叫作江湖。

更重要的是，金庸为这个江湖赋予了独特的价值体系——侠义。

侠义是什么？它说不清、道不明，它无法定义，却又无时无刻不体现在江湖人物的言行之中。

侠义是在聚贤庄的乔峰与中原武林杯酒作别，喝干酒，摔碎碗，刀枪无眼、恩怨两结。而在辽国的萧峰却力阻耶律洪基攻宋，不惜利箭穿心、跳崖自尽。

中原与他恩怨两清，他却从未背弃中原。

侠义是蝴蝶谷中明教众人与张无忌告别，踏上抗元征程。此后便是全力血战、生死未卜，不知谁忽然朗声唱起："焚我残躯，熊熊圣火。生亦何欢，死亦何苦？"群豪白衣如雪，一个个走到张无忌面前，躬身行礼，昂首而出，再不回顾。

挥手自兹去，萧萧班马鸣。

侠义便是洪七公说：老叫花一生杀过二百三十一人，这二百三十一人个个都是恶徒，若非贪官污吏、土豪恶霸，就是大奸巨恶、负义薄幸之辈。

"老叫花贪饮贪食，可是生平从来没杀过一个好人。"

侠义便是郭靖承诺饶欧阳锋三次性命，便果真对杀师仇人"三擒三纵"。

侠义是张翠山面对六大门派的逼问，既不愿说出谢逊的下落，也不愿对妻子横加指责，选择以死终结恩怨。

三杯吐然诺，五岳倒为轻。

III

金庸作品更可贵的一点是，侠义精神不是主角的专属品。

《射雕英雄传》里的郭啸天、杨铁心武功平平，在高手如林的武侠世界里只能算末流之辈，但两人的所作所为却丝毫不逊武林高手丘处机。面对金兵的追杀，郭啸天、杨铁心奋力抵抗。临终前，郭啸天将妻子和未出世的郭靖托付给杨铁心照顾，杨铁心为了去救李萍，宁愿狠心抛下妻子包惜弱。

武功稀松的小人物，可以侠义。

《天龙八部》里，"四大恶人"里的岳老三是个杀人不眨眼的狠角色。钟万仇的仆人去迎接他，因为称呼不对，就被他顺手撕碎了。可打赌输给段誉的岳老三，没有耍赖，没有灭口，虽然不情愿，却依然当起了段誉的徒弟。在曼陀山庄，段延庆想要杀段誉，为了保护段誉，他宁愿与老大作对，最后被段延庆用手杖捅死。

反面角色，也可以侠义。

李莫愁一生杀人如麻，却对襁褓中的郭襄喜爱有加。郭襄饿了，她捉来母豹给她喂奶。郭襄困了，她命杨过安静——"不可大声惊醒了孩子"。郭襄睡了，她拿着杀人无数、令武林魂飞魄散的拂尘给她赶蚊蝇。

后来，即便小龙女拿李莫愁觊觎已久的"玉女心经"来交换，她也不愿拿郭襄做买卖。

另一个女魔头梅超风，九阴白骨爪下冤魂无数。可在陆家庄听到黄药师的"死讯"时，她立即"放声大哭"，骂陆乘风不考虑为师报仇：我从前骂你没有志气，此时仍然要骂你没有志气。眼下你不计议如何报复害师大仇，却哭哭啼啼的跟我算旧账。咱们找那七个贼道去啊，你走不动我背你去。

当听说黄药师没死时，梅超风呆立片刻，眼中两行泪水滚了下来，说："我哪里还有面目去见他老人家……"

你看，作恶多端的大恶人，也可以侠义。

IV

金庸先生编织的这个武侠梦，实在太过美好。

在这个梦里，钟鼓馔玉不足贵，我愿长醉不复醒。

年少时，很多人想着有朝一日梦想照进现实，能成为金庸笔下那样的万人敬仰的大侠。一把剑、一壶酒、一匹马，诗酒仗剑走天涯。

但现实常常是，酒渍未干诗稿乱，拔剑四顾心茫然。那些看着金庸作品长大的人，大多没能成为大侠。人们长大、成年，迎头扎进生活，在纷乱现实的夹攻之下学会沉默妥协。然后懂得了，江湖里的那些瑰丽莫名，从来不是人间颜色。

生活中有那么多江湖儿女日渐少，却并没有那么多英雄肝胆两相照，那些向往的江湖恩怨、儿女情仇，都变成抹去了脂粉的脸，藏进了油盐葱蒜里。

但是，现实越不堪，造梦者便越伟大。生活越潦草，金庸先生的作品便越可贵。从这个角度上讲，我们更应该向刚过 94 岁寿辰的金庸老爷子说声谢谢。

感谢他为我们创造了一个超越生活的侠义世界，在人心里种下了一颗信义的种子，埋下了一个侠之大者的梦。虽然梦想丰满、现实骨感，但我们仍要感谢金庸先生，在蒙上了灰尘的胸襟下，藏了一颗赤子之心。

梦里金戈铁马，
醒来烟酒糖茶

I

金庸小说里，写了许多洒脱中年。

杨逍的中年，用一句广告词来说，是一场说走就走的旅行。人生天地间，忽如远行客。黄药师的中年是潇洒出尘，守在桃花岛钻研琴棋书画、奇门五行，颇有魏晋隐士之风。杨过的中年，是一心相思，情愁刻骨，名利毁誉、脂粉骷髅都不再入眼，只剩十六年的等待。

岁月似乎格外善待这些人，时光蹉跎，心如少年，仍是诗酒肆意为人生，鲜衣怒马正当时。

可是，武侠毕竟是成人的童话，这些人只活在书本里，人间纵使有，也是相逢不相识。为什么你不能像杨逍、黄药师、杨过那样的洒脱？因为中年就是不断加码的琐碎。

不信你去问下襄阳城上的郭靖，他洒脱得起来吗？

II

年轻时，郭靖也有过策马沙漠、扬手射雕的潇洒肆意，也有江南春色、燕子枝头的两情缱绻。

中年呢？就剩下了儿女忽成行，鬓发各已苍。守一座城，亦如今天管理一个公司，带一个团队，开拓一片新的市场。那不是单纯的武功比试，要有上下打点，内外协调。即便郭靖这般忠厚的人，难说就没有不得不喝的酒，不得不低的头。

至于黄蓉的古灵精怪，又有多少不得不用来揣度世情人情，再假意周旋、虚与委蛇。多少书迷讨厌《神雕侠侣》里的黄蓉，只说当年灵动的明珠，怎了到了中年，就成了死鱼眼睛。

她曾因父亲身份而受人误解，却又因为同样的原因防着杨过；她曾叛逆逃家，为爱走天涯，如今却因为子女叛逆离家出走焦头烂额，担心女儿交友不慎、遇人不淑。

俗了？

可中年就是这么俗。

上有父母，下有子女，稍微成功点的人，还有跟着吃饭的一众兄弟。一腔胆色被敲打磨平，于是怕了，累了，但逆水行舟，一步不能停。

所以到了中年，不危机者少。事业撞向了天花板，感情淡成了一杯水，周遭人来人往喧哗热闹，可生活不过是一地鸡毛。

梦里金戈铁马，醒来烟酒糖茶。

Ⅲ

人们总说归来还是少年，那是因为，世事沧桑容颜改，但内心若还有一点顽固的坚持，便不算老去。

胡一刀夫妇令人艳羡的相知、相爱，是对彼此的珍视、欣赏与忠实。段正淳虽然用情不专，但侠义在心，所以才有"大丈夫恩怨分明，尽力而为，以死相报"的少年意气。

中年是个不断加码的过程，知道能守住什么后，剩下的就是要自己减负。

在减负这件事上，我觉得要向几位学习。

第一位要学的是乔峰。聚贤庄上，他做过两件痛快事。

一是断掉虚情假意的朋友。"这里众家英雄，多有乔峰往日旧交，今日既有见疑之意，咱们干杯绝交。"二是拒掉无意义的酒局。面对端着酒碗言语无礼的向望海，乔峰斜眼瞧着他说："凭你也配和我喝这绝交酒？你跟我有什么交情？"

第二个要佩服的是黄药师。

烟雨楼比武，全真七子误以为他杀了周伯通，郭靖以为他杀了江南五怪，都要置他于死地。面对误解，他的选择是——不解释。

后来，看在柯镇恶救众人一命的情分上，他想要说出实情。没想到，柯镇恶迎面一口浓痰，正吐在他鼻梁正中。一代宗师被一个瞎子直唾其面，真是奇耻大辱。他先是大怒举起手掌，随后放下手，哈哈大笑：我黄药师是何样人，岂能跟你一般见识。

黄药师之所以不去辩解，还是看透了一件事：对相信自己的人不必解释，对不相信的人解释了也没用。

与其鸡同鸭讲、夏虫语冰，不如"不跟你一般见识"。到了一定人生阶段，精力实在太宝贵了，何苦浪费在一些无意义的口舌和无关紧要的人身上。

只需要守住一点原则和真心，留给真正必要的人。

郭靖：
出走漠北半生，归来仍是少年

关于郭靖的结局，《倚天屠龙记》只写了一句——襄阳城破之日，郭大侠夫妇与郭公破虏同时殉难。

I

南宋度宗咸淳九年，襄阳。

阴风呼号着从城墙上掠过，将旌旗吹得飒飒翻动，火光摇曳里，郭靖站上城头，向前方那一片漆黑望去。夜幕笼罩的大地上，潜伏着不见边际的蒙古营帐，风声掩盖的声响里，夹杂着铁骑争斗的嘶鸣。乌云如铁幕低垂在天边，星月害怕似的隐没了身影。

明天，又是一场恶仗。

离他驻守这座要塞已过去了二十多年，大大小小的战役数不清打了多少场。"这一次，襄阳守得住吗？"每次战前，守城人都在心里默默问自己。

又一次，郭靖望向西方郁郁苍苍的丘陵树木，望向诸葛亮曾经耕作过的地方，想起他"鞠躬尽瘁，死而后已"的话语。是非成败，连诸葛先生都看不透。襄阳守得住、守不住，到后来，也只是"鞠躬尽瘁，死而后已"八个字而已。

他身后的襄阳城里，一切都在酣睡。百姓们已经习惯了在连年烽火中如常生活，也习惯了有人替他们将蒙古兵挡在城墙之外。他们不知道，利爪已经搭上了肩头，猛兽在黑夜里俯身，轻嗅着沉睡人们的鼻息。

II

突然，隆隆战鼓从一片死寂之中敲响。

城里的美梦被生硬打断，城外早已杀声四起。霎时间，铁枪如林，箭似飞蝗，马蹄翻腾，火光映天，风声、刀剑声、喊杀声、哀号声不绝于耳。直到天边泛白，大地才重归沉寂。

倒下的旗杆覆盖了枯草，鲜血将土地浸成泥泞，破碎的躯体被踏进泥土，倒在地上挣扎却再也站不起来的马，从鼻孔剧烈喷出白气……

大宋的旗帜从城头跌落，紧锁数十年的襄阳城门洞开。

城破了。

蒙古铁骑涌入襄阳，溃兵似残破的纸张不堪一击，只有郭靖、黄蓉少数几人还在抵抗。即便是单打独斗无敌的郭大侠，也无法以一己之躯抵抗千军万马。这是诸神的黄昏、英雄的末路，鞠躬尽瘁了半生，如今只剩下了"死而后已"。千万支箭一齐对准了当年的草原骄傲、曾经的"金刀驸马"。

一声令下，万箭齐发。

III

当第一支箭射中郭靖时，他想到了襄阳百姓。

他拼尽半生守护襄阳，只为避免襄阳落得如花剌子模般被屠城的惨状。他再也不能保护他们了。人烟阜盛的襄阳将不复存在，从此以后，雨淋白骨血染草，月冷黄沙鬼守尸。

他想到了多年前离开大漠一路南行时，中原大地一片凋敝、十室九空，荒草没过马腹，白骨散处草间。城破之后，襄阳以南的河山也将被铁蹄踏踏遍。

他想到和成吉思汗草原策马时那个黄昏，和他说的那番话：

"自来英雄为当世敬仰、后人追慕，必是为民造福、爱护百姓之人。杀的人多却未必是英雄。"

先秦明相说：苟利社稷，死生以之。

郭靖说：侠之大者，为国为民。

他知道，南宋朝廷昏庸无能、气数已尽，在蒙古的彪悍铁骑面前，抵挡一时，未必能抵挡一世。但一切的后果，都要由黎民苍生来承受。兴，百姓苦；亡，百姓苦。

他不怕青山埋忠骨。只是无法忍受，国破山河在。

IV

当第二支箭穿透郭靖的胸膛时，他想到了阔别已久的大漠和草原。

这是草原在召唤出走多年的游子。他释然了，生亦何欢，死亦何惧？从此以后，再也不必担心前有烽火连天，后有市井黎民。不必再了却君王天下事，也不用去管生前身后名。

他已经出走太久，岁月霜染了鬓角，青丝换作了白发。是时候回去了罢，当年宝马轻裘至，如今马革裹尸还。再一次，他可以回到梦中的草原，拉满弓、擎起箭，弹兔捕狼、策马射雕，不惧风霜扑面。

V

当更多的箭射向郭靖时，他把目光放在了身边人的身上。

那是他的谋臣、他的勇将，大半生都陪他在襄阳守城的结发妻子。在生命的最后一刻，郭大侠和黄帮主又并肩站在一起，就像傻小子和小叫花第一次相遇一样。

那时，他们天南海北、把酒言欢。如今，万语压在心底，一切尽在不言。

当年，他是从塞北大漠的风霜刀剑中初走出的愚笨小子，她是从水乡江南的莺啼蝶舞中逃出的叛逆少女。她从一袭白衣古灵精怪的十六岁顽童，变成了带着绿竹棒统领丐帮的帮主。

他从骑着小红马肆意驰骋的边塞游侠，变成了几十年如一日镇守襄阳的统帅。她从"天下事原也忧不得这许多"的小姑娘，变成了"是你我情义重要，还是襄阳百姓重要"的大女人。他从"我学武功只要不杀人就行"的毛头小子，变成了"纵然捐躯沙场也不枉师长教养一场"的不惑中年。

不再有策马沙漠、扬手射雕的潇洒肆意，只有吹角连营、马革裹尸的战火连绵。不再有两岸桃花、人比花美的两情缱绻，只有鬓发各已苍、儿女忽成行的重任在肩。

很多年前，他对那个姑娘说：就算把我身子烧成了飞灰，我心中仍是只有你。

后来，他和她经过少年义气、度过小儿情思，经过桃花岛的风、醉仙楼的酒、烟雨楼的死里逃生、铁枪庙的命悬一线。直到生命最后一刻，仍不忘对她的承诺。

这世上，有人从不老去，心中永如少年。

杨过：
多少离别怨憎会，才换明月照大江

I

武侠，是成人的童话。

我们读到的是一个版本，可细细体会，看到的往往又是另一个故事。

我们听过很多"生亦何欢，死亦何惧"，见的却是"人在江湖，身不由己"；听过很多"既见君子，云胡不喜"，见的往往是"欢乐趣，离别苦，就中更有痴儿女"。

我们听过很多"浪子回头金不换"，见的却是"朝为英雄暮为贼"；读到很多"强中自有强中手"，后来才明白，他强由他强，清风拂山冈，他横任他横，明月照大江。

金庸笔下的那些主角们，虽然不时开一下"金手指"，却没有谁能早早参透，更没有谁生而伟大，自成大侠。

少年时，他们逃不掉辗转求索、迷茫困惑。或是兵荒马乱、际遇多舛，张无忌江湖漂泊；或是灵魂震荡、三观重塑，令狐冲下山后才重识正邪两派，是非曲直。

青年时，他们逃不掉不羁放纵、游离不定。或是懵懂心动、错付真心，王重阳与林朝英兜兜转转、欲拒还迎；或是朝秦暮楚、浪迹花丛，段誉遇到王语嫣前，数不清几个好妹妹。

谁能够一步走到海阔天空？有些错，只有年少才能犯；有些弯路，回头看都是风景。

在成为大侠的道路上，没人能够跳级。

II

在那些终于成为大侠的人中，杨过是一个特例。

与其他"三好生"相比，他简直是一个坏孩子。他叛过师门、骂过尊长，调戏过姑娘、结交过坏人，以至在《神雕侠侣》一书的前五分之四，都和大侠二字毫不沾边。

在漫长的时间里，论武功，他博采众长却博而不精；论痴情，虽然决意与小龙女厮守，身边也围绕过陆无双、完颜萍、程英；论心胸，他没有郭靖望着烈烈旌旗说出"侠之大者，为国为民"的豪情，没有萧峰"你们一起上吧，我萧峰何惧"的霸气。

一度，杨过的视野里，没有国仇，只有家恨。

"管他什么襄阳城的百姓，什么大宋的江山，我受苦之时，除了姑姑之外，有谁真心怜我？世人从不爱我，我又何必去爱世人？"

他不是一个完人，他有自卑、嫉妒、自私、仇恨。他有大家年少时的影子，有过叛逆，走过弯路，只为逞一时的快活，不考虑明天和以后。

III

从偏激反叛的少年到侠之大者的男人，杨过经过了三次蜕变。这三次蜕变，暗合了王国维"成大事者必经的三种境界"。

第一境界：昨夜西风凋碧树，独上高楼，望尽天涯路。

这一层境界，说的是杨过的武功。

成为大侠前，他练成了玉女心经、全真剑法，粗学了蛤蟆功、打狗棒法和弹指神通。此时的他，眼界和际遇已经远超常人。但他深知自己的缺点，东摘一鳞，西取一爪，却无一真正精通。

"但凡卓然而成名家者，都是精修本门功夫者，我究竟该当修习哪一门？"

独上高楼，登高远望，武学之路山阔水长，我究竟要迈上哪一条？他在山上负手而行，苦苦思索，想了半天，突然心念一动："我何不取各派所长，自成一家？天下武功均是由人所创，别人既然创得，我难道就创不得？"

综纳诸门、自创一家的念头萌生，阻碍他成为大侠的第一道屏障，颓然倒下。

第二境界：衣带渐宽终不悔，为伊消得人憔悴。

在遇到某个女人之前，男人从来都只是孩子。

杨过带着原罪出生——他的父亲是恶人，还恶得江湖皆知。一入江湖，他经得是黄蓉的戒心、大小武的轻视、全真教的欺侮。担负着师父、母亲、家人形象的小龙女的出现，是一个重要转机。

在古墓里，杨过对小龙女敬多于爱，但出了古墓，他幡然醒悟，遇到越多的女子，"眼前晃来晃去尽是小龙女的眼波"。小龙女对于杨过，从来不仅仅是个爱人，而是这个冰冷世界唯一的温暖，这个动荡江湖不变的定点。

她在，他就不是孤身一人。

于是，那个轻薄莽撞的少年消失了，我们看到了一个意志坚定、用情专一，为一人敢与整个江湖为敌、敢将生死置之度外的人。为伊消得人憔悴的他，衣带渐宽、形销骨立，于是有了草木皆为剑的境界、黯然销魂掌的大成。

IV

杨过的第三重蜕变，关乎胸怀。

绝情谷是杨过命运的关键转折点。在此之前，他做的每一个选择都是随心所欲，而绝情谷后，他却要做出一生最艰难的选择：是拿着郭靖、黄蓉的人头救小龙女？还是放过他们，保全襄阳城的千万百姓？

于是，读者就看到了金庸小说里绝无仅有的一幕：男主角真心想杀掉正面人物。

杨过从来不是光明无私的人，但他最打动人的一点，是纵有万千理由沉沦黑暗，却始终有一颗心向着光明。而种下这颗光明种子的，恰恰是郭靖、黄蓉——眼见强敌来袭，生死系于一线，两人叮嘱对方的竟不是一句当心，而是"国事为重"。

霎时之间，幼时黄蓉在桃花岛上教他读书，那些"杀身成仁，舍生取义"的语句，在脑海间变得清晰异常……许多平时从来没想到、从来不理会的念头，这时突然间领悟得透彻无比。

自此，杨过"透彻无比"、心思凝定，走出了小我，成就了大我。

之后的十六年，是杨过顿悟之后一场更深的历练。十六年后的重逢，正是对第三重境界的最佳诠释：

众里寻他千百度，蓦然回首，那人却在，灯火阑珊处。

V

三次蜕变，犹如三次新生，杨过终成大侠。自此，摆在他面前的，是全新的江湖，全新的人生。

杨过成为大侠的三重境界，不也是每个人从青涩走向成熟的一个缩影吗？经过岁月的淬炼，术业上有所专精，感情上更加笃定，从自我变得担当、从偏激变得理性。

回头看这三重境界，过尽千帆皆不是、蓦然回首又见她的那份豁然开朗虽然难得，可年少时独上高楼、为伊憔悴的那份寻觅纠结不也同样可贵？

因为有的心境，只属于特定的年纪：你不能在兵荒马乱的青春谈沉稳，更无法在奋不顾身的年纪求淡定。

因为，没有不羁放纵，哪来老成笃定？没有艰辛磨砺，哪来脱骨重生？

江湖岂止刀与剑，
还有信义和人心

I

电影《卧虎藏龙》的开头，李慕白穿一身灰袍，牵着马走过塘岸。

还没走进宏村，他到来的消息就被吴妈叫嚷着传到了俞秀莲的耳中。正在折衣服的秀莲停下手，脸上浮起一丝笑意，随即正色。

她从后院快步走来，转过前厅便在原地停步，竭力掩饰住那份喜悦，等李慕白出现在视野里。但当李慕白真出现在眼前的时候，她却换上一副雄远镖局当家人的姿态，笑着双手抱拳，淡淡地说：

"慕白兄，好久不见。"

坐定后，两人颇有些客套地开始叙旧。

谈到闭关修炼，李慕白说，我一度进入了很深的寂静，我的周围只有光……但我并没有得道的喜悦，相反地，却被一种寂灭的悲哀所围绕，这悲哀超过了我能承受的极限。

"有些事，我需要想想……"

"什么事？"

"一些心里放不下的事。"

镜头定格在俞秀莲的脸上。心里放不下的大概不是事，是人。

李慕白说：是时候离开这些恩怨了。

离开？之后呢？俞秀莲问。

李慕白望着俞秀莲，没有说话。

II

听两个人对话，颇像是打哑谜。

一两个眼神，三五句话，长长的沉默与大片留白之间，埋伏下了许多故事。一个心怀希冀，一个欲言又止，俞秀莲和李慕白围着一个看不见的圈子兜兜转转，谁都不去挑明，谁也不去说破。

在这份心照不宣的情愫里，俞秀莲是更主动的一方，但她能做到的，也不过是和李慕白说：办完了事，你来北京与我会合。

"你来，我就等你。"

也许吧。李慕白答道。

仿佛有一堵看不见的墙，横亘在俞秀莲和李慕白之间，隔开两人这重不可言说的爱。他们如此兜兜转转，以至连贝勒爷都看不下去：你俩太小心翼翼，浪费了大好光阴。

对于情字，贝勒爷看得透彻——再大的英雄也无可奈何。

管你是李慕白，还是俞秀莲，管你是盖世英雄，还是贩夫走卒，在这件事面前，都一样不堪一击。

俞秀莲说：我和慕白都不是胆怯的人，也许事情并不是你想的那样。

可让不胆怯的人都退却的是什么？是俞秀莲与孟思昭生前的一纸婚约？还是人言可畏？众口铄金，积毁销骨。大侠的名号不是白叫的，它总要附带许多东西。

李慕白说：刀剑里藏凶，人情里何尝不是。

III

但比起他人口舌，他们更无法面对的，恐怕是自己的内心，是"信"与"义"二字。

"信""义"二字，是俞秀莲和李慕白给自己戴上的枷锁。

俞秀莲和玉娇龙初次见面时，谈到江湖和信义。她说：行走江湖，靠的是人熟，讲信、讲义，应下来的，就要做到。应下来的，就要做到，婚约也是一样。

人亡了，约定还在。

所以俞秀莲和玉娇龙说：虽然我是江湖中人，可一生要服从的道德和礼教并不少于你们。李慕白守住信义的方式，是压抑自己的情感，只有不说、不想，才是对救命恩人、至交好友孟思昭的信义。

江湖里卧虎藏龙，人心里何尝不是。

对俞秀莲的那份情感，是李慕白穷极一生想要驯服的蛟龙。于是他去闭关、去修炼，想要得道，获得永恒。他骗自己、也骗俞秀莲说：我们能触摸到的东西，没有永远。他跟她说：耐心点吧，秀莲。

可直到生命最后一刻，他才意识到，他不需要永远，也不需要得道，不需要物我两忘，不需要无悲无喜。他要的是眼前人。他用尽最后力气说：此时我还有一息尚存，我只想对你说我一直深爱着你。

等了大半生，俞秀莲终于等到了这句话。

可一切都太晚了。

几十年来，二人用"信义"把彼此五花大绑，缚住手脚、堵住口舌。他们名满天下、正气凌然，敢于直面一切敌人，唯独不敢正视自己的内心。直到最后一刻，才第一次真诚相待。

于是，当玉娇龙来的时候，俞秀莲举起青冥剑，却没有杀她。她把自己的簪子插到玉娇龙头上，说：去武当山，小虎在那里等你。

"答应我，不论你此生的决定如何，一定要真诚地对待自己。"

这句话，是俞秀莲用几十年的光阴和一次永别换来的悟。

一向年光有限身，等闲离别易销魂，酒筵歌席莫辞频——有些道理，总是太晚了才懂得。

IV

俞秀莲走了，隐入一片青黛之中。

她去了哪里，还将做什么，都不重要了。爱人没了，仇敌也死了，她没有快乐的希望，也没有复仇的奢侈。不论走到哪，俞秀莲面对的都是满目山河空念远，落花风雨更伤春。

也许在另一个江湖里，李慕白和俞秀莲早一些开悟了——不如怜取眼前人。在那个故事里，李慕白牵着马从皖南竹林里走出，在斜阳里走过石桥、走进雄远镖局。

这一次，俞秀莲走进前厅，却不说"好久不见"。

而是："你回来了。"

所谓浪子，就是不知从何而来，莫问归途何往

I

都说金庸写大侠，古龙写浪子，什么是大侠，什么是浪子？

大侠心系天下，浪子快意恩仇；大侠为国为民，浪子身不由己。

大侠鲜衣怒马，浪子倒在一家不知何处的破败客栈，瘦马锈剑，残羹冷酒，半醉半醒间——去去醉吟高卧，独唱何须和？

大侠道不同不相为谋，浪子只要有酒便什么都暂且抛却。"生死等闲事耳，怎可为了这种事而耽误喝酒？"泉香而酒洌，先干了这杯，再来拼个你死我活。

金杯共汝饮，白刃不相饶。

大侠有名号、有门派、有过去、有未来，而浪子既没有来处，也没有归途。

杨过、郭靖、张无忌、令狐冲们，在读者的眼皮底下一步步长成大侠，就算他们再不走寻常路，再想塞上牛羊伴终老，最终也免不了跌跌撞撞从江湖落入庙堂。

金庸入世，在他笔下，再浪荡不羁的令狐冲也只算半个浪子。

而古龙笔下的李寻欢、傅红雪、叶孤城，一亮相大多已是名满江湖的中年，即便身在江湖，他们也常常不见踪影，就算名满天下，也多是相逢亦不识，天涯皆路人。

他们父亲是谁、门派是什么，来自哪里，去向何方，统统不重要。

他们只存在于此刻，只属于自己。

II

古龙笔下的浪子何其多，你最欣赏哪一个？

是例无虚发李寻欢？是来去无踪楚留香？是惊世一剑燕南天？是灵犀一指陆小凤？实在很难选。因为即便同为浪子，每个人的"点"又如此不同。

李寻欢是多情之人，故作无情。对他来说，没有了林诗音，有钟鸣鼎食之家又如何？"一门七进士，父子三探花"名号又如何？相思万里外，心事一杯中。

富贵浮云，功名粪土。

陆小凤是口无遮拦、心有灵犀。"我们这些人，有的喜欢钱，有的喜欢女人，有的贪生，有的怕死，可是一到了节骨眼上，我们就会把朋友的交情，看得比什么都重。"

义之所在，奋不顾身。

燕南天是以奸制恶、以义报善。对有眼无珠的人，他能眼都不眨地骗千余两银子，而一旦和兄弟约定了相见，就算一箱黄金摆在面前，也不能把赴约的时辰延后半刻。

一约既定，万山无阻。

楚留香是风流潇洒、红尘酒气。香帅是个游戏人间的浪漫骑士，敌也女人，友也女人。对他来说，苏蓉蓉、李红袖、胡铁花都是人生过客，尘沾不上此心间，情牵不到此心中。

来得安，去也写意。

III

去也写意，是古龙为大多数浪子写下的结局。

《多情剑客无情剑》里的阿飞，谜一般地来，又谜一般地离去，乘桴浮于海，去探寻自己的身世。

萧十一郎在与连城璧决斗后，去了哪里、要做什么，没人知道。他的爱人沈璧君，他的知己风四娘，均不得所踪。我们只知道：月光仍在地上，星光仍在地上，割鹿刀也仍在地上。可是萧十一郎已经不在了。

在《绝代双骄》里，燕南天"孤独地站在山巅最高处，山上并不只他一个人，但每个人都似乎距离他很遥远。山风振起了他衣袂，白云一片片自他眼前飘过"。

他留下的，只有一个寂寞的背影。

古龙说：自古以来，无论谁想站在群山最高处，就得先学会忍受寂寞。

盖世无敌的武功不是浪子的归宿，千回百转的柔情不是浪子的归宿，浪子依旧寂寞。

《阿飞正传》里提到一种鸟：它只可以一直飞啊飞，飞到累的时候就在风里睡觉……这种鸟一生只可以落地一次，那就是它死的时候。浪子就像"无根鸟"，只能飞不能停下来。一旦停下来，它便必然落在窠臼里，困在牢笼中。

浪子的魅力，就在于它的不牵绊、不妥协、不停留。

IV

这世上是容不下浪子的。

浪子只是倒映的海市蜃楼，是囿于柴米油盐的人们渴望放飞自我的精神投射，是你我想为又不可为、不敢为、不能为的一个意向。浪子代替人间烟火气中的我们，去睹见刀剑与星辰、诗歌和远方。

古龙说，浪子三唱，只唱英雄；浪子无根，英雄无泪；浪子三唱，不唱悲歌。

所以不必惋惜、不必强求，"纵然在江湖上遇到了春，也不必留住它"。

因为浪子的宿命，本来便是不知从何而来，莫问归途何往。

第九章 —— *Chapter 9*

鄙视链生存
只想微醺

一个风险厌恶者的自白

I

6月5日，星期五，对李磊来说，这又是一个空气中都带着闲散气息的日子。

他不用想也知道今天的模样：把拖了许久的报告略作补充，打开微博、微信浏览信息，11点半去单位食堂吃不花钱但是吃腻了的午饭，遛弯、午休，下午可能开个短会，然后下班。

然而，今天上午，办公室的平静不时被炒股同事的激动所打破。

股市开盘大涨，瞬时站上5000点。李磊心头一阵酸涩，上周股市大跌，隔岸观火的他庆幸自己没有入市。今天股市大涨，他又体会到了那种熟悉的感觉：热闹是他们的，我什么也没有。

当然无法责怪别人。说白了，他是一个风险厌恶者。

可前段时间股市疯狂上涨，他也心动了。

虽然凭那点工资，并没多少钱可以放进股市，可是看着大盘不停地摸高，没赚的钱，仿佛就是自己亏掉的。2000点的时候不入，3000点的时候不入，偏偏4000点入，万一股市转向了呢？4100，4300，4500……他后悔错失了这500点的涨幅，下决心立即入市。然后，大盘下挫4300，他退缩了。

算了算了，今天上涨又怎么样，说不定还会大跌呢？与其受煎熬，不如打个安全牌——不赚也不赔。他习惯性地安慰自己。

释然了。

II

以上，大概是李磊一生中绝大多数决定的写照。

2009 年大学毕业的时候，摆在他面前的，不止公务员这一个机会。

"985""211"，男生、党员、学生干部，用人单位要的条件，他都是标配。在公务员面试通过之时，他手上还有 BAT 中的两家和几家中字头总部单位的二面、三面机会。当同学们拿到一个 offer 后仍在努力找其他的工作时，他把后面的机会放弃了。"万一前面的拒了，后面的又拿不到呢？"与其受煎熬，不如打个安全牌——就当公务员。

因为害怕失败，他选择了从开始就放弃。

选择一条安稳的道路，是一个风险厌恶者的必然归宿。

李磊逐渐过上了安逸的生活。然而，六七年过去，他却越来越心慌，仿佛胸口有个洞，没着没落。那是一种怎样的感觉，他想起一句话：生命是一袭华美的袍，爬满了虱子。

这是他与工作的七年之痒。

抽屉里攒了一摞证书，可当要尝试换份工作时，却发现撑不满一页简历。

III

求职受挫后，李磊开始学很多东西。

他害怕原本称得上优秀的自己，和同龄人的差距越来越大，在他心中那个无形的天平上，自己甚至就要落到不及格。他开始学英语，学编程，开始健身。他想要尝试一切目光所及的事物，仿佛一个要溺水的人要拼命抓住什么东西。

可是学这些是为了什么、有什么用，他自己也不清楚。

他盲目地践行着一句话：思想和身体，总有一个在路上。

以前，英语一直是他的强项，可六年工作中一个单词都没用到。前段时间，他报了一个根本不需要考的职称英语考试。就在这周，成绩可以查询了。"98 分，报考科目：英语－综合(A 级)。"在看到 98 分的时候，有那么一刹那，他心里是感到喜悦的。因为分数是一种衡量，还能给他一丝价值上的实现和肯定。

但喜悦，也仅有那么短暂的一小会儿。很快，胸口又被那个空落落的洞占据。

没有方向的船，越是努力，越是在原地打转。

但他不能停下来，曾经的安稳今天看来已经不够，他需要更多一点的东西，来填满他的生活，来给自己和家人一个未来。他想要考雅思，要上在线课程，还要跑步……像是站在了背后就是悬崖的跑步机上，他不能停。

因为你我都是温水里的青蛙。

水快要沸了。

文艺青年鄙视指南

I

昨天转发范雨素，今天就有人发现自己失策了。

本来以为是伯乐发掘黑马，结果一不小心，范雨素红得发紫，紫得招黑。

初级文艺青年马上分享余秀华。

"每个生命都是独一无二的。"他们在朋友圈引用道，感觉特别高贵优雅。

初级与中级文青的分界线是个"V"。

公众号也罢，撰稿人也罢，加V就像女人的胸罩，不穿心虚，穿了显大。他们正忙着在键盘上敲敲打打，熟练使用非虚构写作与"诗意的栖息"。忙着捧，忙着怼，忙着显示与众不同的角度和品位。如果没达到10万+，那是这届读者不行。

而高级文青正坐在透光的四合院里，缓缓喝口今年的新茶。

"你说范雨素，"他一脸茫然，对旁边的记者、助理、粉丝抱歉一笑："我这人很少用手机，不太了解。"

这就是残酷的文青世界：鄙视层层递进，阶层壁垒森严。

II

文艺分三六九等，喜好也有高低贵贱，在文艺青年们的心里，自有一条鲜明的鄙视链。

看话剧的鄙视看电影的，看电影的鄙视看电视剧的。读卡尔维诺的鄙视读村上春树的，看张爱玲的鄙视读郭敬明的。听比约克的鄙视听王菲的，听薛之谦的鄙视听张杰的。看美剧的鄙视看韩剧的，关注新世相的鄙视关注咪蒙的。去南极的鄙视去欧洲的，去西藏的鄙视爬泰山的。

他们寻找冷门中的冷门，边缘外的边缘，如同攀爬金字塔。同类只是暂时的陪伴，孤独才是梦寐以求的归宿。

没办法，小众是格调的先决条件，大众是品位的不二死敌。

Ⅲ

文艺青年的噩梦，莫过于好不容易挖到的冷门宝藏，忽然成了流行。

李健火了后，有些老"乐迷"很气愤，觉得陪他走到今天的才是真爱，无籍籍名时候的喜欢才叫眼光。多年老粉鄙视凑热闹的新粉，人民币粉丝鄙视不花钱的蹭粉。

很好，大家都有人可鄙视，真是皆大欢喜。

至于民谣、摇滚歌手，或是什么小众导演，只要不小心出了名，必定有老粉"脱饭"，说话特别痛心疾首："感觉他变了，再也不是当初我喜欢的那个专心做音乐、电影的人了。"

真有意思，好像他红之前，就没有飞叶子、玩果儿、想挣钱似的。

文学、音乐、电影，所有都一样。连没人知道的苍蝇馆子被捧成网红，也一定有老食客一本正经地感慨：

"哎，不是当初的味了。"

说到底都是一句话：自己独具慧眼的审美、卓尔不群的眼光，突然就被新涌进来的"路人粉"冲击得荡然无存。

这还怎么显示我的与众不同、高贵冷艳。

好气啊！

IV

文青鄙视链当然不是今天才有，钱锺书先生在《围城》里写：

董斜川说："新诗跟旧诗不能比！我那年在庐山跟我们那位老世伯陈散原先生聊天，偶尔谈起白话诗，老头子居然看过一两首新诗。他说还算徐志摩的诗有点意思，可是只相当于明初杨基那些人的境界，太可怜了。"

旧诗鄙视新诗，于是写旧诗的董斜川站在鄙视链的顶端可怜众人——"觉得这些人都不懂诗，就是赞美也不会亲切中肯"。同时又需要别人仰望的快感——"他等待他们的恭维，同时知道这恭维不会满足自己，仿佛鸦片瘾发的时候只找到一包香烟的心理。"

鄙视链给我们的愉悦，大概就像鸦片瘾发时的一包香烟。

那是虚无缥缈的优越感：你们并不懂我，我的诗最湿，我的远方最远。

白领拿着星巴克的咖啡，傲然走过跳广场舞的大妈；看完话剧回六环的小情侣，懒得和的士司机多废话。大小文青们，各自在拥挤的地铁、明亮的写字楼和地下酒吧里，小心翼翼维系着气泡式的孤独与骄傲，依次看不起那些看起来更世俗、更平庸的人。

"一场大病，一场金融风暴，大家可能都会一贫如洗，只有少数几个人掌握财富。所谓中产看不起农民，"范雨素写道，"我觉得他在自己哄自己。"

真相很少纯粹，也绝不简单

Ⅰ

金庸自己最喜欢的小说是哪部呢？可能是《雪山飞狐》。

金老爷子自己的评价是这样的：问哪一部小说是我自己最喜欢的，这真的很难答复。其中也许只有《雪山飞狐》一部，大概是因为短的关系，还有点一气呵成的味道。

长短不论，《雪山飞狐》的出色，一大半在于叙事视角和结构。

在绝大多数金庸小说里，读者是开了"上帝视角"的。

我们先于小龙女和杨过知道，是尹志平奸污了小龙女；我们比郡主都能看清周芷若玩的小心思，比段誉更了解王语嫣的心思婉转。

真相就像一本摊开的书。我们一清二楚，只看书里的人纠结痛苦、苦苦求索。

要是现实生活同样如此简单就好了：黑是黑，白是白，有人十恶不赦，有人洁白无瑕。善意应当无懈可击，罪恶可以切分清晰。可现实生活不是这样的。

人间尽是罗生门：真相很少纯粹，也绝不简单。

Ⅱ

《雪山飞狐》就是一个"罗生门"。

事实说起来并不复杂：胡苗两家有世仇，代代冤冤相报。胡一刀和苗人凤也继承了传统，两人苦战数日，不分高下，正当惺惺相惜之际，苗人凤不慎将胡一刀杀死。后胡一刀之子胡斐寻仇，与苗人凤约定决斗。

这看起来简单的情节，在不同人的叙述中，却变成了完全不同的模样。

胡一刀与苗人凤决斗的当天发生了什么？

第一位目击证人和尚宝树说：胡一刀死亡的原因，是与苗人凤比武时技不如人而羞愧自杀。

苗若兰的叙述，完全反转了宝树的叙述：并不是胡一刀输了，也没有什么自杀，是因为苗人凤的刀上被人涂了剧毒，胡一刀才中毒身亡。

但这个毒是谁涂的，又是为了什么？新的目击证人出来了。

平阿四说，是阎大夫为报仇图财所做：

早一日晚上，胡大爷和金面佛同榻长谈，阎大夫在窗外偷听，后来给金面佛隔窗打了一拳……阎大夫从药箱里取出一盒药膏，悄悄去涂在两人的刀剑之上。

他的动机是："他要金面佛死，自然是为了报那一击之恨。"而想杀胡一刀，则是为了图谋钱财。

在这里，每个人都讲出了一个"事实"。

宝树和尚，也就是当年的阎大夫，自己就是利益相关人，为了逃罪掩盖真相。但苗若兰和平阿四，都诚实地说出了自己眼见的事实。他们虽然不像宝树和尚有意欺骗，但说的就对吗？

后来，陶百岁的叙述拨云见日，解开谜团，原来他们说的都对，又都不全对。胡一刀是死于田归农的诡计，阎大夫不过是"干脏活的"工具。

III

柯南说，真相只有一个。

但大部分时候，我们终究只能在人们的叙述与间接证据里，去靠近真相。每个人在陈述事情时，都会有意或者潜意识地将其扭曲成对自己有利的言辞。

于是我们看到，在产妇跳楼悲剧刷屏的时候，每个人都在说所谓的事实，而真相仍离我们很远。下跪是哀求家属进行剖腹产，还是疼痛难忍的反应？到底是谁坚持不做剖腹产，医生是否曾提出过专业建议？

别说当事人，事实上，作为旁观者的我们，又何尝不是代入自己的经历与感受去讨论？

饱尝婆家生育压力的媳妇们，很容易去痛骂所谓的渣男、恶婆婆；被家属医闹折腾过的医生群体，则更能理解院方的无奈；曾在医生粗暴的权威下感到无助的病患和家属，更想去谴责医院的不作为。

旁观者们也许更该关注：怎样才能避免让惨剧重演？

在这些问题上，我们并不是旁观者，每个人，都是参与者。谩骂很爽，谴责很容易，但如果所有讨论都停留在婆婆多恶、医生多坏这一步。

热点散去，一切重回旧路。

那比真相被掩埋，还要可怕。

让青年远离股市
就像让少年远离爱情

当"天台"再一次因为股市而人满为患，一种并不新鲜的声音再次响起：年轻人应该远离股市。

这是一场从过程到结果都毫无悬念的辩论。

少不了专家学者有理有据地摆出股市风险、苦口婆心地劝说年轻人专注事业的文章，必定有大学生荒废学业难毕业、年轻人欠下巨债上天台这类耸动的新闻报道。

如果幸运，我们还能看到某些自诩客观的媒体，举举正反例子，谈谈双方观点，但最终结局仍是和年轻人该不该买房、该不该晚婚、该不该创业一样，只能落得形如废话的八字真言：

适度适量，因人而异。

而现实呢？只要牛市曾经来过，就必然有千万年轻人心动行动，要么深陷其中、百死不悔，要么赔了、痛了，浪子回头。

你以为他们不懂道理，不，是你不懂人性。

I

1922 年初春，上海股市大地震。

操盘手自杀，交易所倒闭，一个 30 出头的男人迎来人生的第一次绝境。

三年炒股生涯，他从默默无名变成腰缠万贯、流连风月场所的暴发户，又在一场股灾后落得负债 60 万、连儿子校服费都出不起的境地。

这个倒霉的男人，叫作蒋介石。

其实，年轻的蒋介石并不孤独。

200 年前的 1711 年，一位老者投入 7000 英镑购买了具有政府背景的公司股票，并在赚钱后一再追涨，直到公司资产严重缩水，老人倒赔 2 万英镑。他就是享誉世界的物理学家艾萨克·牛顿。这位 69 岁的老人在股市狠狠摔了一跤后发出了这样的感慨："我能计算出天体运行的轨迹，却难以预料到人们的疯狂。"

6 月 23 日，经济学家周其仁在出席某活动发表演讲时也称，牛顿在科学研究上是巨人，但他炒股照样赔得血本无归。

从蒋介石到牛顿，人们对股市的疯狂和年龄无关，甚至和职业、性别、阅历关系都不大。股市的诱惑，归根结底在于获取财富的轻易和形如赌博的快感，让无数人欲罢不能。而零和博弈又注定了赢家永远是少数，更多的人只能"为他人作嫁衣"或是悲壮地"为国护盘"。

这似乎正是证明了某些专家的观点：珍爱生命，远离股市。

问题是，按此逻辑，该远离股市的何止是年轻人。

如果我们认为年轻人正处在才能的积累期，因此应该专注于工作，那么中年人上有老、下有小，处在事业的爬坡期，正该专心事业家庭，远离股市风险；老年人收入少、身体弱，股市涨跌猛如虎，难道不该避而远之，修身养性？

那么，为什么舆论总是只盯着年轻人？

II

如果翻翻近几十年的报道，我们会发现一个有趣的现象，"垮掉的一代"这个帽子从"70 后"传给"80 后"，又传给了"90 后"。媒体、专家乃至社会公众曾经深切担忧过的几代人，似乎一长大就自然挺起腰杆、成了社会栋梁。

这揭露了一个基本的事实：社会对年轻人是缺乏信任的。

这种不信任，很大程度是无意识的。

传播学当中有一个经典的传播效果理论叫作"第三人效应"，它有两层意思：一是当人们接触到含有说服性的内容时，会认为这些信息对其他人的影响力大于对自己的影响；二是人们倾向于根据信息对他人的影响而采取行动。

　　从这个角度来看，我们更容易理解为什么"年轻人炒股"会成为一个问题。尽管自媒体的兴起改变了由官方把持话语权的局面，但传播同样具有"天然的垄断性"，那就是尽管人人都有麦克风，但人们容易听到的，仍然是喇叭开得最大、声音最响亮最有辨识度的人——人们称之为意见领袖。

　　这些掌握了某领域专业知识、具有较高社会地位的人年龄层偏大，他们会习惯性地认为：当股市大热时，虽然我能认识股市的风险，保证心态的稳定，但是其他人尤其是年轻人很容易受影响，容易做出错误的选择。

　　基于这种判断，意见领袖们会做出相应的行动，那就是言辞激烈、大声疾呼。

　　因此，就像家长不相信孩子有能力处理感情一样，当股市风险凸显时，人们首先把关注的眼光投向了年轻人。这并不是所谓的年轻群体的特殊性，而只是社会相信年轻人更轻信、更脆弱、更无知。

III

　　也有人说，问题不在于年轻，而在于股市。

　　因为"玩股票就跟爱上赌博一样，是在浪费生命"。这么说的人，大约很懂股市，但却不了解人性。

　　我们常常有一种错觉，以为人生是在两个答案中做选择的单选题，如果不选择道路 A，则必定站在正确的道路上。

　　事实上，一个会因为炒股而借钱举债、荒废工作、忽略家庭的极端个体，即便没有股市，也可能开网店、炒楼花、玩游戏、买彩票。诱惑那么多，炒股甚至都不是风险最高的那个。

　　而对于平凡的大多数而言，股票只是庸常生活中的一个出口，在红绿交界间寻找希望，在舞动线条中留个盼头。他们不会用杠杆，不会卖房炒股，自然而然的几轮洗牌，有些人留下，有的人走，有人在股市里见了自己，观了天下，但股市从来都不是他们生活的全部。

　　前阵子股市大热时，大学生们也坐不住凳子了。媒体发布的调查数据显示，31% 的大学生参与了炒股，其中 26% 的炒股学生投入了 5 万元以上。

就像马克·吐温把炒股赔钱的经历融进小说，马克思把股市赚钱的经历当作趣谈，就像你朋友圈的姑娘小伙拿"为国接盘"自黑，就像两人相亲尴尬时找到了共同的话题。

至于那些狂热炒股的年轻人，不妨看作为爱而要死要活的孩子。前者来自于强烈的物质需求与较低的经济收入、贫乏的投资渠道之间的矛盾，后者来自于强烈的情感需求与单调的校园生活、贫乏的家庭温暖之间的矛盾。

而如果看看周遭，就会发现，那些父母关系和谐、家庭教育得当的少年，并不会因此就压抑感情，但他们早恋时懂得保护自己，失恋时也不会走向极端。大不了是一句：爱对了是爱情，爱错了是青春。

因此，从某种意义上而言，去谈论年轻人是否适合炒股是没有意义的。

二三十岁在股市里体会财富的暴增暴跌、人性的贪婪恐惧，就如在少年经历一场刻骨铭心的爱情。反对者能以个例来批判爱情的不成熟、不可信，以数据来证明早恋极高的失败率。但是就像无法压制年轻对金钱的欲求一样，谁也无法压制少年对爱情的渴望，它是如此的幼稚无知、不管不顾、自以为是，虚耗时间精力却难以善终，但这就是人生。

有些弯路注定要走，有些跟头注定要摔，谁都不能替代谁做选择。

因此，与其劝说年轻人远离股市，倒不如让股市回归股市。少些暗箱，多些透明；少些伎俩，多些规范；少些谣言，多些理性。那时，年轻人炒股与否就是一个简单的投资选择问题。

买对了是投资，买错了是人生。

标签识人

最近读了阎连科老师《80后是相当懦弱的一代人，没我们以为的那么反叛》一文，挺想问一句的：哟，阎老师，您也信星座啊？

现在全球有 70 多亿人，从十二星座的角度来解释，差不多有 6 亿人享有一种相似的性格特质。以"一生黑"的处女座为例，不管民族、种族、宗教信仰、年龄、受教育程度如何，就因为生在了某个时间段，这几亿人被贴上一个标签——很龟毛。

"80 后"被贴的标签，同样如此简单粗暴。根据网上的数据，我国的"80后"约有 2 亿人。这 2 亿人的出生分布在十年间，89 年的出生时，80 年的已经上小学二年级了，89 年的将要小学毕业时，80 年的准备进入职场，成为"社会人"。

然而，他们先是都被贴上了"反叛"的标签，又被称为"相当懦弱的一代"。

想想，是不是很荒诞？

I

"贴标签"这件事很懒，可是很省事。

当面对一个个体数目庞大、却又不甚了解的群体时，贴标签是最简单、省事、不费脑子的一种方式——山东人，爱吃葱；河南人，爱吃蒜；广东人，啥都吃！

"80 后"，被贴上"反叛"标签，大约是从新概念作文大赛开始。十几年前的新概念大赛如此火爆，堪称文学界的"超男""超女"，韩寒、郭敬明、张悦然等新锐偶像年少成名，以叛逆者的姿态出现在大众面前。开始，"叛逆"还只是少数几人的头衔，但在媒体的推波助澜下，它迅速落到了一个庞大的群体头上。

现在回想，在被冠以"叛逆的一代"时，大部分的"80后"处在初中到高中阶段，正在书山题海中埋头苦读，除了青春期本身带来躁动和不顺从以外，其他又叛逆在哪？然而社会和"80后"本身，在当时都迅速地接受了这个标签。是因为"80后"确实是叛逆的一代人，还是这代人恰巧处在叛逆的青春期？

而当多数人顶着一个简单归类却名不副实的标签，走出青春期，进入社会融入规则的时候，社会又开始质疑——为什么"80后"没我们想象的那么反叛？

因为你们一开始就想错了。

II

希望一代人永远叛逆下去，是一个不切实际的幻想。

因为每代人都有叛逆的时期，但多数人会走出叛逆的阶段，变成平淡生活的"懦弱"众生。这是社会发展的规律，如果前几代都是如此走来，这一代为何能"独善其身"？

就像"60后"在20世纪80年代创造了诗歌的热潮，但那个不读诗无以言的时代终究不复存在，如今的"60后"在成为社会中流砥柱的同时，读诗的尚有几人？不过是事业有成，诗人不再。

就像"70后"在热血青春之时把"三角地"作为精神家园，但经历过运动和变革后，迅速地投入"下海经商"的热潮中。当年意气风发的少年，是否也成了领导老张或是隔壁老王？

如今的"80后"，最大的已经38岁，扎扎实实成了中年人，最小的也已经29岁，大部分也已走出校园，换上"职场新人"的身份，开始在成人的游戏规则中摸索打拼。

他们中间的大多数，与"50后""60后""70后"并没有什么不同，甚至和阎老师口中的那些参加革命、上山下乡的"真正反叛者"也没什么不同——"说走就走的革命"多出自身不由己，上山下乡不过是领袖意志的延伸——大家都在自己所处的时代大环境下"适者生存"。

他们中的反叛者，与前几个时代的反叛者也并没有什么不同，一样独立思考、积极向上、改变规则、挑战权威，只是每个时代的叛逆者，都永远是少数。

"80后"远没有社会想象的那么反叛？"80后"是相当懦弱的一代？

都不是，是长大后，我就成了你。

III

社会对年轻一代的质疑，不是什么新鲜事儿。

美国一战后有"迷惘的一代"，二战后有"垮掉的一代"，如今有"愤怒的一代"。中国"80后"从"叛逆的一代"走向"懦弱的一代"，"90后"被称为"非主流一代"。

事实上，无论称呼如何变化，都仿佛隐藏着鲁迅先生笔下"九斤老太"的叹息——一代不如一代。

然而，"迷惘的一代"并不迷惘，"垮掉的一代"并未垮掉，在他们融入社会秩序并成为主流后，转而开始给下一代贴上标签并表达质疑。就像80后一边厌恶上一代给下的定义，一边迫不及待地称呼"90后"是"脑残""非主流"，"90后"与"80后"的骂战尚未平息，转过头就要称"00后""异次元"了。

明明是媳妇熬成婆，却总是好了伤疤忘了疼。两代人之间的"代沟"难以消弭，很难真正的彼此理解——上一代说"80后"听的周杰伦是"大舌头"，"80后"说"90后"迷的EXO是"什么鬼"，下一代对上一代统称"老古董"。

这仿佛是一条代际传递的"歧视链"，是一种彼此间的"傲慢与偏见"。

就像现在制定游戏规则、掌握社会财富和话语权的"50后""60后"觉得

"80后""懦弱"：怎么可以这么快遵守规则、向社会妥协呢？怎么可以老想着房子、没有反叛精神呢？

就像现在处在政治和经济金字塔底端的"80后"觉得上一辈的话"不入耳"：难道你们不是"50后"的政策制定者、"60后"的开发商、"70后"的房东吗？让我一个租房的不想房子来反叛你们的规则吗？

Please，别闹了。

比流感更可怕的，
是无法被说服的父母

《流感下的北京中年》刷屏了，看完后，心情很沉重。

在这个故事里，我们看到了疾病的可怕，看到了保险的必要，看到了中产阶级的脆弱。可能每个转发的人，心里都有同样的隐忧：如果，这个人是我呢？

在所有的悲剧事件里，人们其实最关心的是原因。唯有找到了原因，才能找到预防和解决的方式，悲剧才能真正地给后人以启示。

最简单的答案，似乎是加强流感的预防和治疗。但是，没有人能告诉这位当事人，如何说服老人去科学地预防，去早做治疗。

有些悲剧是无法避免的。

比如地震、台风等天灾，比如系统性的金融风险。解决这些问题，超过了普通人的能力范围，大多数人除了咬牙面对并无他法。

但有些悲剧是可以避免，至少是可以减少影响的。在《流感下的北京中年》里，作者写道：

有一天夫人跟我说：爸爸救回来身体也很弱了，以后你就是我们家的主心骨了。

我说：以前我挣的钱是你、你爸、你妈加起来的两倍，现在自己瞎折腾，也是你们加起来的总和。我不是主心骨？

夫人说：不是。家里你说了不算。

我认真反思了这个问题。

家里的生活习惯不是由学历、专业、收入来决定的，而是由脾气决定的，谁脾气大谁说了算。

岳母和我们都很注意保养，但没有人想和岳父发生冲突，很多事情由他去。此次光膀子开窗、家人间的传染，我也有责任。如果家里我做主，这事从一开始就不会发生。

仔细看这篇文章就会发现，男主人公一直是个"痛苦的清醒者"。他知道岳父大冬天光膀子通风的行为是不健康的，知道不隔绝生病的老人对家人特别是孩子特别危险。但是，他能怎么办呢？

一个连关窗户这个小事都无法实现的人，如何能说服岳父预防感冒、吃药、隔离等一系列行为呢？

在他的行文里，充满了那种无可奈何感。

想关窗户，曲线救国向岳母请示，被岳父否决。

想让感冒的老人和孩子隔离做不到，想带孩子去酒店住做不到，想让岳父母出去住还是做不到……

不要去指责男主的不作为。可以看到，他已经努力在不激怒老人不造成矛盾的前提下去协调。如果没有这样惨烈的结果，也许他那些"关窗""带孩子出去"的提议，都会被看作是没事找事。

大部分的中国子女，特别是有孩子的又是父母来照顾孩子的人，都会知道，说服父母，特别是配偶的父母有多难。

老话说，孝顺孝顺，孝就是顺。

这种观点，不知道要害苦多少人。不客气地说，中国不少家庭的主要矛盾，是成人子女对现代独立生活的需求与父母的控制欲和愚昧固执之间的矛盾。

时代是在加速度进步的。客观地说，父母那代人的认知水平，是不太可能强于成年子女的。

但是，中国式父母是不允许反对意见的。你就是学历再高、阅历再多、专业知识再丰富，你是我孩子，你就得听我的。

我说手机辐射大，就是辐射大；我说偏方能治病，就是能治病；我说通风换气，就是通风换气；我说不传染，就是不传染。

于是，大部分爷爷奶奶辈来照看孩子的家庭，不可避免地进入一种尴尬痛苦的境地。

从感情和道理上，子女应该感激父母对家庭的付出。他们在自己的晚年，付出心力心血，养育孙辈。

然而，缺乏自省和边界感的父母，又会把那代人传统的、落后的、充满伪科学的生活方式，侵入到子女的现代生活里。在孝顺这种强大的推动力下，使生活回到他们熟悉的模样。

以上这些，绝并不是要责备父母。因为每代人都有他们的局限。父母的认知，不可能脱离他们的时代和境遇。他们自己也是受害者，甚至是最大的受害者。

但是，就像纵容孩子会养出逆子，无底线地顺从父母，也一样会付出极大的代价。

做一个理性的父母，需要懂得拒绝；做一个好的子女，也要懂得底线。对父母说不，就像对孩子说不一样必须，一样重要。

就像那篇文中，作者提到的另一个前同事的应对方式："她家老人感冒不愿意戴口罩，她一小时就收拾好行李把老人送出去住了。听起来很残忍吧，但她家老人孩子都没事！我很好吧，但家里有人躺在ICU。"

对任何人的无条件服从都是灾难，即便那个人是爱你的父母。就像有时你需要做个"狠心"的妈妈才能教育好孩子。你必须成为一个有原则的子女才能去保护父母，乃至更多的家人。

但是，在中国的文化里，对父母说"不"，需要太大的智慧、太大的勇气。

我们能有这个智慧和勇气吗？

我不知道。

我们终于和邓丽君歌里的
爱情不告而别

I

65 年前，伴随着响亮的哭声，一个女孩在台湾省出生。

她是这个家庭出生的第四个孩子，也是唯一的女儿。父亲是黄埔军校的学员，后为河北省军团少尉，1948 年到了台湾。

父亲是个音乐爱好者，学京戏，组"康乐队"演出赚钱。小姑娘继承了他的音乐天赋，10 岁就得了黄梅调歌唱比赛第一名。

这是她的第一个第一名，而后，"华人第一"几乎成了她的标签。

20 世纪 80 年代初，她受邀于林肯中心、洛杉矶音乐中心等地举行演唱会。

她是第一个举行巡回演唱的华人歌手，获得的华人音乐奖项、国际奖项不胜枚举。

她就是邓丽君。

现在的年轻人，很难想象当年邓丽君在华人世界特别是中国掀起的风潮。

她是一代人偷偷摸摸听的"靡靡之音"，是暗里传播的资本主义小情小调；她也是刚刚开放的大陆最先引进的声音，是舞厅里、广场上循环播放的歌曲，是小伙子们写情诗表白的素材。

不会再有一个歌手，像她的代表意义那样复杂了。

一些年代，她就是禁忌的代言词，听她比今天听嘻哈、听摇滚要大胆叛逆；一些年代，她的歌声走入千万家，比凤凰传奇更有群众基础。

然后在我们的时代，她悄悄过时了。

II

日本 2011 年发布的"日本女性卡拉 OK 爱唱的女歌手"统计报告里，邓丽君在 60 岁以上女性中受欢迎度位列第一。

在中国如果做个类似的调查，50 岁以上的阿姨，恐怕也会把邓丽君列在喜欢歌手的前几名。

但是今天的年轻人，应该没有几个人还在听邓丽君了。其实不只是她，那些邓丽君式的"甜嗓"，如今都不太流行了。

现在的歌坛，流行飙高音，烟酒嗓，唱 RAP。哪怕唱情歌，要么撕心裂肺，要么心淡如水。

哪里还会有那种直白的甜，傻傻地问"你问我爱你有多深"，答案像一首情诗，"月亮代表我的心"。

胡思乱想"如果没有遇见你，我将会是在哪里"，又热烈表白"任时光匆匆流去，我只在乎你"。

爱是"一见你就笑"，是"心甘情愿沾染你的气息"，是"忘不了离别的滋味，也忘不了那相思的苦恼"，是"但愿那海风再起，恰似你的温柔"。

在她的歌里，你似乎能看到那样一个女人。对爱情充满了向往和信任，有一种不谙世事的天真，不曾被世界伤害过的勇气。

她的歌声描绘的爱情，今天的人看来，真像童话一样虚幻不真实。

相比之下，我们似乎更能接受那些表达爱情的遗憾、错过、虚伪甚至敌对的歌。

其实这没什么奇怪。

一部分的现代人不再相信爱情，他们或将爱情埋葬在婚姻里，或将爱情埋葬在社交软件里。

另一部分现代人则没有时间去考虑爱情，或者困在房子、车子等今日的苟且，或是投入在创业上市等理想的远方。

即便在爱情中的人，也不会像邓丽君歌里唱的那样全情投入了。成年人的标志之一，就是可以得体地处理爱情。

高效率地追求表白，彬彬有礼地分手离开，做个绅士，说散就散，谁都不该为爱情丢了体面。

III

在某种意义上，告别邓丽君并不是一件坏事。爱情不再是也不应该是音乐的唯一主流。

2017年的金曲奖，5首年度最佳歌曲的提名，至少有3首以上不是在讲爱情。

胡德夫的《撕裂》，唱的是和自我的决裂："撕裂我吧，撕裂我难堪的过去，撕裂我吧，撕裂我沉没的现在。"

张韶涵的《不害怕》，唱的是梦想："有个明天正在等我抵达。"

至于赵雷的《成都》，可能让每个在现实中挣扎着的人，想到心向往之、身不能至的地方。

这就是我们这个时代，迷茫着，奔跑着，怀念着，挣扎着。每个人都在和不完美的自己斗争。身上的担子已经如此之重，又有多少绝对的付出和信任可以交付给爱情？

怎么能奋不顾身地告白：我把一切给了你，希望你要珍惜。

相反，我们最擅长的是再见：我爱你不后悔，也尊重故事的结尾。

所以偶尔，我还是会偶尔怀念邓丽君式的情歌，那些直白的歌词，那种傻乎乎的爱。

在她甜美歌声里，旧时光幻化成带着柔和滤镜的慢镜头。那样的不慌不忙地爱着，唱着。

在电影《甜蜜蜜》的最后，李翘怔怔地看着商场电视里播放邓丽君辞世的新闻，小军从他身后经过，而后又缓缓退回来，看着电视。

在异乡的街头，两个走过千山万水、灵魂千疮百孔的人再次相遇。

邓丽君的《甜蜜蜜》轻轻响起，抚慰着被命运残酷无情戏弄的人们。她的声音是那样的温柔，那样的幸福，对爱充满期待，像从来没有遭遇过背叛，从来不曾遭受过伤害。

不知道什么时候，我们竟然和这样的爱情不告而别。

太好了，
"80 后"终于失宠了

I

如果不是韩寒前两天在微博发布的长文，不少人都快淡忘了当年曾被当作"80 后"代表来赞赏和批判的叛逆少年。

不奇怪啊，打开自媒体，满眼是第一批"90"后已经秃了、"佛系"了、离婚了，是第一批"00 后"已经成年了，创业了，失恋了。

看看主流媒体的新闻，满眼都是批判"90 后"rapper 歌词低俗兼教唆吸毒，"00 后"粉丝"怼"天"怼"地"怼"社会。

故事里的"80 后"呢？

哦，对，忙着发声明，忙着道歉，忙着照顾病了的老人，忙着收拾婚姻残局。

这真是一个不一样的社会了。哪怕在娱乐新闻里，"80 后"也显得那么忍辱负重。

不知道从什么时候起，"80 后"再也不是媒体和大众盯着的焦点了。

如果在百度搜索"80 后"，条数是 2370 万。"90 后"是 2590 万，"00 后"是 1770 万。

"90 后"的搜索结果数量已经超过"80 后"。想想看，"80 后"可以是比另两个群体早起跑了 10 年、20 年。

当然，得考虑下互联网不发达的时代，可能实际提前的时间并没有那么久。即便如此，数目的接近也令人惊讶。

看，社会真的没那么关心我们"80后"，他们把更多的关注给了"90后"和"00后"。

对于"失宠"，"80后"表示……很好啊。

Ⅱ

作为第一批独生子女的"80后"群体，的确是品尝过闪光灯下的滋味。

只是这滋味，五味杂陈。

有一段时间，套在"80后"上的标签是这样的：娇气，叛逆，小公主，小皇帝，垮掉的一代……

记得20世纪90年代初，有一个流传很广的故事：夏令营里的日本小孩和中国小孩。

中国孩子病了回大本营睡大觉，日本孩子病了硬挺着走到底。日本家长乘车走了，只把鼓励留给发高烧的孩子；中国家长来了，在艰难路段把孩子拉上车。

野炊的时候，凡是又白又胖抄着手啥也不干的，全是中国孩子。日本孩子用过的杂物都用塑料袋装好带走，中国孩子走一路丢一路……

故事最后写到，日本人公开说，你们这代孩子不是我们的对手！作者忧心："假如，中国的孩子在世界上不具备竞争力，中国能不落伍？"

这似乎是20世纪90年代最熟悉的论调。然而，很快，"80后"身上的标签就被另一批完全相反的词汇代替：房奴，蚁族，北漂，夹心族……

"421"家庭结构里被捧在掌心的孩子，一下变成了"422"里中间的那个"2"。

上有四老，下有两小。

《编辑部的故事》里，张国立吐槽人生不易的话，稍改一下，就是"80后"的自嘲：

"什么都让我们这代人赶上了。"

赶上了计划生育，赶上了两孩政策；赶上了取消福利分房，赶上了房价高涨。有钱买房时有限购，想买车了摇号堪比中彩票。

早恋没胆子，结婚又早了。生孩子的都后悔了，不想嫁的被叫作剩女。

非典，扩招，延迟退休，养老金缺口……一个都没躲过。

弯道超车，降维打击，抱着饭碗瑟瑟发抖。体制内被"60后""70后"领导虐，跳到创业公司说不定给"90后"打工，回到家还有"00后""10后"鸡飞狗跳。

黑天鹅刚飞走，又来了灰犀牛。一年三百六十五，为谁辛苦为谁愁。

其实，"80后"没有这么惨，当然，也没有那么垮掉，那么娇气。

大部分的"80后"，顺利地成为这个社会的中间与中坚阶层。BAT前几年的高速发展，"80后"的员工是主力；在更为传统的行业，"80后"也逐渐进入核心岗位和管理层。

人生小半、职场爬坡，尽管是个不上不下的尴尬期，但下一个台阶已经目光所及。未必还记得什么初心，只是不管怎样都会尽力前行。

他们大多数人，不玩直播，不玩小视频，玩游戏只和熟人，朋友圈只剩点赞。他们不再那么热衷于分享自己的生活、宣泄过剩的情绪、写出廉价的感慨、发出喧闹的声音。

他们不需要用叛逆去和这个世界叫嚣，也并没有那么多的时间去社交去折腾。

大概就像王尔德说："我已经老了，没有足够的时间去了解一切。"

Ⅲ

《猜火车》里，少年眼中的中产阶级是无聊的。在各种维度里都处在相对中间位置的"80后"，也一样"无聊"。

只有没经历过太多的人，才会愿意表现出历经沧桑。而生活最惊心动魄的真相，都在不动声色处，都在平凡无奇处。

生活教导了"80后"。

他们中的大部分人，爬着高峰，摔过跟头；曾经爱过，也曾放手；有过命运慷慨的馈赠，也付出了相应的代价；见过生的欣喜，但可能已体会了亲人离世的悲辛。

从"想和这个世界谈谈"到"想和自己对话"。一路跌跌撞撞，"80后"正在学着和生活讲和。

那些让媒体大众关注的"特别"最终变成"平常"。

所以你能理解，那个嚣张地退学、和半个文学圈叫板的韩寒，如今会在长文里写："退学是一件很失败的事情，说明我在一项挑战里不能胜任，只能退出，这不值得学习。"

眼过于顶变成脚踏实地，心高气傲也懂得如何低头，不再用"特别"来标榜自我，也终于开始懂得那些所谓常规道路存在的价值和走好的难度。

这和是哪代人无关，这和年龄有关，和我们所处的这个世界有关。

没有比时间更好的老师了，如果有，那就是生活。

微醺时，
这个世界都善意得多

I

我喜欢的作家，似乎都是酒鬼。

古龙是最典型的一位。他拖稿，逼着当时做编辑的林清玄和他喝酒，不喝就不写，一副小孩任性的模样。他照顾朋友，酒场上承诺三毛："以后若有人欺负你，告诉我。"

至于他的小说里，没有一个主角不喝酒。李寻欢以酒自戕，陆小凤以酒会友；到了《欢乐英雄》里，大家有酒喝酒，没酒喝水，境界又高了一层。

不过，他和酒的故事并没有大家想象中那么快乐。

他的劫，是酒。

1980 年，古龙在松吟阁吃饭时遇黑社会逼酒，他不从，结果被刺伤手上的大动脉，失血过多，性命垂危。

他的病，也是酒。

松吟阁一事后，他大量输血，据说当时血不干净，导致他患上肝病。医生直言，若再饮烈酒，就是催命。

古龙并没有听医生的话。

写作其实是件非常可怕的事，它不仅仅是体力和心力的极端消耗，更是一个人对自我的战斗。那种自我质疑、推翻、重建的过程，足以把一个人消耗殆尽，而其中的孤独，也绝非一般人可以理解的。

如果要海明威能够和古龙隔空对话，一定会有共鸣。

　　海明威新婚后的房间，装修得像一个酒馆，朗姆酒、意大利气泡葡萄酒、味美思酒塞满了一架子。他的一大名言就是："面对亲吻美女和打开一瓶威士忌的机会时，永远不要犹豫。"

　　与古龙不同的是，海明威写作时并不喝酒。不过不写作时，他和古龙一样，几乎无法放下酒杯。

　　他在给一位作家的信里问：当你脑力劳动了一整天，想着第二天还得继续工作时，还有什么能像威士忌一样改变你的想法，让你的思绪飞到另一个位面？当你浑身湿冷时，还有什么能温暖你？

　　在一般人的世界里，这个答案可能是伴侣、家人、孩子甚至朋友，而海明威的答案是酒。

　　他从 15 岁就开始喝酒，对酒的热情比对任何女子的热情都长久，唯一可以与酒相比的就是写作。

　　他的梦想，也是酒。

　　假如我拥有世上所有的金钱，我就一周喝一次卡奥尔产区的葡萄酒和水，喝一次塔威尔酒，喝一次瓦尔波利塞拉，喝一次你家乡产的酒。

II

　　我并不喜欢酗酒的人，但在某种程度上，对他们又有微妙的理解。

　　古龙和海明威，都是极其害怕孤独的人。

　　他们的情感生活相似，海明威有几段婚姻，古龙则是浪迹花丛。世界虽大，并没有一个家可做归处。

　　连对朋友，他们的认知也相似。

　　海明威说："我情愿有一个诚实的敌人，也不愿要自己认识的大多数朋友。"

　　古龙小说里，最好的敌人，胜过所谓的朋友。

　　也许只有最孤独的人，才会从对手那里寻求理解与共鸣吧。

　　海明威给友人写信，说自己"寂寞得要死，快给我来信""给我写信，我孤独得要命"。古龙呢，拿了稿费就要去换酒，呼朋引伴，喝上几天。

　　好友陈晓林回忆与古龙喝酒的情形：任何一个人跟他交朋友久了，最后一定会家庭破裂。因为他会在三更半夜睡觉的时候打电话，说他跟一群朋友们正在哪里喝酒，你非来不可啊、我们等你啊……

从晚上七点钟，到了十点，朋友都要散了，他就会说再坐五分钟。然后就这样，一直再坐五分钟，把朋友拖着坐到清晨七点。

陈晓林对古龙的定论是："由此可知他真的是多么寂寞。"

III

这世上，每个人对于孤独的敏感度和耐受度都是不同的。

有些人无法过一粥一饭、早九晚五的世俗生活，他们只能徜徉在一片雪白的精神世界里，茫然四顾，并无他人。

尖锐的灵魂是无法与人共处的，但这样的人，又会格外渴望被理解。

自处无法，只得把荒诞与孤独一饮而尽。哪里真的有"自古圣贤皆寂寞，唯有饮者留其名"呢？大部分时候，不过是纵一时欢愉，入无底地狱。

可一时欢愉，也是欢愉啊！

我们这些凡人，没有海明威、古龙这样的天才，在某种意义上也是幸事。生命的触角钝感一点，也许就不必总是"不胜人间一场醉"，而是可以"晚来天欲雪，能饮一杯无"。

最舒服就是微醺时，感觉整个世界都善意得多。人们变得慈眉善目，妙趣横生，没有尴尬，没有冷场。初次相逢的一见如故，略有嫌隙的握手言和。一派平和，天下大吉。

忽然之间，上苍慷慨地赋予你想要的东西，沉重的身体飘然了，大脑进入了奇幻般的理想王国。

孤独者拥有了热闹，逃离者得到了平静，不善言辞者口若悬河，而做事周到者卸下了包袱。

那些以为一生会埋在心里的话，借酒才能说出三分；从来不敢想起的人，醉时才能在心里翻起。

酒是消不得愁的，但酒是个壳子，让你我躲进去片刻。然后收拾自己，重装上阵，去应对这个不那么美丽的世界。

我是不承认应酬时喝的酒是酒的，那不过是谋生的苦药；也不承认自虐式喝到烂醉的酒，那不过是轻度的吗啡。

最好喝的酒，不在于白、红、清，不在于多少度，而是像冯唐为古龙写的那首诗：一个有雨有肉的夜晚，和你没头没尾分一瓶酒。

第十章 —— *Chapter 10*

刀剑藏凶，
不如快意且为乐

那些婚后遇到真爱的人，
后来怎么样了？

I

袁咏仪和梁家辉拍过一个喜剧片，叫《年年有今日》。讲的是老掉牙的婚外情，特别的是，钟有诚和张蕙心每年只见一次。

364 天里，他们是好丈夫、好妻子、好父母，只有两人见面的那一天，他们是自己。

听起来很激情，其实完全不是那么回事。

其中有一年，有诚和蕙心如约相见。这时有诚正陷入身体的"中年危机"，一心希望能在蕙心这里重拾雄风，回头一看，蕙心挺着大肚子出现了。

他一面骂自己是禽兽，一面又不可抑制的欲火焚身。而蕙心照顾他的面子，体贴地说："我帮你吧。"

结果呢，他们正要"解决"，蕙心却意外早产。有诚手忙脚乱地帮她接生。一场混乱狼狈的偷情，以一个新生命的诞生而结束。

不是不愧疚的，不是不尴尬的，但不可否认，快乐是真的。

并不仅仅因为性。

男人给疲惫的女人点烟，而不会责备她毫无形象、教坏小朋友；女人听失意的男人倾诉，而不会责备他没本事、窝囊废。

炒股风潮、金融危机……外面的世界沧海桑田，他们的这一日永远不变。

在这里，他们不是谁的太太、先生，不是谁的爸爸、妈妈，不是上司、下属，他们就是两个孤独的人，相拥取暖。

理解比性爱难得，倾听比喜欢少见。他们靠着这一天的温情，去应对生活的千军万马，一团乱麻。

Ⅱ

看电影时，你很难想到用道德去评判钟有诚和张蕙心。

他们已经对人生和家庭那么尽力了，似乎足以拥有这一天的快乐。

大众对于婚外情的态度，其实远远比看起来复杂。有时他们痛恨出轨，有时他们赞颂真爱。

在电影里，我们看过太多"使君有妇、罗敷有夫"的遗憾。从《廊桥遗梦》《卡萨布兰卡》到《花样年华》，观众同情、惋惜那些错过的爱，甚至希望他们有追求真爱的勇气。

毕竟有无数案例证明，婚姻啊，那可是爱情的屠宰场。

你那么爱的一个人，会把脏袜子随处乱丢；会任由父母侵入你们的私人空间；会每天查岗、偷看你手机，不给你一点空间；会在你边做饭边看娃快要崩溃时，躺在沙发上打游戏。

婚姻是两个成年人的博弈，是两个陌生家庭的交融，充满了你不曾想过的无解谜题和他人甚至自己的市侩算计。

无论男女，不管贫富，一不小心，婚姻会撕碎你浪漫的想象，给你血肉淋漓的真实。

多少甜言蜜语消失于鸡毛蒜皮，多少心心相印变成了仇人相见。身体是木讷的，耳朵是关闭的。你操心票子、车子，我操心孩子、房子，每一句话，只剩彼此的苛求和批判，没有任何理解和支持。

婚姻若沦为如此，每一日都像是凌迟。

那时，如果婚姻外出现了那样一个人，她不和你唠叨房子、孩子，他不要你洗手做羹汤，你们之间，只有热烈浪漫和灵魂伴侣般的彼此理解。

那样的相遇、相知，多么像真爱啊！

III

可惜，在这个世界上，最无法定义的就是爱情。

大部分婚后认为自己遇到真爱的人，也许遇到的只是自己的空虚、寂寞、虚荣。那份看起来很像真爱的东西，是我们为自己找的欢乐场、避风港，用来逃避不那么完美的现实。

更有可能，是逃避没那么成熟、没那么好的自己。

没有安全感的人，换多么靠谱的爱人都会患得患失。

无法克制欲望的人，找到多么优秀的伴侣都会心生厌倦。

不善沟通、情商低的人，并不会换一个人就变成婆媳关系的专家。

老房子着火般的恋爱，最终可能还是得面对房产证写谁名字、今晚谁刷碗的琐碎。

就像那些电影，故事往往结束在他们求而不得之处。

"如果多一张船票，你会不会和我一起走？"

可一起走之后呢？朱砂痣会不会变成蚊子血，白玫瑰又是不是胸前的米饭粒？

所以我能理解，钟有诚和张蕙心为什么没有选择在一起。

一年一日幽会，比日日夜夜相对简单多了。放弃所有在一起，是否就能拥有想要的圆满？

答案并不乐观。

当然，这并不是说结婚后就不能再次选择。

总有造化弄人，总有阴差阳错。也许上天就是给你开了玩笑——"世上有那么多的城镇，城镇中有那么多的酒馆，她却走进了我的。"

如果你真的相信婚后才遇到真爱，那么就做好为它付出代价的准备。

这世界上并没有免费的午餐。想要勇敢地追求真爱，那么至少先得体地结束契约，并赔偿违约的代价，金钱的、情感的、名誉的。别委屈，真爱本就不便宜。

成年人的理性是，知道这世上没有完美的爱情；成年人的准则是，为自己的每次选择买单；成年人的智慧是，全力把已经拥有的爱情经营到最好——直到决定放弃。

在寻找 THE ONE 的路上，谁也不知道会遇到什么。有人上下求索不得，后悔放弃了第一朵花；也有人早早尘埃落定，却"纵使举案齐眉，到底意难平"。

我们没有上帝视角，无法决定自己在什么时候遇到什么人，甚至无法判断这一份感情的归宿，是一时意乱情迷，还是天长地久。但我们至少可以在拥有时负责一点，放弃时慎重一点。

但愿你我，游戏人生的，能坦荡洒脱；已得真爱的，能守住流年。

没有什么苦难值得歌颂，
没有什么恶行值得感恩

I

金庸小说里的男主角，如果没有主角光环，会怎么样？

少年惹恼侠二代，断臂失血不治身亡，大侠郭靖对外宣称负全部责任。

华山弟子接受多股内力走火入魔，专家提醒练功切忌贪多求快。

看，失去了金庸开的"金手指"，主角们甚至活不过一集。

有些讲法听起来很有道理，比如宝剑锋自磨砺出，梅花香自苦寒来，比如自古雄才多磨难，从来纨绔少伟男。这让一些人产生了错觉：家庭积累的财富、安逸的生活环境会养出废物，只有在人身上不停地施加挫折、苦难、磨砺，这个人才会坚强、成功、幸福。

如果按照这种道理，那这个社会的成功人士，应该来自于偏远贫困山区的留守儿童，被打断腿在地铁上乞讨的孤儿，受到长期家庭暴力的妻子，身患绝症的病人，意外致残的残障人士……

真的吗？

其实不光中国有这样的说法，国外也说：What does not kill you, makes you stronger。但这就是问题所在：杀不死你的，令你更坚强。但很多时候，它会在某种意义上杀死你、削弱你，让你痛苦不堪，一败涂地。

我们在幸存者身上自以为看到了规律，却忽略了筛选的过程，这是一种幸存者偏差。换言之，我们看到的只是那些受到磨难而成才的人，却忽略了更多人已经被磨难打倒。

所谓，"死者不说话"。

这种逻辑混乱导致的一个恶果就是：宽容施暴者，责备受害者，反对追责者。

II

我的一个朋友从小被爸爸打，考差了要打，调皮了要打，爸妈吵架了要打，就差阴天下雨了也要打。别人的青春期幻想爱情，她的梦想是能离开家。

好歹考到北京读大学，找到工作，独身生活。她对男性有着天然的不信任和恐惧，不敢谈恋爱，更不想要孩子。人到三十了，噩梦中还是跪在窗台下，在街坊邻居的围观中挨打。

如今父女关系不算融洽。有亲戚劝：你这孩子怎么这么不懂事？要不是你爸打你，你能考上那么好的大学？她气到无语。"难道有人捅我一刀，我还得感谢他让我学会逃跑？"

很多中国父母相信"棍棒底下出孝子"，其实棍棒底下更容易出虐待狂、抑郁症、社交恐惧和爱无能者。

也许有某些幸存的个例，那他／她必定在背后付出千百倍的努力，去解决内心遗留的愤怒和伤痛，才能走到没有经历这些遭遇的正常人的起点。

每个人都会遇到挫折，小到考试失利、情场失意，大到生离死别。你无法回避这些挫折，它就像天空有时晴有时雨。但是有些不幸并非如此，它们或来自于广义上的强权者对弱者的施暴，或来自于命运赋予个体无法承受的灾难。

前者，施暴者不值得感谢；后者，痛苦不值得品味。

很多人会歌颂灾难，感谢不幸，这很好理解。因为处于极端的痛苦中，人们反而会去合理化自己的经历，去屈服于他人的暴虐。因为唯有在灾难中寻到所谓的积极意义，在无法反抗的施暴者身上找到值得"感谢"的因素，才能让自己平静地，或者说，是麻木地接受这一切。

但你的成长不是他们的功劳。

你永远没有必要去感恩刻薄的老板、暴虐的伴侣、背叛的伙伴。如果能在他们的恶行中存活，该感谢的人，是自己。

不能期望每片乌云背后都有金边，更不需要把幸存看作嘉奖、把苦难熬成美学。

因为悲剧并不诗意，苦难也不辉煌。

树敌是行走江湖的必选项

I

金庸小说，字里行间隐藏着一个永恒的灰暗主题——江湖险恶。

写江湖险恶的地方很多，最可怕一点在于：树敌这件事，你逃不掉。而且，很多时候，敌树得莫名其妙。

初出茅庐的段誉，还是一位手无缚鸡之力的公子哥儿，离家出走玩叛逆，青衫磊落险峰行，只是围观一场比剑，就差点被剁成肉泥。为啥？因为他憋不住笑了一声。

不懂江湖规矩，大佬很生气，后果很严重。

张无忌不过是个不懂世事的少年，他不知道什么神剑宝刀，可不少人却下狠手要置他于死地。为啥？因为张翠山、殷素素未尽的恩怨，要"世袭"到他头上。

江湖上，未必是你闯的祸，可债得你来还。

义薄云天如乔峰，前一秒还是江湖敬仰的乔帮主、铲恶锄奸的乔大侠，下一秒就是武林唾弃的胡虏、狗贼。为啥？因为人们让他表态"站队"时，他举棋不定。

在江湖上，有没有敌人，跟你为人处世好不好、想不想得罪人没有关系。树敌这件事，想躲是躲不掉的。所以年轻的郭靖产生了这样的疑惑：

"我不想杀人，可别人就要来杀我，怎么办？"

II

敌人躲不掉，关键是如何去面对。

面对敌人，人们特别赞叹那种孤胆英雄的独狼气概。

像是光明顶上的张无忌，一人独战六大门派，有勇有谋，荡气回肠。意气为君饮，游侠多少年。

像是聚贤庄一战的乔峰，以一己之身对抗中原武林，虽千万人吾往矣。如群狼搏虎，如勇士屠龙。

或是襄阳阵前的郭靖，只身一人深入千军万马合围的蒙古大营，进退自如、来去似风。艰难奋长戟，万古用一夫。

以一敌多虽然看着爽，可这是刀尖舔血。一着不慎，满盘皆输。

更多的时候，即便武功再高、胆识再壮的大侠，也没法凭一己之力化险为夷。

比如，重回中原、被困少室山的萧峰。

前面被慕容复、丁春秋、游坦之三人围住，后面又有少林群僧东一簇、西一撮组成了阵法。三人联手萧峰已经难敌，何况又有千百豪杰虎视眈眈、环伺在侧。自知凶多吉少的萧峰，过来找段誉。

在他印象里，这位结拜兄弟是位文弱书生，不会半点武功，来找他，不是为了帮忙，只是因为"不枉结义一场"——"死也罢，活也罢，大家痛痛快快喝他一场"。不料，突然冒出一名灰衣僧人，喊道：大哥，三弟，你们喝酒怎么不来叫我？

其实，他是在说，你们打架怎么不来叫我。

形势，就在三人举袋痛饮的瞬间发生逆转。一边是萧峰、虚竹、段誉，一边是游坦之、丁春秋、慕容复。后来的结果大家也都知道了。

用《天龙八部》的章节来说，一边是奔腾如虎风烟举，一边是老魔小丑岂堪一击。

III

生死之间，朋友是剑；闲散人生，朋友是酒。

没有向问天的血性义烈、智勇双全，任我行早就死在了地牢里；没有田伯光和他千里迢迢送来的酒，令狐冲的江湖大概会少一半的趣味。孤僻如黄老邪，还是交了杨过这样的忘年交；看破世俗的一灯大师，最后则是和周伯通、瑛姑一同隐居。

行走江湖，不分武功高低、不论尊卑长幼，是个人就会与人产生过节。

成名成侠的大人物手中能攥着数不清的新仇旧账，无籍籍名的小喽啰也能分分钟把人得罪。

金庸告诉我们，树敌是必选项，交友则是保命题。

有人说，这些虚拟世界的故事是不是离我们很远？人言江湖远，可江湖即是人间。

商场里有人在江湖、身不由己，也有青山不改、绿水长流。职场里有江头风波恶、人间行路难，也有结交在相知、骨肉何必亲。

江湖险恶，人生不易。

与其恐惧有多少敌人，不如关心有几个挚友，与其担心与谁对立，不如在乎和谁并肩。

慕容复为什么要杀死 "段子手"包不同？

男人，一怕无趣，二怕无耻。

与无趣的男人相处度日如年，与无耻的男人相处如临深渊，金庸小说里集两者于一身的男人，首推慕容复。慕容复平日里满口江湖道义，只不过漂亮话是说给别人听的，真遇到事，慕容公子"脖子一缩，生死由你去"。

这样的主子，偏偏有个家将，叫"包不同"。

I

金庸先生取名有讲究，包不同人如其名，口头禅是"非也非也"，别人说东他偏要说西，最爱抬杠。

包不同的抬杠，不论敌友，对朋友不留情、对恶人敢揭短，简直是金庸小说里的第一"段子手"。

比如，包先生和一帮人被丁春秋擒获，骨头软点的求饶，骨头硬点的不说话，偏偏他要开口，恭维星宿派的"马屁功"：

第一项是马屁功。这一项功夫如不练精，只怕在贵门之中，活不上一天半日。第二项是法螺功。若不将贵门的武功德行大加吹嘘，不但师父瞧你不起，在同门之间也必大受排挤，无法立足。这第三项功夫呢，那便是厚颜功了。若不是抹杀良心，厚颜无耻，又如何练得成马屁与法螺这两大奇功。

别以为包不同是键盘侠，想一想，他正在星宿弟子的控制下，一句话说不好，是要掉脑袋的。不过星宿派弟子要么是智商欠费，要么是脸皮瘫痪，听了这番话后"一个个默默点头"。

一人道："……这马屁、法螺、厚颜三门神功那也是很难修习的。寻常人于世俗之见沾染甚深，总觉得有些事是好的，有些事是坏的。只要心中存了这种无聊的善恶之念、是非之分，要修习厚颜功便是事倍功半，往往在要紧关头功亏一篑。"

还有人忙着传经送宝："最重要的秘诀自然是将师父奉若神明。他老人家便放一个屁……"

包不同抢着答："当然也是香的。更须大声呼吸衷心赞颂……"

那人道："你这话大处甚是，小处略有缺陷不是'大声呼吸'，而是'大声吸小声呼'。"

包不同道："对对，大仙指点得是，倘若是大声呼气不免似嫌师父之屁……这个并不太香。"

包先生，好一个高级黑。

‖

虽然包不同看起来是个"杠头"，但他在很长时间内对慕容复是言听计从，处处维护，从没有一个"不"字。

段誉痴缠王语嫣，慕容公子忙着装大度、算计如何利用这片痴情，倒是包不同出面提醒王语嫣。

后来看到虚竹藏着画像，误会他对王语嫣有歹心，又不顾生死，维护主子："一个和尚，逼迫几百名妇女做你妻妾情妇，兀自不足，却又打起我家王姑娘的主意来！我跟你说，王姑娘是我家慕容公子的人，你癞蛤蟆莫想吃天鹅肉，趁早收了你歹心的好！"

可惜啊，忠心对于慕容复还不够。包不同这人，虽然别扭，但生性坦荡，和萧峰打败了，也不过高歌而去：

技不如人兮，脸上无光！再练十年兮，又输精光！不如罢休兮，吃尽当光！

这样的人，终究不是骄傲的慕容复能容下的。两人的嫌隙，其实早就埋下：

公冶乾自在无锡与萧峰对掌赛酒之后，对他极是倾倒，力主出手相助。包不同和风波恶对萧峰也十分佩服，跃跃欲试的要上前助拳。慕容复却道："众位兄长，咱们以兴复为第一要务，岂可为了萧峰一人而得罪天下英雄？"

道不同，迟早要不相为谋。小说快结尾时说到，慕容复在西夏招亲未遂后，决意拜段延庆为义父，指望着借段氏之力夺取江山。和别人抬杠一辈子的包不同，忍无可忍，最后还是对自己的领导说了不。

包不同摇头道：

公子爷，你用心虽善，可是这么一来，却成了不忠、不孝、不仁、不义之徒，不免于心有愧，为举世所不齿。我说这皇帝嘛，不做也罢。

你投靠大理，日后再行反叛，那是不忠；你拜段延庆为父，孝于段氏，于慕容氏为不孝，孝于慕容，于段氏为不孝；你日后残杀群臣，是为不仁，你……

好一个包不同，说得酣畅淋漓，扒皮剔骨一针见血！

但是，"段子手"抖抖机灵可以，好比说相声只能聊聊家长里短，逗逗乐子，别想着搞什么讽刺艺术，那就是定位不准的问题了。可包不同这种家仆，居然出言不逊，这是反了你了？习惯一言堂的慕容复，可受不了这份气。

再说，如果"段子手"包不同把这消息群发到江湖上，阅读量轻松破了10万＋，慕容复脸面何在？干脆出了黑手，让包不同彻底闭嘴。

可怜包不同，死前两行清泪，"知他临死之时，伤心已达到极点"。

Ⅲ

包不同大概到死都不明白，自己忠心耿耿，慕容复为什么容不下他？

因为慕容复要的是死心塌地的愚忠，要的是山呼海啸的赞同，包不同那套江湖道理公平正义，慕容复压根不在意。

鲁迅说："焦大的骂，并非要打倒贾府，倒是要贾府好……然而得到的报酬是马粪。所以这焦大，实在是贾府的屈原，假使他能做文章，我想，恐怕也会有一篇《离骚》之类。"

包不同的"非也非也"又何尝不是呢？叫"不同"，可姓氏却是"包"。大约是寄托了金庸先生"包容不同"的想法。

说"不"的人，未必全是捣乱者。

同样是爱，有人任你百孔千疮仍赞美丽，有人愿刮骨疗伤还以健康，你告诉我，哪种爱更高贵，哪种更低劣？

"包容不同""和而不同"，一个是姿态，一个是描述，但终究，是一个美好的愿望。

从这点看，"段子手"包不同，可以有个先生的称号了。

宋江的心意，
从来不属于梁山

在《水浒传》里，宋江有很多个称号：宋押司，宋公明，山东及时雨，孝义黑三郎……可从始至终，他没有向晁盖一样大张旗鼓地叫宋寨主、宋天王。

他已经坐上了水泊梁山第一把交椅，为什么又如此痛快"招安"？

宿太尉稍一做思想工作，宋江便布告四方，号令大小，归顺朝廷，打出两面红旗，一曰护国，二曰顺天。宋江的觉悟之高、表态之正，一时间，让各方都有些诧异。

但其实，如果你了解宋江，就会发现这并没有什么奇怪的。

I

不可否认，宋江的为人处事很江湖。

这一点在他还是郓城押司的时候就名声在外。在江湖人士眼中，他扶危济困、仗义疏财，事亲行孝敬，待士有声名。

宋江一出场，就出手救了"智取生辰纲"的晁盖、吴用、阮氏兄弟。即便怒杀阎婆惜吃了官司，避祸途中他还在孔家庄救了一次武松。刚与武松分别，就顺手从矮脚虎王英手里救下了刘知寨夫人。

但如果仅凭此你就把宋江看作一个江湖人士，那就大错特错了。

宋江的为人很江湖，可他的心却一直属于庙堂。

他和武松，同是吃皇粮的人，同是因罪逃亡，武松要去二龙山同鲁智深、杨志落草，宋江要去投靠的是清风寨衙门。一个是山寨，一个是官府。

临分别时，宋江这样叮嘱武松：快点赶路，少喝酒，"如得朝廷招安，你便可撺掇鲁智深、杨志投降了"。在宋江眼中，落草从来不是长久之计，效忠朝廷才是：

"博得个封妻荫子，久后青史上留一个好名，也不枉了为人一世。"

Ⅱ

对于上梁山，宋江一开始是拒绝的。

手下的几位兄弟想要拉他落草，但他头脑很冷静。

在刺配江州牢城的路上，宋江为了避开梁山好汉，故意和两个公人绕小路，不想还是被赤发鬼刘唐撞到。刘唐举刀就要砍了两个差役，好救宋江上山。宋江却说："这不是你们弟兄抬举宋江，倒要陷我于不忠不孝之地。若是如此来挟我，只是逼宋江性命，我自不如死了。"

随后，晁盖设宴亲自挽留，宋江依然不允。在他看来，在梁山落草是"上逆天理，下违父教，做了不忠不孝的人"。

我本佳人，为何做贼？

我即便吃了亏、挨了批，但依然还有留在体制内的希望。

落了草怎么行？

在宋江眼里，一切草莽，皆是歪道，只有宋押司，才是他的正本清源。

Ⅲ

宋江对武松、刘唐、晁盖三人说的话，其实为后来答应招安埋下了伏笔。

因为，宋江的心意，从来不属于梁山。

如果不是当年浔阳楼醉酒后的一首诗被黄文炳抓住大做文章，他根本就不会走上对抗朝廷的路。他带领的梁山好汉"以义为主，不侵州郡，不害良民，替天行道"，恐怕也是为招安留下后路。待将那杯御酒一饮而尽，就可以像他对武松说的那样"博得个封妻荫子，久后青史上留一个好名"。

他如果不是真有一份建功立业的忠心，又怎么会放着梁山泊头把交椅不坐，去投身高俅、蔡京的环伺之中？

说到底，他宋江想要"生当鼎食死封侯"。

只可惜，他的忠心几何，还需要靠战胜辽国、田虎、王庆乃至方腊来检验。手下有那么多精兵强将，外敌对宋江来说算不上什么难题。

恐怕，高太尉容不容得下他，才是宋江要面临的真正考验。

大佬猝亡，
  险恶的是流言还是江湖？

在江湖中，大佬猝亡，从来不是一件罕事。

在刀尖上行走、在剑影中潜行，为了成为大佬，他们不知经历过多少明争暗战，又有多少次功败垂成、与死亡擦肩而过。"金戈铁马去，马革裹尸还"也许是更好的结局，然而并非人人能得到这份荣耀。

亡于敌手、死于病榻都是常事，可总有些大佬却死得不清不楚，留给后人多少猜想，引发江湖多少风波。消息里一句"猝亡""失踪""下落不明"，如何掩得住风声鹤唳、草木皆兵？

I

如果你曾经在《笑傲江湖》里驰骋，你不可能没有听过这个名字——任我行。

他杀人如麻、自大狂妄，是江湖人谈之色变的魔教教主，他又谈吐豪迈、识见非凡，是令狐冲口中"一位生平罕见的大豪杰、大英雄"。

他曾站上过巅峰，得意之时，魔教一派人才济济，东方不败、向问天如左膀右臂，只一本《葵花宝典》便让东方不败脱胎换骨。他曾跌进过谷底，被得意爱将背叛，囚于梅庄地牢、西湖谷底，一十二年不见天日，却仍不丧理智雄心。

他一朝得救，便摧枯拉朽般反戈一击，接连赢下梅庄比剑、苦历少林三战，重上黑木崖、杀死东方不败、夺回日月神教教主之位。而当他意欲灭掉五岳剑派、当上武林盟主之时，却在巅峰戛然而止，在华山大会上眩晕猝死。

曲折一生、纵横一世的他，算计过别人，又遭别人算计，人生起伏，几上几下，平淡从来不是他的风格，偏偏死时却如此平淡。

叱咤江湖的任我行，就在一阵眩晕中不明不白死掉？仿佛一切另有玄机。

他自己说："老夫湖底囚居一十二年，什么名利权位的本该瞧得淡了，嘿嘿，偏偏年纪越老，越是心热。"

纵使江湖任我行，钳住自己、害死自己的，终究是名利。

II

如果你在《倚天屠龙记》之前的江湖出生，你最深刻的江湖记忆也许是这样的。

你以为江湖应该是刀光剑影、风云变幻，然而你却经历了平静的 20 年，无风无浪，近乎无聊。

那时明教是统一的明教。大佬阳顶天武功大成，明教吸引了知识分子杨逍、佛教僧侣说不得、域外友好人士黛绮丝……他们组成的光明左右使、四大法王、五散人，是江湖少见的高级专家型团队。

少林、武当有所忌惮，正邪两派势均力敌，谁也不能轻易打破制衡。

很多年后你垂垂老矣，看着年轻的徒弟胸怀壮志围攻光明顶，再到蒙古势力搅浑中原武林，你忽然明白，那种平静是怎样罕有的奢侈，又掩盖了多少暗波汹涌。

像阳顶天这样的大佬，一举一动都是江湖上的新闻。最初的异象是他久不在江湖露面，明教并不会召开新闻发布会澄清事实，而是"内部不具名人士"放出消息，"教主在闭关"。不用官方渠道发布，正好显示对流言的不屑一顾，避免越澄清越复杂。

阳顶天的消失，从一个月，到半年，再到一年。江湖传言从他重病，到被刺杀，再到练成神功携夫人去西域隐居避世……

而命运真正的残酷在于，伏笔埋得过深，以至于所有的人都是看客，无从知道真相。

事实上，一切都从那个春天变得不一样了。阳顶天的失踪不仅改变了明教，也改变江湖的格局。大佬失踪，人心散了，领导班子闹起了不团结。光明左使杨逍把持教务，右使不知所踪，四大法王各自为政，五散人一盘散沙。

置身事外者有之，自立门户者有之，为非作歹者亦有之。大佬的失踪，为中兴近 20 年的明教画上了终点。

六大派围攻光明顶的大清洗运动打响，血与火让阳顶天失踪的真相似乎不再重要，连你都快忘记了这位传说中的大佬。

直到很久以后，一个张姓的少年在少林揭开历史，你才知道背后的真相。这真相改变了后来多个门派成千上万人的命运，包括一位高僧，一个狮王，一个少侠与妖女的遗孤，一个蒙古的公主，一个门派的继承人……而那真相是传言中绝未曾想到的：

武功绝顶的大佬，死于一个女人的离去，他留下的最后一句话如此无奈心酸——"我娶到你的人，却娶不到你的心"。

纵使豪气顶天，难过情关。

所有的猜测，也许不是猜测，也许只是猜测。

江湖险恶，险恶不过众口铄金。

冲出中原的五岳剑派，
  缘何沦为江湖三流？

金庸写江湖，人的故事跌宕起伏，反而门派兴衰这样的惊心动魄的大势，却寥寥几笔，让人无限遐想。

比如，五岳剑派。

从设计杀死魔教十大长老、抗衡日月神教百余年，到岳不群诱五派高手入华山洞内，互相残杀，几乎死亡殆尽……曾经可以比肩少林、武当的一流门派，在一次次改革、换帅、阴谋、黑幕后，彻底变成了江湖三流。

除了恒山派由令狐冲传给了仪清勉强支撑，其他四派已消耗殆尽，五岳剑派，名存实亡。

那么，五岳剑派到底做错了什么？

第一错，在于黑幕之下，劣胜优汰。

切磋比武，一直是门派进步的法宝。

武当七侠常彼此切磋，少林也有对打练习的习惯，五岳剑派也一样搞了声势浩大的"比武超级联赛"。但到了五岳剑派这里，比武变成黑幕，勾结、陷害、金钱交易，一时间，"打假"比"打架"还难。

华山派两位大佬岳肃和蔡子峰得以一窥武学秘籍《葵花宝典》，却见解不同、互不相让，一人主张以修气为本，另一人却认为应当以剑法为主，华山派分裂为剑宗和气宗。二宗各持己见，终于水火不容，兄弟阋墙，同门操戈。高手伤亡殆尽，华山因此逐渐式微。

到了岳不群这一辈，一心想着独霸五岳，却没有心思搞门派团队建设、素质提升。有点能力的徒弟，略微不听话，就要被收拾。留下的不是有能力的，而是听话的、好用的。

嵩山派掌门左冷禅各种黑招，泰山派玉玑子吃里爬外。年轻弟子不用修习武功，就想着怎么参赌下注赚银子。

"比武超级联赛"成了一个笑话、一个暗箱操作的工具、一个大佬们的钱庄银库。

于是，内部比武风生水起，一旦对外，必然是输个"屁股向后平沙落雁式"。

第二错，在于以变革之名，排除异己。

五岳剑派，有两任名满江湖的盟主，左冷禅和岳不群。

他们两人，一个是真小人，一个是伪君子。但在江湖之中，他们都言必称"五岳复兴"，甚至每人都提出了一个轰轰烈烈的改革计划。

左冷禅在外人眼中，无疑是一个雷厉风行的改革派。在他带领下，五岳剑派在一片萧条中走向高峰，一度"冲出中原、走向西域"，和日月神教分庭抗礼。

美景不常在，高处不胜寒。五岳剑派还未盛极，就迅速衰败。

颓势面前，他用内部分裂的手段来对付华山、泰山两派，辅佐收买，大胆提议五岳合并，许下一个五岳同盟的美好图景。然而，改革未酬，盟主先丢。城头变化大王旗，左冷禅黯然退位，岳不群"粉墨"登场。

心灰意冷的左盟主，说出了一句名言：我头戴荆冠，脚踏地狱门。

华山掌门岳不群，则是一个"轻袍缓带"、神情潇洒的人物，像极了一个人畜无害的青衫书生。

人称君子剑的他，生平一大爱好，是向徒众训话，其中引经据典、不乏名言警句，他告诫五岳剑派"不能选择怎么生，但能选择如何死"。

越是满口仁义道德，越是监守自盗。他口口声声仁义道德，却一朝事发，身败名裂。

时过境迁，再回看两任盟主"反赌打黑""复兴五岳"的豪言壮语，真是一个笑话！

第三错，在于时无英雄，使竖子成名。

少林、武当之所以能够屹立百年，并不仅仅在于一人武功之高，而在于群众基础好，传承有序。

全国有多少寺庙、多少武僧，这都是少林的群众基础。正是这些，让千年少林历经风雨却在江湖屹立不倒。而且，少林练武从小和尚抓起，不搞"富人运动"。无论出身贫富，都可受到培养。重视孩子，就是重视少林的未来，这一点做好了，武功传承才能有序，人才结构才能合理。不怕白投入，更不急功近利。

搞门派，就得有"十年树木、百年树人"的胸怀。

谁能想到，当年留着鼻涕的小毛孩就是后来的张三丰呢？

相比之下，五岳剑派，却只好"矬子里拔将军"。

到了《笑傲江湖》的时代，一流高手风清扬已飘摇世外，二流高手左冷禅，勉强二流的岳不群也年近半百，在令狐冲机缘巧合学成之前，五岳剑派中青年梯队几乎无人，这是他们在遭受重创后无法恢复的核心原因。

况且，人人都幻想着速成、一朝走向巅峰。于是，有病乱投医，把希望寄托在舶来品"葵花宝典"上。

然而，葵花宝典版本不一、良莠不齐，只可惜白白自宫，却也不见得能练成！

从来没有一个人，
能像张三丰在江湖谈笑风生

I

看武侠小说，很容易对人物产生刻板印象。

比如灭绝师太，你以为是五六十的老太太，长着一张班主任式的更年期脸。其实人家"约莫四十四五岁年纪，容貌算得甚美"，放在现在，就是个性格火辣的美貌熟女。

比如东方不败，你以为是林青霞那样的雌雄难辨、中性美人，但其实是个男人剃了胡子、涂上脂粉，捏着嗓子，"矫揉造作"的"男扮女装的老旦"。

最有意思的就是张三丰，在我心里，这老头儿一直是鹤发童颜、仙风道骨，要说形象，大概就是《西游记》里太上老君的严肃版，或者是《封神榜》里姜子牙的道士版。总之，就是我们最推崇的老年领导形象：运筹帷幄，淡泊宁静，清心寡欲，云淡风轻……

没欲望，没激情，没脾气。好像人年龄一大，就得活成"三无人生"。

不不不，长者张三丰可不一定是这样。

II

影视中最出彩的张三丰，当属王晶导演的《倚天屠龙记》中洪金宝饰演的张三丰。

老人家和玄冥二老的对手戏，是一场足以写进教科书的外交谈判。

玄老蔑视道："见面不如闻名，威震天下的张三丰不过是个貌不惊人的胖子。"张三丰赔笑道："不错不错，贫道的名气不过是江湖上的朋友吹捧出来的，实在算不了什么。"

冥老恐吓道："胖子啊，如果你害怕我们的玄冥神掌，快叫你徒弟说出谢逊的下落，哈哈哈哈！"

张三丰唯唯诺诺道："是啊，是啊。翠山，你就说出来吧。"

张翠山不肯出卖谢逊，张三丰立即点头称是："说得对，说得对，行走江湖怎么可以不忠不义呀，那怎么混啊，对吧！（转身恳求）两位，给点面子吧。"

瞧瞧，这就是长者的成熟气度。"不惜全华山、拿下XX派"当然过瘾，但江湖险恶，随便陷入争斗会落入别人陷阱，更会让更强的对手坐山观虎斗，那是"图样图森破"。

所以，长者张三丰，延续道家的传统价值观，提倡和谈而不是武力，合作而不是对抗，一句话：

任尔东西南北风，以和为贵我认怂。

不过，一时的隐忍可隐藏不了"八月份的尾巴我是狮子座"的霸气。活到100岁，张三丰还是个暴脾气。原则问题，不能退让。看着玄冥二老上蹿下跳要搞事，张三丰出手了，一下擒住长老大骂：

你这个龟孙，我今天一百岁，原来想不打架，不讲脏话，你非逼老子破戒，看我不打你这个龟孙！

忍无可忍，无须再忍，不怕你搞大新闻。

"对于动武，你师父我一百年来都从没怕过！"谁说老了就得平心静气，不和人计较，老子非要做个炮仗，炸掉这帮不消停的江湖宵小。

III

从来没有一个长者，能像张三丰一样和徒子徒孙谈笑风生，话题百无禁忌。教导武功，只有他敢大谈保持童子身的重要，对张无忌炫耀"师公我每天早上起来都一柱擎天"。

从来没有一个长者，能够毫不顾忌地打江湖高位人的脸。灭绝师太骂殷素素"妖女"，只有他敢冲上去夺倚天剑然后猛扇人家的耳光，回骂"妖尼姑、妖尼姑"。

从来没有一个长者，能将自己的感情生活半公开于天下，任人八卦。身为门派之长，敢在江湖大会上坦诚和郭襄女侠有交情，更把自己感情世界的失败作为案例，和张无忌分享了一点人生的经验：

你师公我没有女人垂青，才做了老处男。你有机会，用了它吧！

洪金宝版本的张三丰，算不上恶搞，反而是得了金庸原著的真谛。金老爷子自己都说张三丰性情本来就十分随和，言语幽默，常和弟子们说玩笑之言，轶事也不少。

比如年轻时，张三丰就穿一身污秽不堪的破道服，被人戏称作"张邋遢"。现在看，那是穿衣穿出自己的 style，多具有辨识度。至于老了，修行境界高了，但那股子气质不改，绝不是什么无情无欲的世外之人。

崇拜也罢，不喜也罢，活出真性情，难怪老了隐了，江湖还在传说。

而让吃瓜群众津津乐道的，大概就是长者身上不那么高大全、不那么无懈可击的一面吧！

后记

如果你读到了这篇后记，我先要和你说一声感谢。

感谢你读完这本书，也感谢你在这个注意力极度缺失的时代还有耐心在看完最后一篇文章后，继续读这篇后记，看作者还有什么话要说。

前几天看到一个研究，说在移动互联网时代人们注意力集中的时间只有 12 秒，也就是说，刷手机一分钟，你能走神好几次。这个数据未必严谨，但它反映的趋势千真万确。最近火的一塌糊涂的抖音，就把单条视频时长设定成 15 秒，洞悉用户行为习惯的互联网产品，已经开始迎合人们兴趣快速转移的趋势，并通过提供更短、更有趣、更刺激，换言之更不用走心、更不用思考的娱乐方式，把大家的注意力时长进一步压缩。

这是一个兴趣转瞬即逝、注意力比黄金珍贵的时代，当所有的 APP 都在费尽心思抢夺你的碎片时间、延长你的停留时长的时候，你还愿意捧起一本纸质书并能够将它从头读完，这实在是一件可喜可贺的事情。

其实，这本书里的文章，也算是移动互联网时代的产物。三年前，两个"困囿"在半体制内的不羁灵魂厌倦了"八股文"，想要找一个表达自我的出口，于是悄然披上"江夜雨"和"林慕白"的马甲，潜入自媒体江湖，嬉笑怒骂间，有幸获得了许多人的肯定和喜爱。一篇篇文章写下来，如今得以结集成册，以实体书的形式与大家见面。

自媒体写作与传统写作有一点非常大的不同，那就是读者反馈无比迅捷。一篇文章发出之后，点赞、阅读一目了然，阅读数一定程度上成了文章价值的最高评判，"10 万 +"这个符号甚至成了自媒体写作者的"金线"。在三年的自媒体写作过程中，我们也时常面临着选择：你更看重的是什么？你写作的首要目的是什么？是出自本心的表达？是为了告知和激发？是为了名利？为了博得眼球和流量？

说不追求阅读量是违心的。实际上，在这几年中，我们也的确写出了不少10万+、百万+，如果用阅读量、点赞量这样的数据标准，这个号的影响力毋庸置疑，甚至超过了许多媒体公众号。但越是有影响力，也就越要考虑用何种方式获得关注。微信朋友圈里"攫取流量"的方式有很多种，有人鼓动大众情绪，有人批量贩卖焦虑，有人煲毒鸡汤，有人写伪科普，有人字字珠玑殚精竭虑，也有人拿来主义洗稿抄袭……我们两个人在写公众号之初就商定了一个原则：不管受不受欢迎、阅读高还是低，文章一定要出自本心。

在人声鼎沸的地方，更容易获得应和；站在大众情绪的风口上，什么文章都可以起飞；只要时时跟随热点，总有踩中爆点的时刻。但我们不愿意为了迎合"热点"去说言不由衷的话。所以，很多时候会有意无意避开热点。从这个角度上说，这实在不是一个"有互联网思维"的公众号，它既不"垂直"、也不定期，今天写庙堂，明天写江湖，今天写武侠，明天写时评，可以说非常佛系。

其实，我们也知道，公众号文章本质上是某种"快消品"，它的生命周期比较短暂，完全没有必要搞得这么严肃。但是，人最难过的都是自己这一关，所以还是尽量带着一种尊重自己、尊重读者的态度去写。

很庆幸，写作只是我们的一个副业，而不是赖以谋生的工具。正因为不为稻粱谋，才让我们在写文章的时候能更加自由、自我。

从这个角度上，这本书就是江夜雨和林慕白两个人自酿的一壶烈酒，一杯赠给"江湖夜雨不熄灯"公众号的旧朋，一杯赠给初次相识的朋友。有的酒酌舌，有的酒烧心，有的酒韵味都在酒外，有的酒酒不醉人人自醉。

杯酒言欢，感谢你一饮而尽。